suncolor

suncolor

天涯雙探

二 暴雪荒村

七名 著

三采文化 suncolor

目錄

序章 006
月亮明晃晃地掛在天際，像個小太陽。小和尚踏月而行，在山間搜尋了許久，終於在一片墓地裡挖到了九十九根骨頭，他一捧一捧地將人骨帶到山神廟裡。

第一章 夏乾雪夜入吳村 012
村子裡有星星點點的火把，在黑夜裡分外明亮。村子位於山腳，按理說山腳下建村落，一旦遇到地震、河水氾濫、泥石滑坡，是極易遭到重創的。然而，這個村落卻像是安然在此地存在了幾百年一般。

第二章 怪事連發兩人亡 050
她指了指脖頸處。啞兒的脖頸像是被扯斷，也像被撕裂。撕裂的傷痕很是奇怪，也許是用手拉扯所致。不論如何，這種傷口絕非意外所致，只怕是遇了襲。

第三章　亡人風雪夜歸來　078

他在床上翻來覆去，不知過了多久，似乎聽到門響了一下。很輕微的聲音，但是夏乾睡得不熟，於是半睜開眼睛看了一下。只見窗戶上有影子在移動，是人影。

第四章　夏乾突遭惡人襲　118

他似乎在地獄裡、棺材裡、老鼠窩裡——夏乾用盡一切能形容這個古怪地方的詞語，卻根本難以描述。良久，他才看清四周，一種恐怖之感襲上心頭——這地方像是墳墓！

第五章　白衣人悄然降臨　150

「你究竟叫什麼？為什麼來這兒？」鳳九娘惴惴不安，大概就是因為山崖下的那個不知底細的人。那團白色的影子如同白無常一樣，來自地府，卻又洞悉塵世之事。

序章

小和尚裹著黑色的袈裟，趁著月色溜出了寺廟。

師父不讓小和尚在半夜出門，說是山間住著一位山神。這山神，實則是一隻凶惡的妖，他會在大雪的日子現身，把獨自夜行的人抓走吃掉。若是想要避免被山神吃掉，則需要供奉給他九十九根人骨。因為山神見了人骨就不會吃人，反而會用法力實現供奉者的願望。

小和尚內心一直有一個不能實現的願望，所以他決定獨自進山，冒險試一試。

夜色如墨，風吹得竹林沙沙作響。月亮明晃晃地掛在天際，像個小太陽。小和尚踏月而行，在山間搜尋了許久，終於在一片墓地裡挖到了九十九根骨頭，一捧一捧地將人骨帶到山神廟裡。

山神廟破舊不堪，裡面堆積了一些荒草，檯前供著山神像。這山神的長相凶煞不似神明，倒像是一隻狼妖。

小和尚虔誠地跪在山神面前，將骨頭放好，又砰砰磕了幾個頭：

山神山神
若知我心
供奉白骨
聽我訴情

山神山神
若知我苦
家父早喪
母也亡故

山神山神

若知我願
亡母復生
此生無怨

他唸完這些，卻聽見身後「砰」的一聲，一陣狂風吹進了廟裡，山神廟的窗戶全開了。緊接著，檯子上供奉的神像開始搖晃，山神尖長恐怖的臉上慢慢地產生了一道道裂縫。

小和尚臉上掛著淚，有了恐懼的神色。他慌忙跑到山神廟外面，原本有一輪皎月的夜空卻霎時間烏雲密布，風雪大作。他在狂風中跑了幾步，突然有人叫他：

小和尚，小和尚
不要跑，不要逃
回頭看看我是誰

這聲音很熟悉，小和尚吃驚地回頭了。他看到了他的娘親——皮膚雪白，面容帶著笑意，比去世的時候還要年輕。

小和尚，小和尚
快過來，快過來
明天一早天一亮
娘親帶你回家去

小和尚驚喜地走了過去，喚了一聲娘親，依偎在她懷中睡著了。不知睡了多久，窗外天昏地暗，風雪聲依然不停。小和尚迷迷糊糊中覺得很冷，他往娘親身邊靠了靠，只覺得娘親的身體比自己的還要冷。

風雪打在山神廟的屋頂上，拚命地敲打著，像是在用力地發出聲音來。

小和尚，小和尚

快逃啊，快逃啊
等到天亮就晚啦
睜眼看看她的臉
九十九根白骨頭
去哪兒啦，去哪兒啦

小和尚一下子驚醒了，他睜眼看見了抱著他的母親，可那哪裡是他的母親？那是一堆散發著惡臭的——

「不要再講了……」幾個丫鬟打扮的姑娘從人群中站了起來，嚇得臉色發白。正在聽故事的幾位白髮老翁瞪了她們一眼，卻也站起身來了。

這群人坐在一個攤位前面，而攤位在宿州碼頭的北側。清晨的碼頭擠滿了吵嚷的人群，在陰沉沉的天空下顯得混亂不堪。由於今年冬天來得早，永濟渠停運了，零零星星的船隻在碼頭停泊，工人和乘船的人紛紛在宿州碼頭落腳。

而陳天眼身為一個算卦人，卻沒有算卦的真本事。他唯一好使的就是嘴皮子，於是在碼頭邊上支了個攤，開始講故事，騙人來算卦。

他伸手指了過去，不遠處有一座山浮在雲裡，亦真亦幻。

陳天眼高聲道：「水路不通，若走陸路只得從山上穿過。這山鬧鬼，無人敢走。你們若不信就去打探打探，前幾日沈大人進山迷路，進入村子小住，夜半三更覺得有人進了屋來，等他睜眼一看，那黑影倏忽一下又不見了！各位想要進山，就來我這兒求個桃木符，保佑你平安過山，也可解解煞氣，兩文一個——」

他這麼一說，人群紛紛散盡，都說他是個騙子，說是桃木符，只是一堆破木片而已，絕對不會有人傻到花錢去買。

第一章 夏乾雪夜入吳村

車突然停下，桃木符散落一地。

夏乾的腦袋「咚」的一聲撞到了車廂頂上，一下從睡夢中驚醒。他揉揉眼，掀開車窗簾子，卻見白雪覆蓋了蒼山。才入冬，竟已下起雪來。都言六月飛雪必有奇冤，眼下不過十月出頭，雪花已飄飄灑灑地降臨到這個山頭。

車夫拉緊驢子的轠繩，下了車，看清四周之後對夏乾說道：「小公子，前方的路實在沒法子走了！」

只見前方土崩一片，上面覆蓋著薄雪，乍看只覺得像是一個普通的小山包。

「這是……山體塌陷？」夏乾愣住了。

車夫眉頭緊皺，指了指遠處的土包。「路被堵住了，路上難保不發生山體崩塌、岩石滾落之類的事。」

車夫欲言又止，夏乾心中已經開始慌了。若要前往汴京城，必須穿過這座山。

「要不我拉你回去？你過幾個月再來？」車夫說著說著聲音卻低了下去，避開了夏乾的目光，垂頭問道：「不過得再加一倍工錢，四兩，回去不？」

夏乾徹底驚呆了。自己本想乘船直接抵達汴京城，卻因為天氣驟然變冷，永濟渠河道淤塞，他只得從宿州碼頭下船轉走陸路。驢車便宜，坐到京城也不過二兩銀子，如今他們只乘車行進了半日，這車夫竟然開口要價四兩。這是明搶！

車夫站在一邊沒說話，瞇著小眼睛看了看夏乾。這青衫小公子眉清目秀卻呆呆傻傻，頭戴玉冠、腰墜玉佩和一根孔雀羽毛，通身只帶了一個小包袱和一把弓箭，一看就是偷偷溜出門的富家少爺。既無江湖經驗又出手闊綽，不宰他，宰誰？

夏乾被他打量得很不舒服，直接跳下車去，打量起四周。

遠處的塌陷地豎起一塊警示木牌，像是塌陷了許久。而一路過來並未見到任何車輛，興許是這車夫早已知道此地塌陷，卻偏要帶自己來兜上一遭，撈些銀子。

「這山路什麼時候能通？」夏乾垂頭喪氣道。

「不知道。」車夫有些不耐煩了，語氣不善。「要麼交錢回去，要麼下車。」

二人僵持不動，而此時風雪越發大了起來，似女人在哭訴。遠處隱隱可見一黑色的廟宇臥於山野之中，在松林的掩映之下不甚清晰，依稀可見破落的朱漆大門。

「前方是不是有間寺廟？咱們先去歇歇，再想對策。」夏乾瞇起眼睛眺望遠方。寺廟在岔路的另一端，顯得有些怪異。

「是山神廟。去也無妨，但那不是通往京城的路。」車夫陰沉著臉，卻將毛驢趕了過去。很快，開始變得顛簸起來，驢車正穿過一片灰突突的墳地。說是墳地，其實只有幾塊墓碑而已，餘下卻是荒涼的舊墳。仔細看去，竟然有些屍骨是暴露在外的。

「這是……亂葬崗？」夏乾從窗戶往外望去，只覺得陰森異常。

車夫「嗯」了一聲，繼續趕路。眼見遠方烏雲密布，北風漸起。山神廟越來越近，卻見門前的朱漆已然剝落，窗戶紙破舊泛黃了。整間山神廟就像一個衣衫襤褸的乞丐，只剩下一副枯骨，在寒風中瑟瑟發抖，奄奄一息。

「你下車，隨我進門，一會兒我去找柴生火。」車夫陰沉著臉跳下了車，走上前去，「吱呀」一聲推開了山神廟的大門。

一道光從門外投射進去，直直地劈在山神像上，像是一道斧子砍出的裂痕。這道裂痕割開了山神的頭，割裂了祂的身。山神通身灰毛，尖嘴獠牙，目光凶惡異常，不似旁物，倒像是狼。

「這附近狼多，吳村人殺了不少狼，怕遭報應，這才供奉了這東西。」車夫把夏乾拉進來，關上門。「我們在這裡過一夜，看看能不能等到吳村的人。」

夏乾糊里糊塗地問道：「吳村是什麼地方？這麼晚了，應當去吳村借宿——」

「吳村藏在山間隱蔽處，路人難尋，而且是個不能留宿的地方。」車夫很是不耐煩，所以並沒有把話說明白。

他掏出燧石，點燃了油燈。破舊的山神廟頓時亮堂了起來，而窗外的雪花下得密集，光亮卻逐漸暗了下去，估摸著已經到了傍晚時分。

車夫鋪好了稻草，又囑咐了幾句。此時他的神情似乎有了微妙的變化，雙目低垂，不敢看夏乾的眼睛，說去撿柴火，讓夏乾先坐在這裡休息。

「野外有狼，不要隨便開門。」車夫說完，關上門出去了。

今日路途顛簸，實在勞累，夏乾迷迷糊糊地盯著山神的臉，吃了個涼燒餅。吃完之後關上窗戶，倒在稻草上呼呼大睡。

窗外的亮光漸漸隱退，在一陣狂風之後，大雪紛飛。山神廟內的溫度驟降，油燈悄然熄滅。整間廟宇安靜而詭異，只聽得到夏乾的呼吸聲。山神站在破舊的檯子上，眼睛似乎有光，垂目看向夏乾。

夏乾翻了個身，繼續大睡。他做了一個夢，夢見神像從檯子上走了下來，轉眼就變成了真的狼。牠用黃色的眼睛看著夏乾，突然開始嗥叫——

夏乾一下子驚醒了。

廟裡漆黑一片，他覺得渾身發冷。此時窗外北風呼嘯，「呼啦」一聲吹開了破窗。夏乾哆嗦著起身，想要把窗戶關得緊一些，卻看到窗外天地渾然一色，大雪如刀落下，大地已然白茫茫一片。

車夫和他的車都消失無蹤了，地上只有一些凌亂的車轍隱約可見。

夏乾頓時清醒了幾分。他焦急地呼喊了幾句，聲音也被淹沒在了風雪裡。這車夫肯定是解開繩子，自行駕車回去了。

夏乾的心頓時涼了。他竟被車夫丟棄在這荒山破廟中！

這樣的天氣是極冷的，久留在此必定會凍傷。夏乾趕緊躲進屋子去，掏出燧石點燃了廟中鋪地的稻草。在這絲微暖的火焰照射下，廟內頓時明亮了起來，火光映著山神的長臉，也映著祂狹長而沒有瞳仁的雙眼。

夏乾雙手抱膝坐在稻草上，突然想起了小和尚的故事，心中不由得驚慌起來，趕緊對著山神虔誠地拜了一拜，卻覺得門外的風雪越來越大。但在這風雪聲中，似乎隱約能聽到腳步聲。

啪嗒啪嗒……

腳步聲越來越近，突然傳來一陣叩門聲。

夏乾的呼吸瞬間停滯了，他僵硬地抬起頭，但是屋內有光而屋外卻無光，窗戶上根本看不到任何人影。

在風雪交加的深夜，這座荒山裡是不可能有人的，難道是車夫回來了？

咚咚咚，來人敲了三下門。

夏乾鼓足了所有勇氣，顫抖著問道：「是誰？」

他的聲音在空寂的廟裡飄動，像是有一陣陣的回音。而窗外的風雪中卻無人應答，等了良久，卻又等來敲門聲。

咚咚咚。

天氣極冷，夏乾卻渾身是汗。在鬼神面前，他漸漸喪失了勇氣，瞪大眼睛捣住耳朵蹲了下去，渾身發抖。

咚咚咚！

又一陣敲門聲，這次急促了一些，還夾雜著一陣奇怪的人聲，像是從喉嚨裡發出來的呻吟，又像是嗚咽。

敲門聲停了。

等了良久，夏乾猶豫著站起身來。他渾身是汗，沒有開門，而是走上前去把窗戶開了一條小縫隙，偷偷往外看。

窗外一片漆黑，已然是大雪飄零。在寒冷的夜幕中站著一個戴斗笠的女人。女人慢慢抬起頭，露出一張蒼白絕美的臉。她聽見響動，漆黑的雙目一下子就看向夏乾。

夏乾瞪大眼睛，唰地關上了窗戶，腦袋一片空白。

咚咚咚，又是三聲敲打。這次不是在叩門，是敲窗戶。在敲打無果之後，窗外的人開始用力將窗戶推開。見這扇推不開，又轉推了旁邊一扇。窗子「嘎吱」一聲開了，女人探頭進來。

夏乾的臉失去了血色。

女人張嘴問道：「你是迷路了嗎？」

她雖然張了口，卻沒有聲音，只是依靠唇形來表達意思。火光下，她的目光顯得真切而焦急。夏乾自小喜歡琢磨這些東西，對唇語也略有研究。

「如果你迷路了，這裡住不得，我帶你進村。」女人看著他，朝他點了點頭。

她的眼中帶著善意。夏乾愣了片刻，理智回來了幾分。眼前的女人不是妖魔，而是真真切切的人。他深吸了一口氣，慢慢開了大門。女人摘了斗笠，進了屋。

她皮膚雪白，穿了一身狼毛皮製成的黑衣。她快速地看了夏乾一眼，又道：「你睡在這裡會凍死的，我帶你入村，明天告訴你下山的路。」

夏乾木愣愣地點頭。

「跟我來。」

她發不出任何聲音，只是戴好斗笠，匆匆出發了。

他們穿過了一片矮矮的松樹林，來到一片陡峭的灰色山石前面，夏乾的心一直在狂跳，他們走的一直是小路，也許他即將到達傳說中的吳村。

他靈機一動，掏出了陳天眼的桃木符，沿路扔了出去。「那個，什麼時候……」

女人聞聲回過頭來，衝夏乾笑了一下，繼續向前走。這些灰色的山石像是高牆一般擋住了他們的去路，女人轉了個彎，撥開了松樹枝，行走幾步來到了一個狹窄的洞口前面。女人轉頭看向夏乾，指了指洞口，先行走了進去。二人復行數十步，前方亮了起來。明明是黑夜，前方卻像是有火光一樣明亮。待出了山洞，夏乾震驚於眼前所見——

他們處在一個高點，遠處幾座巍峨高山，山下一片村莊。村子裡有星星點點的火把，在黑夜裡分外明亮。

村子位於山腳，按理說山腳下建村落，一旦遇到地震、河水氾濫、泥石滑坡，是極易遭到重創的。然而，這個村落卻像是安然在此地存在了幾百年一般。

眺望遠方，群山環繞。一條小河在山間奔流，又分成了幾條小溪蜿蜒而去。山和村子就像是一把太師椅，群山像是椅背與扶手，村子就建在地勢平坦的椅子座位上。

行進幾步，又看到一條將近十丈深的山崖。抬頭望去，只見前面有一破爛至極的木吊橋懸掛在山崖之上，搖搖欲墜，而上面的繩索更是破爛不堪。

舉目四望，這「太師椅」與山洞之間隔著深深的山崖，僅有一個吊橋相連。吊橋在風雪中搖搖晃晃，女子率先上了橋。她行進幾步，停下了，回過頭來對夏乾招了招手。在村中零星火把的照射下，女子的臉顯得雪白而美麗。

夏乾看著那吊橋，猶豫了一下，一腳踩上去，吊橋開始劇烈搖晃。他心裡帶了一絲恐懼，但眼下回去卻是不可能的，索性一不做二不休，踏著木板，速度極快地跑完這段路程。

村落越發近了，卻顯得更加落魄。夜似乎已經深了，村子寂靜無人，只剩下數盞燈火在風雪中搖擺。不遠處有一汪溫泉水靜靜流著，泉水旁邊有個黑影，像是在洗衣服，一邊洗著一邊唱著歌：

吳村吳村
一座孤墳
空中有月
月下有聲

夏乾想駐足傾聽，但歌聲停了，那個黑影洗完衣服，收拾片刻也離開了。

戴斗笠的女子把他領到一間小屋前面，招手喚來了一個小人。

夏乾瞇眼一看，頓時一驚——來人瘦瘦小小，背上背著弓箭，臉上竟然戴著一個和山神一模一樣的面具。

小人站了片刻，將面具一掀，露出一張少女的面孔。她大概十三、四歲，雙目機敏，顯得頗有精神，像是習武之人。

她警惕問道：「你是誰？」

「路人。我路過山神廟，是這位姐姐好心救濟我。」夏乾趕緊作揖。「我叫夏乾，敢問姑娘……」

「下錢？好有趣的名字，你爹是不是很想發財？」

小姑娘笑了，露出潔白的牙齒。

「乾坤的乾。」夏乾有些不好意思。他家是江南首富，名字是他爹取的，他自己也不想叫這個俗氣的名字。

「我叫水雲。」姑娘也行個禮。「此地是吳村。以前也有過路人住過山神廟，但是天氣太冷被凍死了。你在這裡將就一晚，否則住在廟裡會被凍壞的。」

夏乾什麼也沒多問，感激地點點頭。

戴著斗笠的女子和她交代幾句，便推開了屋子大門，鋪好床，生了火，又端給了他一杯熱水。

夏乾神魂未定，接過茶杯愣愣地道了謝。女子讓他好好休息，便關門走了。

屋子很乾淨，像是客房，沒有什麼灰塵。夏乾環顧四周，呼吸平定之後只覺得渾身發冷。他蜷縮在床上，摸著厚被子，這才發覺今日所經歷的一切並不是夢。興許是太累了，他翻個身就睡著了，然而睡得並不安穩，風雪聲極大，如同人在哀號，一直持續到天亮。風聲漸小，卻似乎真的夾雜著一陣痛苦的悲鳴，這悲鳴帶著怨恨從山間而來，縹緲而恐怖。

夏乾分不清這聲音是自己的夢中所聽，還是實際存在。悲鳴像是狼的嚎叫，卻不完全一致；像人的哀鳴，卻也不是。

他抬起眼睛，卻見窗外已經微微泛白。窗戶上映出一道奇怪的影子，從左上方貫穿到右下方，像是被人用毛筆在窗戶上畫了一條斜線。夏乾睏倦不堪，並沒有理會，翻個身接著睡。不知睡了多久，在臨近黎明的時候再一次被吵醒。

有人在唱歌。

這聲音蒼老可怖，如同口中含沙般含糊而低沉，像是一位老人在漫天雪花中唱著沙啞難聽的山歌，一遍一遍，不停地重複：

大雪覆蓋東邊村子
閻王來到這棟屋子
富翁突然摔斷脖子
姑娘吃了木頭樁子
老二打翻肉湯鍋子
老大泡在林邊池子
老四上吊廟邊林子
老三悔過重建村子
老五天天熬著日子

是誰呀，是誰呀
是誰殺了他的妻子

這首歌重複數次，次次嘶啞難聽，夾雜著喘息和笑聲。

夏乾的心狂跳不止，待他冷靜片刻，鼓起勇氣抬頭看向窗外——

窗戶上映著一個人影，像是一位老人。她的背佝僂著，緩慢地從窗前走過，邊走邊唱。緊接著，門外傳來一陣喧鬧聲，似乎有好幾個人在走動。

夏乾深吸一口氣，鼓起勇氣走到門前，透過門縫向外看。

他看到一個老人的背影，緊接著，卻是一雙女人的眼睛。

夏乾驚得往後一退，房門被「唰」的一聲打開了。

一位婦人站在晨光裡，扠著腰，怒道：「這屋裡果真有人！說！是誰讓你進來睡覺的？」

夏乾懵了，撓撓頭沒說話。

門口的婦人進了門。她穿著一身素衣衫，戴著木鑲金的簪子，不過三十出頭的樣子，臉上白白淨淨，頗有幾分姿色。她身後跟著一個與夏乾年紀相仿的小丫頭，相貌尋常、皮膚黝黑，雙目卻透著機敏。

「敢問夫人……」

還沒等夏乾寒暄完，婦人眉頭挑了一下，似乎對夫人這個詞感覺不快。「說，誰讓你進來睡覺的？」

「估計是啞兒姐。」小丫頭低聲應道。

婦人進屋環視一周，冷笑道：「自己嫁不出去，半夜拉野男人進屋來？」

這話說得實在難聽。夏乾也聽出來，昨日那個不能說話的姑娘應當就是她們口中的「啞兒」了。多虧那位神仙姐姐，如今自己休息一夜，雖然睡得不好，總也好過在山神廟受凍。於是對這位婦人的言行頗為不滿，問道：「妳是誰？」

婦人繞著他轉了三圈。「鳳九娘。至於你，在這裡住不是白住的。」

黑面小丫頭聞言拉了拉鳳九娘的衣袖，卻被鳳九娘嫌惡地甩開了。

但夏乾也聽明白了，從錢袋直接倒出錢來。「要多少？」

他這一路胡亂花錢，有一些碎銀子藏在袖口的暗袋裡，而錢袋裡的散碎銀子只剩下兩塊，餘下的都是銅板。

他全都倒出來想數一數錢，但鳳九娘白他一眼，拿了最大的一塊銀子。

「真是窮。」

窮？夏乾抬頭一愣，這輩子活了二十年，從沒聽過有人這麼形容自己！鞋底、頭冠裡還有四千兩銀票呢！

「你去飯堂和我們一起用早膳，昨天還有個姑娘也在這兒住宿，你們隨後一起上路。」語畢，鳳九娘轉身就走。

夏乾嘟囔了幾句。

旁邊那個小丫頭上前，幫他收拾床鋪。「你不要介意，她就是那個樣子。本不該收你這麼多銀子的，過會兒我給你多做些好的吃食。」

「昨日在泉水邊是妳在唱歌？」夏乾辨認出了她的聲音。

她點點頭，鋪好被褥，轉身朝夏乾一笑。「我叫吳黑黑，有事就招呼我。如今村中不剩幾人，因鳳九娘年長，我們只得聽她差遣。」

「那我就不客氣了……飯堂在何處？」夏乾交了這麼多錢，心裡不舒服，覺得有些虧，如今餓得頭暈眼花，只想吃東西。

吳黑黑帶他出門，往外一指，告訴他直走去飯堂，而自己進了別的屋子幫忙。

村裡的房子建得七零八落、雜亂異常，有些是新建，有些則是陳年舊屋。夏乾順著吳黑黑所指方向行進，半天也不見一人。他不明白這村子為什麼沒人，但走著走著，覺得自己似乎走錯了。在一棟古宅前面聞到了一陣肉香，可是這棟屋子不像飯堂。

屋子陳舊，大門緊鎖，似是古屋了。從窗縫偷窺，只見裡面有一間臥室、一個廚房，還有一間茅廁。這屋子布局有些罕見，待他湊到廚房門前，香氣卻越來越濃。

是肉香，還有水沸聲。

夏乾蹙了蹙眉，是肉湯嗎？也可能是燉肉。

他推了廚房的門，沒有開，是用門閂閂住的。

屋裡有人。

夏乾的心瞬間被疑惑填滿，他走到茅廁一端，裡面散發著陣陣臭氣。茅草破舊，粗木柱子、木梁似乎是良材，卻因為年久潮濕的緣故腐朽不堪。夏乾忍住厭惡推了推茅廁的門，居然異常結實，也推不開。

這裡面也有人？夏乾嘀咕了一句，他確定自己走錯了地方，轉悠一陣，終於找到了飯堂。這裡是一個挺大的廳堂，家具精緻一些，正對大門的是一幅字，蒼勁有力、嚴正工整，頗具風骨氣韻。而論當今字畫，蘇軾、米芾、蔡襄、黃庭堅之作都在世上流傳，然而此字寫得真好，卻與上述四家不同，反而自成一派。

夏乾欲走近詳看蓋印和落款，剛起身，卻聽身後一陣響動。

「這是司徒爺爺所作。」

只見一羸弱少年從裡屋走出來，十二、三歲的樣子，穿著白色的布衣與淺綠色的裡衫，洗得發白。他皮膚白皙、個頭不高，雙眼有神卻透著濃濃的書卷氣，見了夏乾，客氣作揖。「吳白。」

夏乾立即就明白了——這是吳黑黑的弟弟。二人膚色不同，一個久居室內，一個久在室外，而眉宇間卻有幾分相像。夏乾忍不住調侃。「我叫夏乾。你真是人如其名……呆呆白面小書生。」

少年聽得「呆呆白面小書生」，臉上一陣紅，怒道：「你怎能如此無禮？」

細看，吳白這一本正經的樣子，竟然頗像年少時的易廂泉。夏乾立刻起了捉弄之心，開始編起瞎話。

「我是今年及第的狀元，路過此地略做休息，你這小孩子見了大官還不速速行禮！」夏乾說罷，還嘿嘿一笑。

吳白先是一愣，頓時惱怒，小臉上泛出紅色。「你這狂徒休要胡言亂語！你、你——」這幾個「你」字蹦出，居然詞窮了，只是單手指著夏乾，臉憋得通紅。

夏乾說道：「你不信？這鄭國公還說要將他外孫女許配給我呢！」

他說的倒是真話。這門親事真的有人提過，不過前提是夏乾中舉。

而吳白只是呆呆的，稚氣未脫的臉上寫滿了疑惑。

夏乾一愣。「怎麼，你連鄭國公都不知道？你是不是從來不曾出村？」

吳白先是搖搖頭，轉而怒道：「不關你的事！」

夏乾蹺著腿坐在凳子上，此時門一響，那個名喚水雲的小姑娘先進了門，啞兒與黑黑也進門來了，端上一些風味小菜。

夏乾已經是饑腸轆轆了，顧不得禮節，直接開吃。

「夏公子怎麼跑到這裡來，一個人出門？」水雲也自行拿了一塊餅，問道。

夏乾滿嘴是餅，含糊道：「去找一個朋友，但是走散了。你們見沒見過一個白衣、白帽、帶白貓的人？」

大家都一臉木然。

黑黑道：「說不定他早已過去，未經過吳村。但很有可能是還沒有到。近來山路崩塌，很多路人難以通過，我們時不時會去山神廟附近看一眼，若有迷路的人，就會指路下山。」

夏乾點點頭。「你們可以畫個牌子放在寺廟門口。」

「畫過警示牌，放在塌陷處了。村子的人都出去了，只剩下我們幾個。」吳白剛說完，卻聽見門響。

鳳九娘推門進來了，身後跟著一個人。夏乾抬頭，立即呆住了——是曲澤。她穿著一身不算厚的襖，頭髮凌亂、風塵僕僕的樣子。

二人對望，皆是吃了一驚。

夏乾喉嚨哽住，不知說些什麼。在庸城時，傳上星出了事，自己也算是沒打招呼、逃婚出來的，如今卻在他鄉遇到了最不想見到的人。

水雲不解，看了看二人，大聲問道：「姐姐，妳跟夏公子認識？」

鳳九娘看了二人一眼，「喲」了一聲。「看來是認識了。我早起出去採山菜，這姑娘在村口徘徊，我見她手腳麻利，就讓她住著幾天，幫我洗洗衣——」

「鳳九娘，妳怎能讓客人做事？」黑黑驚訝道。

「她沒帶銀兩，住也不能白住。」鳳九娘冷哼一聲。

沒有銀兩？夏乾吃驚地看了看曲澤，她雙手凍得通紅，雙腳全濕。

「妳是走來的？沒有雇車？」

曲澤柔和一笑，顯得疲憊異常。「夫人給過我錢，但我在碼頭丟了錢袋。如今還好是追上你了，否則真不知去處。」

夏乾望著曲澤，想問幾句，卻又不知從何問起。傅上星的事在他的腦中揮之不去，娶妻的事又無從說起；而曲澤竟然一個人走了這麼遠的路，也許是母親派遣她來跟著自己，也許是自願的。

曲澤雙腳皆濕，上面沾著些許泥濘。明眼人都看得出來，她真的是一路走來的。黑黑趕緊帶她進屋換鞋襪，烤烤火，再回來吃東西。

趁著她離去的時候，夏乾放下筷子，從懷中掏出錢袋，倒出最後一塊碎銀子。

「她不是丫鬟，別讓她洗衣服。我們不會白吃住的。」

鳳九娘接過銀子，冷冷一笑。「這也只夠住一天的。」

夏乾生氣了，沒見過這麼不講理的人。

一旁的吳白看不下去，道：「鳳九娘——」

「有你這個小孩什麼事？吃你的閒飯。」鳳九娘瞪他一眼。

所有人都安靜了，飯桌上只剩下咀嚼的聲音。一會兒曲澤回來，也在夏乾身邊落坐，悶聲吃東西，氣氛實在窘迫。

夏乾吃著菜，偷偷瞄著飯桌上的幾個人。鳳九娘、啞兒、黑黑、吳白、水雲……加上他和曲澤，一共七人而已。只剩下一些婦孺，也不知這村人都去做什麼了。

就在此時，卻聽得沙啞難聽的聲音從屋外傳來，摻雜著笑聲：

大雪覆蓋東邊村子

閻王來到這棟屋子

富翁突然摔斷脖子
姑娘吃了木頭樁子
老二打翻肉湯鍋子
老大泡在林邊池子
老四上吊廟邊林子
老三悔過重建村子
老五天天熬著日子
是誰呀，是誰呀
是誰殺了他的妻子

夏乾和曲澤立即抬頭，臉色微變。

聽聞此聲，其他人神色如常，沒人說話。只有鳳九娘一摔筷子，怒道：「天天唱唱唱！她還當自己十七、八唱著歌嫁人呢？也不照照鏡子！」

她說畢，「咣噹」一聲推門而出。

幾個小輩低下頭去，水雲對夏乾低聲道：「是孟婆婆，鳳九娘的婆婆。鳳九娘的丈夫一個月前剛剛去世，孟婆婆近日神智不清。黑黑姐，妳趕緊跟去看看，如果鳳九娘又打她……」

黑黑點頭，用碗盛了一些飯菜，匆匆出門去了。

夏乾嘀咕道：「她蠻不講理，你們為什麼這麼聽她的話？」

吳白嘆了口氣。「我和黑黑姐的母親早逝，是鳳九娘帶我們長大的。這些年她在村中忙裡忙外，大到祭祀、小到糧食看管，都是由她負責。」

而此時，遠處的歌聲停了。

夏乾放下筷子，皺了皺眉頭。「孟老婆婆唱的是山歌嗎？為什麼這麼古怪？」

曲澤咬了咬嘴唇，也道：「聽起來怪嚇人的。」

小輩們一聲不吭。

夏乾不甘心，問道：「我們只是路過此地，日後山水不相逢，你們可以不必忌諱，和我們講講這山歌的事。」

水雲嘆口氣，算是同意了。「這山歌就是這個村子的來歷。我們聽著山歌長大，又纏著老一輩人講故事，才得知的。」

夏乾聽得此言，饒有興味地托腮道：「說來聽聽，不管真不真實，只當消遣。」

屋外見黑，似是烏雲又來了，遮了日頭。

啞兒起身點亮油燈，屋內霎時明亮起來。眾人用餐完畢，都聚在桌子前。

水雲從裡屋拉出了一個小箱子，裡面放著一些皮影小人，她將它們擺到桌子上。

皮影花花綠綠的，五男一女，另外還有一個老頭。

水雲拿起一只女皮影人。「我來用它們講，故事還得從這個姑娘講起。」

黑黑搖頭，拿起老頭。「應從這個古怪富翁講起。」

吳白道：「從五個兄弟講起。」

三人你一言、我一語爭論了一會兒。

夏乾此時只是隱約知道，這是關於五個兄弟、一個富翁、一個美麗女子，還有這個村子的故事。

「傳說而已，莫要當真。」在故事開始前，水雲說了最後一句話。

夏乾小雞啄米似的點頭。

皮影小人們各自就位，故事開始了。

〈五個兄弟〉

故事發生在很久以前。

宿州北部有個小鎮，鎮上有個人盡皆知的富翁。富翁做些生意，合法的或違法的都做，只要能掙錢。

富翁的妻子早喪，只有一個四歲的女兒。富翁有錢，但是為人貪婪吝嗇，當地百姓不願與其交往，所以他的小女兒也就沒什麼玩伴。

但是有一個男孩子總來找她，他是她唯一的玩伴。

男孩子不過九歲，他家境貧寒、父親早逝，只留母親一人維持生計。好在男孩家中還有四個哥哥。男孩老實又懂事，排行第五，大家都叫他老五。

老五雖小，卻也能做些手藝活兒，捏糖人、做紙鳶。

小女孩很喜歡老五捏的糖人和他做的紙鳶，每逢清明、重陽，二人就一起去放紙鳶玩耍。

不久之後，富翁突然做了一個奇怪的決定——舉家遷往山中。這個決定做得很是倉促，富翁賣掉了他的房子，牽著女孩進山了。女孩不願意與老五分開，卻也沒辦法，只得哭著隨富翁住進山裡，在那之後，父女二人便再也沒有從山中出來過。

據當地百姓說，富翁越來越富有了。沒人知道他做什麼生意，沒人知道他過得到底如何。富翁從不出山，他的錢卻越發多了起來，多到可以買下幾座城池。

有人說，富翁在山間造了屋子，並與山神達成了協定——富翁用刀將無辜的路人殺死，把白骨供奉給山神，以此換得巨額財富。

從此，無人再敢進山。

十五年之後，鎮上出了一件怪事。破舊的城牆上忽然貼了一張告示——富翁要請一位郎中為女兒看病，報酬優厚。

恰逢改朝換代，中原各地戰火四起，屍骨遍地，又逢三年大旱，百姓叫苦不迭。面對富翁提出的懸賞，方圓五百里的郎中個個趨之若鶩。然而他們一個個地上了山，卻都沒有治好富翁女兒的病。

沒人知道他女兒得了什麼病，因為上了山的郎中們從來沒有回來過。

所有去看病的郎中都失蹤了。

世人議論紛紛，卻也沒有人去查清楚。當時戰況激烈，百姓個個似泥菩薩過江，誰還會去追究一群郎中的下落？天下大亂，江山都不知落入誰手，官府自然不會去插手此事。

幾個月之後，富翁不再招郎中，而是招女婿。條件很簡單，只要可以照顧他女兒七日，即可成親，久居在此。

報酬也變得更加可觀——富翁死後，女婿可以繼承全部財產。

這個條件古怪而簡單，但是好處卻是常人無法想像的——全部財產，可以買下幾座城池的財產，條件不過是照顧一個病女人七天而已。

年輕男子瘋了一樣不斷地上山去。接著怪事又傳來了，這些男子同郎中們一樣，一去不復返。

當時城鎮一片混亂，瘟疫蔓延、饑荒四起。有錢人幾乎都遷居了，窮人則坐在城中等死，甚至在街頭賣兒賣女。

五兄弟的娘親病倒了，而治病藥材過於昂貴，他們決定上山去找富翁。他們相信，五個兄弟團結一心，終會有好結果。

老大是個賭徒，最愛錢財；老二是個郎中，奸詐膽小、略通醫術；老三是個風水師，聰明卻掙不了大錢；老四是個建屋子的工匠；老五只是個普通的手藝人，做些小玩意賣錢，勤勞能幹、誠實善良。

老五依舊是當年的老五，他也知道富翁的女兒是自己兒時的玩伴。

兄弟們上了山，看到了富翁的房子。富翁女兒的閨房非常大，卻是門窗緊閉。

富翁是個生性多疑、吝嗇、城府極深的人。他說，五個兄弟只能派一個人去照顧自己的女兒，只有一個人有做女婿的機會。

誰去呢？兄弟們都在發愁——這顯然是有風險的。五個兄弟商議，最終決定讓老五去，他年齡適合，且又認識富翁的女兒，如此再好不過。

富翁卻拿來了一張畫，畫像上是他的女兒。

所有人都震驚於畫中女子的美貌。她閉著雙眼趴在床榻上，睫毛長而密，生得極好看。衣著華貴，手腕上還戴著金色的鐲子。然而這幅畫卻是沒有畫完的，有大部分空白，而且下部皆被損毀。即便如此，畫中女子的美貌著實讓人難以忘懷。

按照老規矩，進屋照顧姑娘七日，七日後即可成親。富翁雖然古怪卻是公平的，這條件與五兄弟在山下所聞無異。五兄弟疑惑，這麼簡單的事，為何從未有人完成過？

五兄弟雖然性格迥異，各自擅長不同，然而他們卻相信智慧的力量。在老五進入屋子去照顧富翁女兒的前一天，他們各自都做了準備。

貪財的賭徒老大不斷地探查所有的屋子，奸詐的郎中老二熬著一鍋肉湯，聰明的風水師老三抬頭看著東邊的房子，優秀的工匠老四不停地敲敲打打，誠實善良的老五一直看著那姑娘的畫像。

準備工作做好後，老五進了屋子。奇怪的事再度發生了——老五進屋之後，五個兄弟居然集體消失了，似乎從來沒有上過山。

富翁心灰意冷，卻也只能在女兒的房門口徘徊。然而就在第七日清晨，屋子的門開了。

清晨的第一縷陽光灑下，老五「吱呀」一聲推門出來，滿身血跡和傷痕，懷裡抱著一個美麗的姑娘。姑娘沉沉地睡著，如同做了一個美麗的夢。

不久，老五的四個兄弟也出現了，富翁依言，給老五和姑娘舉辦了婚禮。

老五娶了美麗的姑娘，只要富翁一死，就可以獲得全部財產。而此時，五兄弟的娘親卻久病去世了。五個兄弟悲痛萬分，決定不再下山，就在山中定居。

然而，這個故事沒有就此結束。

故事才剛剛開始。

姑娘幾乎是不出屋子的，老五一直在屋內照顧她。

山下的老百姓聽聞了這件事，都說這姑娘不見陽光，莫非是殭屍、活死人？

謠言紛紛，可老五一心一意地照顧那個姑娘。五個兄弟也一直住在山上，他們清楚，只要富翁活著，財產就不是他們的。

沒人知道富翁的錢是哪裡來的。他似乎不做任何生意，卻有大把的財產。

老大偷偷跟蹤富翁，他總是偷偷進山，又偷偷出來。山中地形崎嶇，老大總是跟蹤不成，無法知道富翁的祕密。

而老五一心牽掛著那個姑娘，無心顧及財產。

賭徒老大和郎中老二卻不甘心，他們二人在夜半三更時制訂了一個惡毒的計畫，在一個下著大雪的日子裡，將富翁騙至山頭，合力把他推下懸崖。

富翁一死，五個兄弟也就此產生了嫌隙。

賭徒老大與郎中老二想要密謀取得財產，而風水師老三、工匠老四則支持老五。錢財面前，親情也變得淡薄。

老大瘋狂地尋找財產，其間又與老二發生爭執。二人大打出手，老二不幸被老大失手打死。

老二死前正在燉一鍋肉湯，卻也被打翻了。

姑娘體弱，藥物一直由老二負責煎熬。老二歸去不久，沒人再給姑娘治病，姑娘病情迅速惡化。她像是瘋了一樣不停地去啃咬木頭椿子，直到啃得滿嘴是血。過沒多久，病死去世。

姑娘死去後，老大想錢財想得瘋狂，一心只想謀害老五。

餘下的三個兄弟聚集起來商量了對策，在一個下著暴雪的夜晚，將老大騙入山中，然後對他說，富翁的財產就埋在山林裡，還畫了一份地圖。

老大獨自在大雪紛飛之時進山找財寶。然而地勢險要，山中多狼——老大獨自進雪山，攀爬之際，手下一滑，落入河水之中，溺死了。

富翁、姑娘、老二、老大，竟然都死在這樣一座山上，死後魂魄不散去，成了孤魂野鬼，日日哭泣，宛若山間的風聲。

此後山中總有這種風聲，在山間迴蕩著。

老四感到了深深的愧疚——害死大哥，他是有責任的。他沉鬱多日，找到了山間的一棵老槐樹，拴上繩子，上吊自殺了。

如今，村中只剩下老三和老五。二人悲痛異常，卻沒有輕生，只是在老四自殺之處建起一座廟宇。

這是一座山神廟。

守護這座山，守護山裡的人，洗清所有的罪責，送走所有的冤魂。

等到戰事略微平息，老三在這裡重新建起了村子，娶妻生子，在村中過上了幸福的生活。

老五沒有再次娶妻，守著姑娘的新房，不停地做著紙鳶。每逢重陽、清明，就把紙鳶放到天上。數年之後，他就懷著思念之情病逝了，與那姑娘葬在一起。村子越建越大。老三的後代一代代生活下來，靠狩獵為生。這故事也就此留傳下來，口口相傳，傳至今日。

此事因五個兄弟而起，以五作諧音，這個村子便家家姓「吳」，生存至今。

這就是吳村的來歷。

水雲講完故事，放下了皮影。眾人一片沉默。

大雪將至，烏雲襲來，窗外一片漆黑。屋內炭火燒得劈啪作響，卻沒有增添一絲暖意。

夏乾覺得冷，抱臂而坐，沉默良久才開口。「這故事真……真有意思。」

他明顯言不由衷。這故事沒什麼意思，但是奇怪的地方有點多。

曲澤眉頭一皺。「你們不覺得奇怪嗎？那個姑娘究竟是得了什麼病呢？聽起來像是癔症[1]，我以前在醫書上看過，可是又不完全像。」

「癔症是什麼？」水雲瞪大眼睛問道。

「癔症……簡單說就是瘋了。」夏乾回答著，卻滿腹狐疑。「還是說不通。感覺那姑娘像是被鬼附身，誰進屋去，誰就得死。」

幾人嚇得哆嗦一下。

吳白搖頭。「非也、非也。祖先傳給我們這故事，意在告訴後人不要貪財。」

夏乾聞言，倒是笑了一下。「細想想倒也是。我從小愛聽奇聞異事，卻從未見過它們真的發生。一個村子忽然死了這麼多人，根本沒有任何道理。」

夏乾正準備高談闊論，卻聽見門「喀嗒」一聲被猛地推開。鳳九娘臉色不佳，甚是疲憊地走進來。

「那老婆子總算安頓好了，又吐了一地。」

曲澤則帶著幾分好意。「需不需要我替她號脈？」

「不用妳裝好人。」鳳九娘冷冰冰地瞪她一眼。「老婆子沒病，裝的。」

她此話一出，曲澤竟無法接話了。

見鳳九娘心情不佳，水雲便跟她說了，方才在講故事。

鳳九娘聽了冷笑一下。「這個傳說？不過是告訴後世子孫那富翁的錢財還躺在深山裡，沒人動過。我們卻在這裡過苦日子！」

她嗓門很尖，言語之中帶著幾分怨恨。這故事半真半假，但一般都是有事實作為根據的，鳳九娘所言不無道理。

鳳九娘似乎看出夏乾想些什麼，拉下臉來。「我們找過，幾代人不停地找，都沒有結果。若是那個時代的銅錢，恐怕如今還用不了呢！」她臉色難看，話語間卻也帶著哀涼。

夏乾啞然失笑。鳳九娘的想法實在滑稽，若是大筆財富，怎麼可能是銅錢？

大家又沉默了。夏乾看了曲澤一眼，意在詢問要不要就此出村。而就在此時，遠處孟婆婆的歌聲又傳來了：

大雪覆蓋東邊村子

1　癔症：即癔病。古時中醫視為情志不疏、邪氣入體，以致神魂飄蕩之心意病，多與中邪、鬼上身、癲癇視為同一物。今則為精神疾病。

閻王來到這棟屋子
富翁突然摔斷脖子

還是五兄弟的故事。夏乾也聽出來了，正想說上幾句。

鳳九娘一下站起，臉色鐵青。「告訴她不要唱了！叫魂呢！想早早歸西？」

鳳九娘的言論著實過分，弄得夏乾不自在。他看了曲澤一眼，又看了看眾人，站起來道：「多謝款待，我們就此離去。」

「住些日子，等雪停了再走吧！」黑黑站起來挽留，覺得夏乾付了這麼多錢，卻只是住了一日、吃了一餐，實在有些划不來。

夏乾趕緊搖頭。他本來是喜歡摻和怪事的，但如今這個村子實在太過古怪，位置奇怪而且沒什麼人，自己又帶著曲澤，實在是不想久留。他言不由衷地道了謝，帶著曲澤就出了房門。

昨日的薄雪已經化了，地面乾乾淨淨的，天氣也已經放晴。

夏乾回房收拾行李，和曲澤二人悶聲走到了吊橋邊上——

橋斷了。

眼前的懸崖深不可測，殘破的吊橋掛在峭壁上，繩子在風中微微舞動。

二人愣住了。曲澤一把拉住夏乾。「小心，別過去。」

夏乾輕輕推開她，小心地向前挪動，觀察著。

吊橋是從村子這一側斷掉的，長長的繩子耷拉下去，零星掛著破舊的木板，像個垂下頭去的、頭髮長長的女人。

順著這斷橋向下看去，在這斷橋的正下方竟躺著一位老人。

老人臉部朝下，手腳張開，頭部滲出了殷紅的血，像是摔在崖底的碎石堆上，身上骨頭似乎盡數折斷了。

夏乾向後退了一步，臉色蒼白。「小澤，不要過來。妳快去叫人來！」

第二章

怪事連發兩人亡

「還有救嗎？會不會還有救？怎麼也要想辦法把她弄上來！」黑黑趴在地上朝山崖看，顯得異常焦急。

「我去找繩子！」水雲趕緊回屋去翻，啞兒拉住她要一起去。

夏乾趴在山崖邊緣朝下看。「她是不是孟婆婆？我早上見過她的背影。」

「是。」吳白臉色越發蒼白，看向鳳九娘。「怎麼回事？」

「怎麼回事？關我什麼事？她多半是失足墜崖，你看我做什麼？」

吳白生氣道：「妳心虛什麼？當務之急是救人上來。」

黑黑看著奔跑而來的啞兒與水雲。「怎麼樣？有繩子嗎？」

「原本在柴房裡放著的繩索都沒了。」水雲擦擦汗。「明明那麼長一捆，怎麼就沒了？」

吳白急道：「那怎麼救人？」

「你們都別嚷了！」鳳九娘直起身來，看著山崖底部，聲音發顫。「等村裡人回來再說。」

曲澤上前。「如果不及時救治——」

「關你們什麼事？」鳳九娘瞪了她和夏乾一眼。「這下好了，吊橋修好之前你們也別想離開，除非自己去爬後山的峭壁。在這兒白吃白住，少講廢話！」

夏乾氣惱，想上去和鳳九娘理論，卻被曲澤攔住了，示意他看看後山的峭壁。巍峨的群山像是穿破了雪霧，也將雲端刺破。離他們最近的山體幾乎與地面筆直相交，怪石林立，根本無法爬行上去。進入村子必須通過狹窄的洞口，本就鮮有路人經過，如今吊橋也斷了，整個村子徹底成了一座孤島。

孟婆婆的屍首也無法被移動上來，只得等到村人回來再想辦法，若是等得太久，只得先撒上稻草，再將其火化。幾個小輩開始哭泣。

夏乾垂頭回了屋子，哀嘆一聲，滾到了床鋪上。

橋怎麼就斷了呢？一般都是人砍的。但是砍斷橋有什麼用？村子本來就與世隔絕了，村民又不出村，若是想將他們困在此地，也沒什麼必要。若是想要自己身上的銀子，搶錢便是了……

夏乾胡思亂想，又翻了個身。他昨日睡得不好，只覺得渾身疲累，但偶爾翻身，只覺得右手邊的床上有細碎的末子。夏乾自小受的待遇堪比皇親國戚，這床上有異物，自然是能感覺出來的。

他爬下床，掀開床單，下面居然有很多細碎的米粒。

米粒來得古怪，興許是村子的習俗，來了生客要將米粒鋪在床褥下。夏乾想了片刻，也不明白為什麼，直接就把米粒掃到地上，鋪好被褥，準備接著睡。

在夢中，夏乾總覺得孟婆婆還在不停地唱著，腦海裡總是迴蕩著開頭幾句歌聲：

大雪覆蓋東邊村子
閻王來到這棟屋子
富翁突然摔斷脖子

夏乾本想小睡片刻，不承想睡到了晚上，黑黑敲門，告訴他要吃飯了。

飯堂裡悄無聲息，吳村的人個個無精打采，對夏乾也不似白日那般熱情。

夏乾倒是能吃能喝，當第三碗粥即將入肚的時候，卻見吳白偷偷留了點餅，藏於袖中。

見大家都不說話，夏乾開口道：「小白先生留著晚膳是要給誰？」

吳白紅了臉，急忙把東西藏到更裡面去。

鳳九娘冷眉一橫。「你又想去餵那畜生，是不是？」

水雲見狀，扔下筷子，對鳳九娘頗有不滿。「什麼畜生，木須牠不是畜生！」

這下輪到夏乾發愣了，木須是什麼？他把目光投向吳白，只聽吳白道：「牠不是畜生，是小狗。」

夏乾喝了一大口粥，含糊地問道：「哪兒來的小狗？」

吳白似是考慮了一下，才答道：「撿的。」

鳳九娘放下筷子，冷哼一聲。「撿的？山裡撿的能是狗嗎？」

夏乾這才有點明白過來，山裡撿的，莫不是狼？

吳白漲紅臉。「牠很可憐的，也很小，牙都沒長齊，怎麼會……」

吳白還要說話，被鳳九娘瞪了回去。

夏乾無所謂道：「這也無妨，狗本就是由狼經千年馴化而成。」

鳳九娘冷笑道：「你個窮酸書生懂什麼？畜生嘛！劣性不改，哪天傷了人，吳白怎麼交代？狼會傷人，你們一個個難道都不知道？」

她「咚」的一聲甩了碗筷，瞪著一群小輩。

吳白再也忍不住，大聲爭辯。「木須牠不一樣！九叔的捕獸架子傷了牠，木刺刺穿了牠的喉嚨，好不容易才活下來。牠不會嗥叫，進食也有問題……牠若是狼，定然受到狼群欺負！何況牠這麼老實！」

鳳九娘又是一聲冷笑，剛要開口，啞兒卻一個勁兒地拉住她，神情有些激動。那狼與她同病相憐，都無法出聲，自然多了幾分同情。

畢竟敵不過這麼多人，鳳九娘叨咕幾句，沒有再理這事。吳白滿心歡喜，又裝了些吃食，曲澤也過來幫他裝了一些。

燭火閃了一下，屋外狂風大作，啞兒上前關上了窗戶。

水雲一歪頭。「又要下雪了？」

她說得倒是準了。天空又飄起雪花，一片片扔在地上，像是撕碎的紙。

眾人用完晚膳就悉數散去，夏乾回房準備入睡，卻久不能寐。直到半夜三更，其他人全部入睡，他索性找到燈籠，披衣起身出門，告訴自己是出門賞雪去。

說是賞雪，他夏乾哪裡有這種閒情雅致，只不過是瞎遛達，肚子餓了找點肉吃。屋外雪花星星點點飛舞，遠處的一排排小茅草屋像是蜷縮在雪地裡的鼠，睡得正香。

夏乾輕輕地走著，手中的燈籠把地上的薄雪照成橘色，再看腳下，忽然發覺有一排小小的腳印。

這顯然是某種動物的腳印，只是極度小巧，估計這動物個頭不大。

夏乾這才想起，難道是那隻小狗——木須？

他順著腳印走過去，本以為腳印會通向吳白的住所，卻發現腳印通向了古屋。足印原本是密集的，隨後鬆散，足印間距離更遠，可見這小動物原是走著的，突然開始跑動了。足印顯示牠從正門進了古屋廚房，只有進去的印子，卻沒有出來的。

除去木須的腳印，還有一雙女人的腳印。極度小巧，也走向了古屋廚房。除此之外再也沒有別的腳印了。

在離古屋幾步之遙的地方，夏乾聞到了一股肉香。

夏乾本就飢餓，聞到肉味趕緊走上前去，卻聽見屋內有細微響動。似是火焰燃燒聲、微弱的水沸聲，而肉香味越來越濃。

夏乾猶豫一下，上前輕輕叩門。等了許久，卻無人應和。夏乾心裡覺得不對勁，這狗進去了也不出來，門也鎖上了。根據腳印來看，屋內定然是有人了。

他從屋子門口折了樹枝，戳了窗戶，伸著頭偷偷瞄著屋內。窗戶小洞裡，是一隻黃褐色的眼睛。

夏乾驚得把樹枝一丟，後退兩步。待呼吸平順之後上前再看，那眼睛仍然在，就在屋內，離他不過幾寸。夏乾冷汗涔涔，這才明白屋中是木須的眼睛。牠的眼睛斜向上，而犬類的眼睛則是平視的。他此時確定了，木須不是狗，真的是隻狼崽。

這小狼僵住不動，也許是死掉了躺在灶臺上？夏乾趕緊貼到小洞上細看，卻見木須似乎還在喘息著。他心裡一塊石頭落了地，琢磨著怎麼把狼崽救出來。

然而此時，他卻覺得不對勁。

屋裡透出一股血腥味。

血腥味太過濃重，夾雜著肉湯的濃濃香味鑽入夏乾的鼻中。他趕緊拿來松枝，把小洞戳得更大，欲看看屋內，這才發現木須渾身是血地堵在窗邊。

木須遮住夏乾的視野，但夏乾心中更慌了，一定是出事了！當務之急是把門撞開，他趕緊跑去喚來吳白。

吳白此時睡得正香，被夏乾搖起來，迷迷糊糊地穿上衣服，這才明白小狼崽出了事，匆忙跑到古屋門口。古屋距離這幾人的臥房很遠，像雪中的孤島。

「我們一起撞開門，能用多大力就用多大力！」夏乾死盯著門，對吳白說著。

吳白臉色更加蒼白，二人都明白，撞門不僅只是為了救木須而已，還希望弄清楚屋內究竟發生何事。

他們一個勁兒地撞著木門，木門發出巨大的響聲，一下子就傳遍整個村子。鳳九娘屋子的燈亮了，緊接著黑黑、水雲和曲澤屋裡的燈也亮了起來。

當他們撞了三下之後，便聽聞「哢嚓」一聲，屋內的門閂斷裂了。

夏乾一掌拍過去，他想當然地認為，既然門閂斷裂，門定然是一下就能開的。然而門並沒有開，像是什麼東西堵在屋內門口。

見門打不開，夏乾心裡一涼。他撥開吳白的小身板，盯著門內。「估摸有什麼東西擋住了門。你退開，我把東西挪開，咱們推門進去。」

吳白退後一步喃喃道：「為何有東西擋著？木須牠、牠究竟——」

夏乾把手伸到門縫裡，撥弄著門口的東西。然而待摸到那東西時，他的臉一下變得慘白。被門擋住的東西，夏乾是看不見的，然而他卻感覺到了不對勁。

吳白愣住。「怎、怎麼了？」

夏乾腦海中閃過可怕的念頭，他嘴唇的血色盡失，雙手立刻從門中抽離。燈籠的光在此刻顯得如此明亮，在這一剎那，將夏乾的雙手照得分外清晰。吳白瞪大眼睛，看清了夏乾的手——

他的手上全都是血。

吳白面色蒼白，一個趔趄跌倒了。不過十來歲的孩子，哪裡見過這種場面？

夏乾只是緩緩抬起雙手，彷彿才看清了手上沾的是什麼。他顫抖一下，隻手撐住白雪覆蓋的地面，在地上留下個清晰的赤色手印。

雪花打在臉上，冰涼刺骨，如同耳光般，把他從恐懼中搧醒。他還算反應快，使盡全身力氣撐起自己的身體，衝吳白大喊：「叫人過來！」

吳白被他這麼一喊也嚇醒了，趕緊轉身，跌跌撞撞地向河岸幾個屋子跑去。

夏乾再度將手伸進門去。他明白，有人受了重傷倒在屋內門口處，若要開門救人，只能先把那人挪走。此人生死未卜，若是一息尚存，興許還有救。

他小心翼翼地把屋內的人推開，直到門能打開一人寬的窄縫。夏乾一下子鑽了進去。屋裡只有剛剛扒開門縫的一道微光，其餘一片黑暗。光線雖然弱，但是仍能看得清楚周圍的一切。

有個人躺在血泊裡，脖頸處被撕裂了一個巨大的口子，彷彿頭要與身子分離，然而骨頭似乎還連在一起，鮮血源源不斷地從身體中湧出來。全身都是傷，胳膊似乎因為劇烈的拉扯而脫臼了。

夏乾雙手開始顫抖。他看清楚了那人的臉，自己腦中一片空白。

「夏公子！夏公——」只聽得黑黑的聲音從門外傳來。夏乾還未做反應，門就被硬生生推開，門外的燈籠光線剎那照了進來。

黑黑一行人提燈站在屋子門口，著急地張望著。

血泊中的殘軀被光線照亮，眾人也看清了地上的人。只見殘缺的啞兒躺在地面上，血緩緩從白嫩的脖頸流淌而下。她原本美麗的臉顯得痛苦而猙獰，脖子幾乎被弄斷，脫臼的手臂怪異而無力地擺著不自然的姿態，顯然是完全斷裂了。

站在一旁的曲澤則瞪大了眼睛，立即扯下衣裳，下意識地上前去止血。

「還有救嗎？」鳳九娘的聲音開始發顫。

曲澤看了瞳仁，垂頭輕聲道：「已經死去很久了。」

鳳九娘沒有掉淚，只是呆呆望著啞兒的臉。她潑辣嘴快，一直喜歡沉穩安靜的啞兒。如今卻見了這番情景，鳳九娘臉上血色盡失，整個人似乎被風一吹就會倒下去。

水雲「哇」的一聲哭了，她是眾人中第一個哭的。她不懂得隱藏情感，只是剛剛接受事實，這種滿心的哀傷終於累積到極點，淚水便決堤而出。

水雲哭泣，黑黑聞得此聲也落了淚。

吳白不語，咬著嘴唇。

夏乾脫下外衣為啞兒蓋上，喉嚨哽了一下，抬頭問曲澤道：「怎麼會這樣啊？」

曲澤臉色蒼白。「失血過多。」

她指了指脖頸處。啞兒的脖頸像是被扯斷，也像被撕裂。撕裂的傷痕很是奇怪，也許是用手拉扯所致。不論如何，這種傷口絕非意外所致，只怕是遇了襲。

夏乾環視了一下屋子。整個廚房密閉，窗戶從內部閂上，煙囪極小，容不下人通過。廚房一共兩個門，一扇從廚房通向外面，在啞兒遇害時是閂上的；第二扇通往旁邊的陳舊臥房。夏乾一下站起來，上前想推開第二道門，門卻沒被推開，顯然是有門閂從臥房裡將門閂住了。

水雲與黑黑不停地哭泣，周圍變得如此安靜，只聽得不遠處爐灶炭火劈啪作響。灶臺上放了口大鍋，鍋子側翻著，一些肉塊隨湯灑了一些出來，夾雜微微藥香，冒著騰騰熱氣。

夏乾看著鍋子，其他人也莫名地去看那個鍋子。

誰也沒有說話，大家卻不約而同地想起同一件事情，那就是五個兄弟的山歌：

大雪覆蓋東邊村子

閻王來到這棟屋子
富翁突然摔斷脖子
姑娘吃了木頭椿子
老二打翻肉湯鍋子

肉湯鍋子側翻著冒著熱氣，咕咚咕咚地像是想要說些什麼。

夏乾的臉色蒼白起來，這件事太過詭異，可是在場的人誰也沒有提它。

鳳九娘低聲道：「後屋有棺材，是村裡為了防止有人突發意外，故而一直備著的。要不要……」

「你們不報官？」夏乾愣住了。

「怎麼報官呀？」黑黑擦著眼淚。「若是吊橋不斷，我們走上一天才能到山下的衙門。小村子出這事，衙門一般是不願派人來的。來了也是敷衍了事。」

「村裡也不是第一次出這種事了。去年村中有人被狼殺害，最後還不是草草葬了。」吳白說得很是平靜。他抱起木須，率先出了門。

夏乾一夜未睡，去幫著抬來早早備好的棺材。忙完之後，天也徹底亮了。他回想啞兒的死狀覺得疑點頗多，剛想回屋，曲澤卻把他拉到一邊，說了說啞兒遇害的情況。

曲澤只是略通醫理，卻也看出啞兒傷得極重，而且傷口極度不尋常，身上呈現多處傷痕，手臂也脫臼了。脖頸處的撕裂痕跡是最怪異的，單純人力拉扯不能導致這種慘烈結果，如果是利器所傷，傷口也不夠整齊。但是最怪的不是傷口，而是封閉的屋子。

夏乾眉頭緊皺。「我和吳白撞門進去的時候已經下了雪，屋子周圍只有啞兒和木須的腳印。還有，出了這種事，他們居然不報官！小澤，村裡是不是都是這樣做事？」

曲澤咬了咬嘴唇。

「我們最好早早出村，這也太不尋常了。我只怕村中藏著歹人——」

她還沒說完，夏乾噌地快步向古屋走去。他記得清楚，昨日自己撞門之時四周沒有其他腳印。如果真的有歹人，那麼只有一種可能。

行凶之人進了廚房，隨後入了臥房，之後就一直沒從臥房出來過。

應該早做檢查的！夏乾在雪地中奔跑，內心懊悔不已。待他到了屋前，只見幾排腳印從廚房門口到了臥房的窗子旁，再看窗子，已被撬開。而門顯然已經不是先前門住的樣子。

有人進去過。

夏乾心中一涼，卻又詫異不已。只聽背後傳來腳步聲，黑黑慢慢走來。雙目紅腫、倦怠不堪。

「昨日我與水雲查過了，裡面沒有人。」

黑黑很年輕，成熟冷靜，比其他人聰慧理智很多。她上前推開門，「嘎吱」一聲，一股霉味撲鼻而來，夏乾這才徹底看清了屋內的全貌。

都是古時擺設，古舊異常，顯然是大戶人家的屋子。陳設與夏乾幾日前偷窺所見並無太大出入，而他卻注意到床榻上的被子沒了。

「這被子去了何處？」

黑黑聽得夏乾如此問，頓時愣住。「被子？怎麼會有被子？我長這麼大，這還是第一次進這屋子。古屋有些年頭，怎麼可能會有被褥之類的東西堆在這裡？」

夏乾心中大惑，自己那日著實看見一床被子，怎麼說沒就沒了？是不是記錯了？再過去，側門即通向廚房，門閂好好地都閂在上面。

「是不是沒什麼異常？」黑黑問道。她的聲音如同消融的冰雪，細聲細語。

夏乾嘆道：「妳們膽子真大，若是有歹人怎麼辦？」

黑黑堅定道：「那又何妨？歹人害死啞兒姐，我們怎能姑息？這村子不過還剩幾人而已，我們不去，誰又去？」

「這……不對勁啊！」夏乾環視一周，慢慢吐出幾個字。

黑黑一愣。「什麼？」

「太乾淨了。」夏乾皺了皺眉頭。「好像沒什麼灰。」

夏乾繼續環視著，沉默許久卻並無特別發現。

黑黑才開口。「啞兒姐不能白死。」

這一句鏗鏘有力，夏乾只是一聲嘆息。「水雲好像很傷心。」

黑黑雙眸微閉。「啞兒大名為絹雲，是水雲的親姐姐。」

這倒把夏乾一震，瞠目結舌，腦子完全沒轉過彎來。

黑黑只是沉默一下，才緩緩道：「你畢竟不是村人，但舊事已去，此話我說了也無妨。啞兒姐的娘生產之後，身子就變差了，夫妻之間並不和睦，她得知水雲的娘懷了孩子，這才……氣得病故。而水雲的娘最後死於難產，但孩子保住了。故而水雲生來就沒有母親。」

她的話沒有講得很通透，但是夏乾也明白幾分。水雲是私生子，她與啞兒是同父異母的姐妹。

「她們的爹呢？」夏乾覺得這個「爹」才是罪魁禍首。

「去世了。他原本只是想要個兒子，折騰一通卻沒有結果，自己也害了病。」簡單來說，姘頭上位，氣死大房，最終三人都先後撒手人寰，只留下兩個女兒和諧相處。

夏乾哀嘆一聲，這事若擱到自己頭上……不敢想、不敢想。所以一人只娶一個妻子最好。他此刻無比慶幸自己逃婚出走，但一想到曲澤，心中還是莫名有些愧疚。

他走了幾步，黑黑又道：「村人狩獵時常受傷，我處理過野獸的撕咬之傷。然而啞兒姐脖子傷痕很怪，像撕咬所致，卻並不完全一致。野獸的牙齒更加鋒利，力氣也會更大。」

夏乾遲疑一下。「曲澤說過，不像人力所致，不像利器所致。而妳說不像野獸所致，那究竟怎麼回事？」

二人沉默了。整個事件異常怪異，而奇怪的不止一處。

不久，夏乾就回了屋子，見案上供奉著木雕菩薩，香案上還有未點的香，他猶豫一下，竟點了一炷，上前參拜了一下。

夏乾的母親信佛，他不信。但只來吳村幾日，卻連死兩人，他又無法出村。啞兒死得太蹊蹺，而且那山歌……

夏乾心中一團亂，拜了幾下，抬頭看了看菩薩。粗製木雕有些廉價，菩薩的相貌也有些模糊不清。香氣裊裊，浮在空中，夏乾覺得所謂的菩薩就是個木頭疙瘩，也不知靈驗不靈驗。

他唉了一聲，滾回床上，閉了眼睛。剛剛自己許願，保佑一切平安，保佑村子不再死人，保佑自己早日出村。

菩薩好像哪一條都沒答應。

夏乾把自己關在房間裡，一整天沒吃東西，直到傍晚，曲澤才叩門，硬把他拖去吃飯。

飯堂裡燈火通明，飯菜同前兩日一樣。夏乾木頭般咀嚼著，品不出什麼滋味。

眾人皆在，然而啞兒卻永遠回不來了。

「你們不覺得太奇怪嗎？」吳白聲音略微發抖，他單手端著飯碗，卻是端不住的樣子。「啞兒姐死得太奇怪！這究竟——」

鳳九娘厲喝一聲。「蹊蹺？這不明擺著嗎？木須那畜生幹的好事！」

夏乾一聽，頓時愣住了。的確，當時只有木須在屋子裡，牠還渾身是血。

鳳九娘冷哼一聲，繼續道：「啞兒在裡面燉湯時，將木須帶進去！牠本是狼，怎能見肉湯？可憐的啞兒……」

夏乾剛要反駁，卻見吳白轟然站起，大聲嚷道：「怎麼會是木須？牠這麼小！」

曲澤也低聲接話。「看著傷痕很怪，不像——」

鳳九娘一拍桌子冷笑道：「畜生就是畜生，還能當人不成？啞兒一個人進了屋，就莫名死了。你看那傷口，分明是畜生咬的，定然是畜生咬了啞兒的喉嚨——」

「都別說了！」夏乾聽她說話就覺得很煩。

鳳九娘的臉氣得煞白。「你一個過路的窮書生，憑什麼命令我？碰上你真是我們的劫數，你這瘟神一來，這村子哪裡還有安生日子可過？」

夏乾本應立即開口反駁的，但他愣了一下。「瘟神」這個詞真是太熟悉了！鳳九娘竟然會直接說出他在庸城老家的綽號。難道自己真的這麼像瘟神嗎？

曲澤見狀慌忙勸解。「我們逗留幾日，就會離開的。」

「離開？巴不得你們馬上離開！好吃好喝地待你，你卻不懂得知恩圖報。」

她竟然要動手。

夏乾趕緊躲閃，一甩袖子，暗袋破了，甩出些許碎銀子。只聽一陣叮叮咣咣響動，雪花般的碎銀子滾在陳舊的桌面上，明晃晃的強光閃了所有人的眼。

鳳九娘只是呆呆地盯著那些銀子，彷彿沒見過似的。

曲澤驚得一下子拉住夏乾的袖子，二人退後兩步。

夏乾原計畫是想和鳳九娘吵嘴的，還沒開口，銀子就掉了。他也是沒想到會這樣，又愣了片刻，把桌子上的銀子往懷裡一收，哼了一聲就走了。

夜風微涼，烏雲散去，明月高懸。

夏乾躺在床上翻來覆去睡不著，肚子餓得咕嚕直叫。來這村子數日有餘，卻是一日也未曾睡好。他此刻有些後悔自己為什麼要把銀子露出。鳳九娘貪錢，他知道。出門在外不宜露富，散出這麼多銀子真是不妥。

倘若運氣不好……會招來災禍。

夏乾兩眼一閉，又翻了個身。不行，明日就走，走不成，就後日再走。山勢險峻又如何？陡直的峭壁又如何？索性賭上這條小命。在村裡耗下去不知要耗到何年何月。

天氣很涼，屋中的炭火燒得很旺。

夏乾又開始胡思亂想了。這炭火應該是鳳九娘安排的，而今日大吵一架，她卻是不喜不惱，還讓黑黑端來炭火，著實奇怪。是不是想讓自己再打賞些錢？

夏乾覺得胸口悶，翻身起來推開窗戶。月色皎皎，清灑入戶。他吸了吸夜裡寒冷的空氣，趴在窗戶上眺望。

遠處啞兒的木棺清晰可見，在月色下微微發白。她的棺槨沒有下葬，而是直接放在村子邊上的大松樹下。

就在夏乾發呆之時，一個身影閃現。那是一個少女的身影，穿著單衣，走路慢吞吞的。

夏乾瞇起眼睛才看清楚，是水雲。

若不是看清了臉，夏乾是不會相信的。她走得太慢，不似往常活潑，手中捧著松枝和點心。她輕輕地坐在地上，把點心小心翼翼地擺好；又拿起松枝，掃去木棺上的冰霜。夏乾看不清楚她的表情，卻能看到她不住地用袖子抹著眼睛。待掃乾淨雪，又趴在棺材上遮住了臉，渾身癱軟，不住地顫抖著。

她哭了，也許是怕擾人清夢，哭得無聲無息。

水雲本是私生子，與啞兒不是名正言順的姐妹。白日裡，水雲雖然喚啞兒姐，卻也是跟著眾人一起叫的。水雲雖然堅強卻也不過是個小姑娘，如今唯一的親人死去，也只得在黑夜無聲落淚。

月光把一切都洗得發白。人本身就渺小，在死亡的陰影籠罩下，又是這麼不堪一擊，似飛雪，該化則化，該無則無。

夏乾輕嘆一聲。這麼小的孩子，給自己姐姐上墳都要有所顧慮，都怪上一輩的人孽債太多。他不想再看，輕輕關上了窗，回到床上蓋好被子，昏昏沉沉地睡去了。

剛睡下沒多久，卻被凍醒了。睜眼發現蒼白的月色入戶，窗戶被風吹開，正在微微顫動。夏乾無奈起身，關上窗戶，卻見水雲睡在木棺前的地面上，蜷縮成一團，似乎是哭累了才睡著的。

這麼冷的天……

夏乾不忍，拿了衣服出去，欲將水雲拉回去睡覺。

待他走上前，卻發覺不對。

水雲身上的衣服似乎和之前所穿不同。夏乾想了想，估計自己記錯了。

白色棺槨在月光的照射下越來越蒼白，水雲小小的身影就躺在月下白棺的陰影裡，似是得到了嫦娥的庇佑，安然睡去了。

夏乾上前，想把她推醒。雖然水雲年紀不大，畢竟男女授受不親，夏乾總不能抱她回去。

他伸出手去，覺得水雲的皮膚冰冷一片。這種冰冷是徹骨的，似乎是感受到了什麼。夏乾一個激靈，一種可怕的念頭吞沒了他。

「水雲，妳醒醒！」夏乾額頭冒汗，使勁地推著她。

約莫推了幾下，水雲動了動，囈語幾句將夏乾推開，就是沒有醒來。夏乾見狀大大吁了口氣，原來自己多慮了，水雲真的只是睡著了。

白棺裡是啞兒殘缺的屍體，水雲竟然可以在此酣睡。夏乾搖搖頭，想繼續推她，卻發現她身上白底藍花的外衫滑落，他伸手替她蓋上了。

遠處的林子漆黑一片，隨風傳來微弱的響聲，似是風吹樹葉發出的哀鳴。

「……富翁、姑娘，老二、大哥，竟然都死在這樣一座山上，死後魂魄不散去，成了孤魂野鬼，日日哭泣，宛若山間的風聲……」

夏乾腦海中忽然出現五個兄弟故事中的字句。他覺得夜半此地，陰森可怖，趕緊猛推了水雲幾下，想叫她一起回屋，可水雲就是不醒，打了個嗝。

夏乾聞到了一股酒味，抬頭才看清遠處有個酒杯。這小孩子不知從哪裡學的吃酒習慣，定然一時半會兒醒不了。夏乾萬般無奈，只能把她抱進去。

夏乾看著水雲，覺得她長得倒有幾分像死去的啞兒。風吹動枯樹，發出沙沙響聲，似人走動，如人低語。

今夜真是古怪。

夏乾用衣裳裹緊水雲，然而就在抱起水雲之時，卻聞到一股清香，這像是啞兒身上的皂角粉香氣。

夏乾一哆嗦，下意識地往四周看看。可就在他轉頭之時，偏偏看到了——

院子的黑暗角落裡有人，一閃而過，快得不能再快。

「人」，這個定義實在太不準確了。夏乾看見了「人影」的正臉，她就站在古屋後面的陰影裡。

院角的影子，這麼像……啞兒？

夏乾不敢相信自己的眼睛，腦袋一片空白，手腳一軟，水雲「啪嗒」一下掉到地上，摔醒了。

夏乾趕緊將她扶起，但是瞪大眼睛，低頭一看，卻看到水雲蓋在身上的藍白衣服。這才明白方才哪裡不對勁，自己又為何能聞到啞兒身上的香氣。水雲剛來時穿的不是這件外衫，這件衣服是後來蓋上的。

夏乾認識這衣服，啞兒遇害時穿的就是這件，這是一件深藍與素白相間的花紋罩衫。啞兒穿起來，雖然樸素，卻素雅大方，藍花白底彷彿上好的瓷器圖案。如今看來，這罩衫在月光下堆疊在地上，卻格外詭異，畢竟罩衫的主人已經躺在白棺裡，再也無法甦醒了。

夏乾定睛一看，衣服上還有一點點血跡。

這衣服是怎麼從棺材裡跑出來的？

夏乾不住發抖，他看著水雲睡眼惺忪的臉，那眼睛，真像是啞兒的眼睛。

「怎麼……我怎麼？」水雲雙眼還是紅腫著，不解地看著夏乾。

夏乾只是下意識地後退。

水雲摸了摸後腦杓，長長的睫毛與紅腫的雙眼掩飾不了她哭泣的事實。於是她趕緊低頭，似乎是不想讓夏乾看見自己哭過。

然而夏乾此時已經心不在此，三魂七魄都丟了大半。

「夏公子，你怎麼傻了？」見他不說話，水雲木愣愣地抬頭看了他一眼。

夏乾這才幡然醒悟，拉著水雲要進屋。

「快走！」

水雲被他這麼一扯倒是莫名其妙。就在拉扯中，她看見了地上的罩衫，臉猛然變得煞白，斷斷續續道：「這、這怎麼會？怎麼會在這兒？」

水雲嚇得唸完這幾句，卻猛地住了嘴。

「快進屋！」夏乾又喊一聲，把水雲連拖帶拽地拉到曲澤屋裡。

曲澤聽見叫門聲，這才知道是夏乾來了，臉上一紅，速速套了外衣，點燈開門。

半夜入女子閨房是極度不合禮數的，但夏乾顧不得那麼多了，只盼著不要再出屋才好。

「怎麼？」曲澤的臉依舊紅著，只是匆匆給他們倒了熱水。

水雲捧起杯子大口喝著，顯然是冷得不行。

夏乾不言，也是咕嚕咕嚕喝著水。二人默契地沉默了，令曲澤異常不安。

「有急事？你們⋯⋯」

「見鬼了。」夏乾喘著氣，呼哧呼哧地道。

「見鬼了」三字足以把曲澤驚到。

水雲低頭不言，興許是嚇怕了。夏乾只是抬頭對曲澤道：「我剛才看見……」

「看見什麼？」

夏乾猶豫一下。他到底看清了嗎？是鬼嗎？連他自己都不確定。

良久，他才反應過來。「不管我看見什麼，那個東西一定還在。妳去打開窗看看便知。」

一聽「那東西」，曲澤只是一顫，驚恐地看了夏乾一眼。

夏乾搖頭嘆氣，壯著膽子走到窗邊，「嘎吱」一聲開了窗。樹林黑暗而幽深，月光之下，啞兒的白色棺材就在樹林不遠處放著，清晰可見，泛著寒光。

「妳看，衣服還在那白棺下堆著呢——」夏乾用手一指，然而手卻僵在半空中。

「什麼？」曲澤踮著腳尖，巴望著看著外面，卻不敢靠近窗戶一步，生怕有什麼東西會突然冒出來。

月光下，雪地上堆著一些點心、一些松枝、一個酒杯。除此之外，別無他物。

夏乾呆若木雞。啞兒的那件藍白花紋相間的外衫明明剛才還攤在地上，而此時卻已無影無蹤。

第三章

亡人風雪夜歸來

夏乾已經不記得自己是如何飛奔回屋的了。他只記得，自己回來後窩在被子裡，縮成一團。他確定他看見的就是啞兒。

可是……

他在床上翻來覆去，不知過了多久，似乎聽到門響了一下。很輕微的聲音，但是夏乾睡得不熟，於是半睜開眼睛看了一下。只見窗戶上有影子在移動，是人影。

夏乾陡然睜大了眼。那影子從左至右地動，人影佝僂著，像是一位老人，很快就消失了。

若說老人，除去之前已經墜崖的孟婆婆，村中此時已經沒有老人了。孟婆婆的影子夏乾是見過的，和這個影子一模一樣。

此時夏乾的腦中已經空無一物，在親眼見到啞兒之後，又在半夜見到了孟婆婆的影子。他掙扎了片刻，決定起來到窗前看看。

窗戶被打開，發出了很輕微的嘎吱聲。

夏乾滿頭大汗地從窗戶縫中往左側望去。窗外明月高懸，孟婆婆的背影在月下很是清晰，夏乾可以看到她花白的頭髮和暗紅色的破舊衣衫。她在月下倉皇而行，很快就消失在眼前。

在這一刻，夏乾渾身起了雞皮疙瘩。他喘著粗氣，「砰」的一聲關了窗，渾身顫抖地坐在地上。夏乾閉緊了眼睛，回憶剛才所見的一幕。的確是孟婆婆的背影，雖然他與她並不熟悉，但畢竟是見過的。他擅長記人，怎麼會認錯？

可是她死了，她和啞兒都死了——

夏乾渾身汗如雨下，只覺得自己做了一個噩夢。冷靜片刻，打開窗戶再看，空中的月亮被烏雲遮住，而窗外已經沒有任何人了。地上的雪早已經融化，沒有留下任何腳印。夏乾看了一會兒，鼓起很大的勇氣，想把門打開出去看。

他走到門前，推門，門卻打不開。他再推，卻依然推不開。他怔了片刻，冷靜下來，慢慢爬起來回到床上，罩上被子，瑟瑟發抖。他不知道是不是應該相信自己的眼睛，想著想著，竟然分不清現實和夢境，滿身是汗地睡著了。

這一夜，他睡得極不安穩，像是聽到了喧鬧的聲音。在夢中，又夢到了山神從祭臺上走下來，而自己在破廟中不停地朝祂扔稻草。

不知睡了多久，有人來到門口，「咦」了一聲，又開始敲門。

「夏公子，為何不去吃飯？」

這是黑黑的聲音。

夏乾驚醒了，這次發覺屋外陰了天，不知何時又飄起雪花。因為天色昏暗，自己早已睡過了吃早膳的時辰。他擦了擦汗，臉色蒼白地開了門。黑黑端著水盆站在門外，有些擔憂。

「你的門怎麼從外面門上了？昨日的事我們都知道了。」

夏乾結結巴巴道：「你們也看見孟婆婆了？」

黑黑驚道：「什麼孟婆婆？曲澤姑娘和水雲講了。啞兒姐已經死了，我估摸著是你看錯了。夏公子——」

夏乾呆呆的，突然冒著雪花跑出門外。他身上沒有穿厚衣服，連打了兩個噴嚏。

在這之後，他清醒了幾分，一路跑到了斷橋邊上。此時雪花已經覆蓋了大地，斷橋四周沒有任何腳印。夏乾慢慢走過去，心咚咚直跳。如果他昨日真的見到了孟婆婆，那麼她就沒死。若她沒死，那……

夏乾小心翼翼地朝斷橋下面看去。

雪花不住地墜落到山崖底部，將山崖底部鋪成一片白。而斷橋之下，孟婆婆的屍體依然蜷縮在那裡，身上穿著暗紅色衣衫，只是屍身上蓋了一層薄雪。

夏乾吃了一驚，覺得渾身發涼。

黑黑卻呼哧呼哧地跑來問：「你又怎麼了？」

「沒怎麼。」夏乾拚命地朝下看著。「是不是有人動過屍體？似乎……姿勢有些不同。」

黑黑一驚，連忙看下去。「也許是昨夜的狂風？」

夏乾故作鎮定地站起，腦中卻已經空白一片了。他痴痴愣愣地走進飯堂，卻見飯堂之中的幾人已經放下了碗筷，聊起天，見夏乾來了，又紛紛閉了嘴。

「你怎麼起得這麼晚？」曲澤趕緊給他遞過乾糧。「涼了，要不要熱一熱？」

「熱什麼？」鳳九娘冷哼，臉色也蒼白，像是沒睡好。「見了鬼，嚇得唄！」

黑黑進門就聽見這話，有些氣惱。「鳳九娘，不要提鬼，哪兒來的鬼？」

「死了一個，還敢頂嘴了？怎麼，你不是都看見了？」鳳九娘瞪了夏乾一眼。

夏乾一句話也沒說，低頭喝粥，水雲也繃著臉不說話。

「那個……啞兒的衣裳是不是只有那一件？」曲澤倒是想得細，抬頭問了黑黑。

黑黑點頭。「應當是一件沒錯。啞兒姐又高又瘦，誰也穿不了她那衣裳。」

「她是怕水雲冷，所以才回來給她罩上衣衫的。」吳白突然幽幽傳來一句，這一句可把眾人嚇得不輕。

黑黑責備他不該胡說。「怎會有鬼？你不是不信嗎？你的書讀到哪裡去了？」

吳白倒是一臉淡然。「我本來不信。可是有又怎樣？沒有又怎樣？好鬼自然不會害人。《山海經》裡面全是鬼怪妖魔，誰又知道真假？」

水雲神情疲憊，像是一夜沒睡。自己同父異母的姐姐變成了鬼，還給自己披上一件衣服。她又怎能不胡思亂想？

夏乾的臉色更難看，他沒有告訴別人，自己一晚上見了兩個鬼。

曲澤問道：「夏公子，你從古屋那邊看到的啞兒，是人？是鬼魂？是一件飄浮半空的衣衫？還是……有腿的？」她語無倫次，自己都不知道該怎麼問。黑黑有些害怕。「衣裳還能長腿不成？」

夏乾只是不住地喝著粥，良久才輕聲道：「我看見了她的臉，感覺是個人。」

眾人沉默，各自思索心事。

片刻，夏乾放下筷子喃喃道：「看來我還是早日離開為妙。」

夏乾這一句只是悄聲自語，然而鳳九娘卻在不遠處盛著粥發話。「遇上這事，夏公子定然是覺得村子不安穩，不過還需要再等一些日子。村中無人，山路崎嶇，如何出得去？村子雖小，好歹也能有吃、有喝、有住，對不對？」

她吐字極緩，也極溫和，溫和得不像平日的她。

「我遇到了這種事，怎麼住哇？」夏乾搖了搖頭。他很不喜歡鳳九娘，只是冷冰冰地答，如同窗外異常乾冷的空氣。

曲澤心裡也很害怕，趕緊點頭道：「雪停了我們便想辦法離開。」

「我離開，妳留下。峭壁不好攀爬，弄不好會出事。」夏乾衝曲澤說著，猶豫一下，又道：「在走之前，我還有些事要做。」

曲澤一愣。「做什麼？」

夏乾只是低頭吃飯，緘默不語。但是他雙眼中暗含心事，像是有了主意。

曲澤認真地看著他。她偷偷地看過他千次、百次，憑藉對他的了解，知道夏乾一向心直口快，此時欲言又止，定是有事瞞著眾人，只是這件事不便在飯桌上提起。

而吳白只是低頭，偷偷往懷中藏燒餅。「我覺得鳳九娘說得在理。山壁陡峭，你要爬出去幾乎是不可能的。況且，啞兒姐做了鬼也不會害人，對不對？」吳白轉向水雲，似是渴望得到肯定。

水雲本是一言不發，聽到此言，卻毅然點頭。難得這兩人有意見一致的時候。

黑黑打岔道：「木須如何了？」

「能進食了。木須牠也真是可憐，多災多難的，好在命硬。」吳白一說起木須，頓時歡喜起來。

鳳九娘猛一轉頭，狠狠道：「你還留著那畜生？那個煞星，嗜血的臭東西——」

她剛剛還是和和氣氣的，臉色一下變成這樣，帶著幾分暴戾。

吳白聽了此言卻異常憤怒，他站起來，小小的身軀搖晃著。

「鳳九娘，我敬妳是長輩，妳也不能這樣胡言亂語。啞兒姐死得不明不白，妳也不能怪罪到木須頭上。妳此般胡言亂語，真是小人所為！」

吳白這孩子讀書不多，連罵人都不會，出口都是這麼酸溜溜的詞，實在是沒有任何力道。

「不是木須還能是誰？狼不吃人，難道還喝粥？牠沒準還吃掉了啞兒幾塊肉，動了葷腥——」

只聽咣噹一聲，水雲已經站起，全身顫抖，眼圈也紅著。「妳的意思是說我姐姐餵了狼？」

水雲這句話泛著冷意。她第一次用了「我姐姐」來稱呼啞兒，顯然受了刺激。昨日前半夜的悲傷與後半夜的驚恐，就像是潑在心底的油，被鳳九娘的刻薄言語點燃了火。

吳白急急道：「水雲，不要聽她胡說，怎會是木須幹的？她信口雌黃。」

鳳九娘大怒。「你這黃口小兒罵老娘信口雌黃！我呸！」

「吳白，你少說兩句，鳳九娘妳也是！」黑黑想勸架，然而此時水雲抓起弓箭，一下衝出門外。

夏乾頓覺大事不妙，影子般閃過去，一把拉住水雲大喝：「妳瘋了！妳要做什麼？殺狗？」

殺狗？他的話有些幼稚，可水雲卻停下了，抬頭看向夏乾。

夏乾不由得吸了一口涼氣，她的眼睛——那雙酷似啞兒的眼睛——真的透著殺意。

黑黑卻趕緊拽住她。「水雲，冷靜些！未必是木須幹的。」

水雲回屋了，木然地坐在椅子上，不哭不笑。

鳳九娘依然不住嘴，反而笑道：「妳說啞兒是妳姐，她認過妳？妳看妳這樣子，就會撒潑。哼，以後莫不是要學了妳娘那點本事，學著勾搭男人？」

水雲一下跳起來，狠狠拉住鳳九娘的衣襟。「妳別以為我不知道妳——」

飯堂裡亂成一團，大呼小叫不停，眼看要打起來。

夏乾徒手就把水雲拉開，一下子將她推到黑黑懷裡去，水雲被幾人按住。

夏乾按住了水雲，瞪了鳳九娘一眼。「用這種話指責小輩，青樓女子都比妳有涵養！人家還比妳年輕，比妳有錢！」

夏乾一旦決定開始指責鳳九娘，什麼詞都敢用。他這個人一向話多，不說汙言穢語，也句句戳人心。

曲澤一看大事不妙，匆忙把他往門外拉去。

二人出門之後，「喀啦」一下將門關上了。

不久，便聽見屋內傳來鳳九娘的罵聲、哭聲、砸東西聲，這一串的聲音裡都夾雜著夏乾的名字。

夏乾氣喘吁吁，搖頭嘆息。「小澤，這地方實在可怕至極！白天有瘋婆子，晚上還有鬼，我們還是早些走吧！」

曲澤趕緊拉住他。「我也想走。但今日烏雲密布，就怕要下雪，你怎敢去爬山路？你若有個三長兩短，我怎麼和夫人交代？」

夏乾一怔，垂下頭去。安全是一回事，把曲澤丟在這裡自己跑路，又非大丈夫所為，但有些事應該早和曲澤講清楚。

「我本也想等雪停了就走。但這山路太險，我們又不急著趕路。如今出了事，官府又不能派人來，在這兒逗留幾日，把事情弄清楚也好。」曲澤趕緊勸他。

「可我弄不清楚。」夏乾苦笑。「妳能弄清楚？」

「我……」曲澤搖搖頭，她只懂得一點簡單的醫術，其他的幫不上什麼忙。

二人沉默了會兒，夏乾突然看向她的腳，關切問道：「妳的腳傷好了嗎？」

曲澤心中警鈴大作。這句關心未免來得遲了一些。她認識夏乾幾年，知道他是有事相求。

「好了。」曲澤小心地斟酌言辭。「你要做什麼？坑蒙拐騙之事我可不做。」

「今夜可有空？」夏乾溫和地笑笑。

曲澤瞪大雙眼。「殺人放火的事我做不來。」

夏乾伸手指了指遠處。

曲澤看了一眼他手指的方位，頓時眼前一黑。那是啞兒的棺材。

「等到半夜咱再撬開，我估計一個人搬不動蓋子……」夏乾摸了摸頭，求助地看向曲澤。

曲澤嘆了口氣，卻點了點頭。

深夜，夏乾悄悄掩了門出來，手裡拿著工具。天空布滿烏雲，似是又要下起雪來。他快步走到木棺那裡，等著曲澤。

良久，曲澤才慢慢從屋裡出來。她是估摸著夏乾先到才來的，她自己不敢早到，不敢獨自一人在棺材前面等著。

「夏、夏公子……」曲澤的聲音微微顫抖。

為了這種事把她叫出來，夏乾確實過意不去。對女孩子，說兩句好話總是沒錯的。他趕緊誇讚道：「村中這麼多人，我只信得過妳。妳能看清四周嗎？」

他知道曲澤夜間眼力不佳。

曲澤嘆氣，有些埋怨。「僅你一人無法抬起棺材板，非要我來。我看不清也好，總比看見鬼怪要好得多！」

夜風嗚咽，燈影搖晃不止。夜晚詭異，夏乾欲早早弄完回屋去，便安慰曲澤幾句，勸她快快行動。「妳也知道，開棺是對逝者的大不敬。但昨晚我看到的人影，不，鬼影，太像啞兒了……就在那裡。」

夏乾伸手一指遠方，曲澤卻是不敢抬頭。

「我一定要確認她究竟還在不在棺材裡。」夏乾毫無畏懼，揚起燈籠，晃了幾下。燈籠異常明亮，不知加了多少燈油進去，為了讓曲澤看清楚一些。

「她若是不在呢？」

「小澤，事發當日啞兒確實是死了？會不會活過來？」

「確實是死了，瞳仁都散了。」曲澤怨道：「你怎知世上沒有鬼魂？你自己難道不害怕？」

夏乾只是一愣。他心裡也是害怕的，想了片刻才道：「我母親信佛，但我不知我信何物。若是換作易廂泉……他說過，人有改變東西的渴望，因此要利用現有規則，雖是順應天時，卻非一味遵循，這才是生存之道。有些事件光怪陸離，令人難以相信，最終卻可以得到解釋。如果易廂泉在，他一定不會害怕的。」

曲澤趕緊點點頭。「這些話確實像是他說的。我就想像易公子也在邊上站著，心裡就不這麼害怕了。」

夏乾放下提燈，端住棺材的一邊，開始撬開釘子。釘子散落一地。曲澤也在另一邊撬釘子。片刻之後，棺材板可以挪動了。

夏乾扶住棺材的一端，說道：「我扶好了，妳也扶住蓋子。」

曲澤依言扶住棺材板，手依舊發抖。

烏雲被風吹散，剎那間，月光皎皎，雪地一片純白。

白色的棺材似是由上好的木材打磨而成，很是平滑。夏乾撫摸上去，覺得冰冷徹骨，如同撫摸在冰雪之上。天氣原本寒冷，如今啞兒躺在棺材中兩日，屍身定然是不會腐爛的。

前提是她真的死了——

夏乾摸索到棺材縫隙，準備發力，抬頭對曲澤道：「我喊口令，一起抬。」

若是易廂泉在場，定然要責備夏乾了。曲澤一個女孩子，又憑什麼要與夏乾一同幹這種事？捨命陪傻瓜。

曲澤臉色蒼白，雙唇毫無血色。她微微一怔，迅速低下頭去。

夏乾只是抬起明亮雙眸，笑著說了幾句。「妳害怕？有我呢！有我在，妳永遠都不用害怕。」

夏乾本是無心之言，曲澤卻真的將頭抬起，怔怔地看著他，好像他說了一句很重要的話。

夏乾沒有注意她的表情，只是手上吃力，集中精神道：「準備——」

他數了三聲。棺材板不重，兩人一起發力，蓋子就被抬起，之後將蓋子穩穩放在地上。

曲澤退後幾步，沒敢看。

夏乾下意識地捂住鼻子，趕緊看了一眼棺材。

啞兒血肉模糊地躺在那裡，與遇害時無異。再細看，啞兒身上穿著那件藍白色的外衫，好像正是那日水雲在棺材前披著的那件，花色相同，染著鮮血。

夏乾感到一陣暈眩，向後退了一步，扶住腦袋，呼哧呼哧喘著氣。曲澤一直不敢上前，見他面色不佳，遂急忙問道：「情況有異？」

夏乾臉色蒼白，憋了半天才吐出一句話。

「啞兒還是遇害時的樣子。可這才奇怪……這究竟是怎麼回事？我昨日在屋子陰影處看到的是『誰』……不、不是，我昨日夜裡看到的是『什麼』？這怎麼可能呢？啞兒她在棺材裡，她穿著的那罩衫也在棺材裡……」

曲澤聽到夏乾隻言片語也大致了解了，她還是不敢上前去看。

「啞兒下葬那日，棺材就封死了？」

「我……我記得封死了。」曲澤聲音發顫。

夏乾搖了搖腦袋。不，不能這麼想，這樣會陷進一個圈中，若非鬼神，無論如何也解釋不了。他沉默良久，才低聲自言道：「若是易廂泉在，他一定什麼都知道了，他一定……」

夏乾覺得冷，腦子又亂，只是輕聲嘆氣。

「現下怎麼辦？」曲澤低聲問道。

夏乾沒有回答。既然易廂泉不在，也只能振作精神靠自己了。他鼓起勇氣注視著啞兒的屍身。

也許是下葬當日大家不知如何處理，啞兒的屍體並沒有被擦洗，還是同遇害那日一樣，她脖子上有撕裂的傷口，手臂脫臼，似被踩過；表情看不出是喜是憂，屍身變軟了，沒有腐爛。

夏乾不懂驗屍，什麼都看不出來。他只是詫異，若是真的有人蓄意謀害，究竟什麼人會做這種事？

扳指頭數一數，整個吳村不過就這麼幾個人而已。

夏乾閉起眼，想起當日的情景：廚房門窗緊閉，煙囪極小，廚房可以通到臥房，而臥房的門都從內部門住；啞兒在廚房熬著肉湯，木須在她旁邊；古屋附近只有啞兒與木須的腳印。

這麼想來，似乎只有一個答案。

「也許鳳九娘說得沒錯，木須牠……」夏乾咬了咬嘴唇，沒往後說下去。

曲澤嚇得臉色發白。

夏乾安撫她幾句，重重嘆了一口氣，希望一切都能解決，自己也可以出村。但是僅憑他和曲澤二人，這實在是太過困難了，如果易廂泉在……

一切都會不一樣的。

接連幾日的陰雲似乎要散去了，月明星稀，宿州碼頭又迎來了一艘大船。這船是今夜的最後一班了，疲憊的旅人匆忙從船上下來，尋找住宿的地方。附近的客棧已經滿了，旅人排隊等著馬車，希望把他們拉到更遠的地方去落腳。

陳天眼在碼頭蹲了一天，只賣了幾個符。他不放過這次做生意的機會，拿著他的符對旅人吆喝起鬧鬼的故事。

這批旅人有些疲憊，只求落腳，不求過山，有人白了他一眼。「我們排隊呢，不要礙事，不要招搖撞騙啦！」

陳天眼啐了一口。「窮鬼就別買！那天一個青衫富貴小哥一口氣買了二十個！不買符，明日進山遇到鬼怪可不要怪我！」

一隻小白貓走到了陳天眼腳下，叫了一聲。

這隻小白貓的眼睛一黃一藍，很是漂亮。

陳天眼愣了一下，不知哪裡來的白貓，想轟走牠，卻聽「啪嗒」一聲，一個凳子落在了白貓旁邊。陳天眼抬頭一看，只見一個身著白衣、白帽、白圍巾的年輕人慢慢地坐在了凳子上。他長相清秀，笑著朝陳天眼點點頭，算是打了招呼。白貓見狀，攀上了年輕人的肩膀。

陳天眼愣住了。「你這是——」

白衣人看著他的眼睛，認真問道：「你所說的那位青衫富貴小哥，身上是不是還帶著一把弓箭，腰間別了一根孔雀毛？」

陳天眼沒敢承認，有點心虛。那天那位戴著孔雀毛的青衫小哥一看就是傻財主，自己靠故事騙他高價買了二十個符，如今估摸著叫人來追債了，眼前這個白衣小哥看起來不太容易被糊弄。

不用他回答，白衣年輕人在他臉上讀到了答案，笑了笑。「放心。我只是打探他下落，你不用退錢。」

陳天眼鬆了一口氣。「你們認識？唉，山裡的路不好走，他偏要進山去。我、我這符也不知道能不能保佑他……」

白衣人眉頭皺了一下。他轉過頭去看了一眼，黑夜中的山顯得陰森詭異。待他轉回頭，突然看向陳天眼，目光卻很是犀利。

「他什麼時候進山的？」

「四天前？五天前？我不記得了。」

「時辰？」

「下午。」

「下雪了嗎？」

「好像快要下雪了……」

「他和誰進山的？」

「車、車夫。」

「車夫估計都是本地人。既然你終日在此地，必定對車夫很熟悉。如今車夫在哪兒？他回來了嗎？這裡有十幾輛驢車，你指給我看。」

白衣年輕人坐在那裡不停地提問，語氣雖然溫和，卻不知道為何問得陳天眼心裡發毛。陳天眼定了定神，抬頭向四周看了一圈，用手指了指不遠處的那輛破車。

此時車夫正坐在車上打盹。「就是那輛。」

白衣年輕人起身謝過，付兩文錢買了一個符，放在手裡玩似的轉了轉，慢慢向車夫走去了。

此時月圓星動，夜空中浮雲變幻，吳村地面上的雪也漸漸化掉了。

夏乾和曲澤站在松樹下的棺材兩側，都凍得發抖。

曲澤痴愣了片刻，低聲問道：「你方才說木須傷人？牠太小，根本不可能弄出這種致命傷。」

夏乾轉頭看著她。「那還能怎麼解釋？」

曲澤又緘默不語。

夏乾哀嘆一聲，轉身看向古屋，腦中靈光一現。

「古屋旁邊是有茅廁的。」他緩慢地向古屋走去，眼眸微亮。「如果古屋有暗門……一切都可以解釋了。」

「夏公子，回去吧！」曲澤有些害怕。

「咱們去古屋一趟。事發之時，廚房連通臥房，門卻統統從內部門住。倘若有密道呢？一定有，絕對有！有人從廚房逃進臥房、門門，再從密道逃出去了……」

夏乾喃喃自語、絮絮叨叨，總覺得自己說得頗有道理。

二人拉過棺材板費力蓋上。陰影遮住啞兒俊俏的臉龐，彷彿一塊白玉墮入黑暗裡。待到下葬之後就化為塵土，遭到蛆蟲與螞蟻的啃噬。

看著啞兒的臉，夏乾眉頭皺了起來。他沉默一下，思索片刻對曲澤道：「後日我便離開，但離開之前……」

曲澤一驚。「如何離開？」

「只能爬山。」夏乾看了看她，猶豫一下，還是問了自己想問的話。「小澤，是不是我娘讓妳跟來的？」

曲澤點了點頭，又道：「我好不容易才找到你，你若爬山走了，我該怎麼辦？」

夏乾生怕她接下來說一句「嫁雞隨雞，嫁狗隨狗」，趕緊補充道：「我只是待煩了而已，妳再等幾日，待吊橋修好後上京來找我……等等，別來京城，回庸城吧！」

曲澤有些憤怒。「為何不能一起走？」

夏乾趕緊說道：「我……我還有事呢！吳村耽誤我太多時日，也不知何時能到汴京。妳又不急，山路凶險，等到村人回來，妳再走不遲。我也是為了妳的安全著想。」

曲澤揪起他腰間的孔雀毛，生氣地道：「你還記不記得你當初是怎麼撿到這根孔雀毛的？」

夏乾看了看它，沒有說話。

「你十歲那年去洛陽進山玩耍，跌落山崖，骨頭摔斷了，躺了一天都沒人救你。你忘了？」

「我沒忘。」夏乾看了看孔雀毛。「我躺了一天，呼救了一天。直到天上飛來一隻孔雀，掉下了一根羽毛，接著……」

「接著易公子就出現了，救了你。」曲澤搖頭。「你要知道，不是每次都這麼幸運，能有人來救你！」

夜風很涼。孔雀毛在燈籠的照射下泛著光亮，像一面色彩斑爛的古怪鏡子。鏡子裡有庸城的樹和庸城的水，還有夏老爺和夫人的臉。

夏乾看著孔雀毛沉默了片刻，把它別回了腰間。「我知道了，我不爬山了。」

曲澤如釋重負地吁了口氣。

「但這件事還是要查清楚的，我初到吳村那日恰逢山中大雪，若不是啞兒到山神廟中接我進村，我恐怕會在廟中凍死。村人說官府不查，但我們還是應當試試。如今倒不如去古屋看看究竟有無與臥房相連的暗門。我就不信那鬼魅今日還能現形。」

夏乾不去爬山就已經很好了。曲澤沒說什麼，只是有點害怕，但是她也只是默默跟著夏乾向屋子走去，沒有反對什麼。

村裡的房子建得七零八落，房與房之間相距甚遠。古屋臥在村子的角落裡，周圍無燈，從窗戶往裡看只覺得黑漆漆的，因為長久無人居住而顯得死氣沉沉。

夏乾提燈籠走了過去，覺得渾身起了雞皮疙瘩。嘴上說著不畏鬼怪，他卻還是往陰影處看了一眼，幸好再也沒見到鬼影。

古屋在那日被打開後就沒有再閂上，夏乾「吱呀」一聲推開房門，木板擠壓的聲音在黑夜裡格外清晰，如同人的嘆息。一股霉味撲面而來，這是腐敗陳舊的氣味。

夏乾故作鎮定地對曲澤一笑。「妳看看，這裡哪有什麼——」

一陣輕微啜泣聲傳來。

夏乾的笑容立刻僵了，腿都動不了，全身僵硬。他很想逃，卻嚇得動都不敢動。

曲澤剛剛邁進一條腿，聽得此聲，瞬間瞪大雙眼，驚恐地跳出門外。

「你聽見了嗎？」

夏乾趕緊四處張望一下，手中還提著燈籠。燈影搖晃，發出淒慘的白光，使得影子映在灰色牆壁上不住晃動。

「誰？」夏乾大吼一聲，想給自己壯膽，然而聲音卻在黑暗的空屋子迴響，似有幾人同時在問。

「究竟是什麼——」夏乾繼續大聲問著，本想問「究竟是什麼人」，而這「人」字竟沒有說出口。

迴響過後，一片死寂。

「夏公子，快走吧！」曲澤快哭了，她也從未碰到過這種場面。

門外院子被月光照得發亮，夏乾覺得自己是一條潛入深海卻又不能呼吸的魚，似是被什麼掐住了咽喉，想本能地往門外亮處逃開。

曲澤見他想出來，便扭頭也要跑。

「先別動。」夏乾猛然說了這句，努力地保持鎮靜。若換作幾年前，夏乾見了鬼怪，早就逃得沒影，但此刻他不想走。

夏乾猶豫了一下，猛地提起燈籠轉身回了古屋。

「小澤，妳可知，」夏乾微微回頭，用一種自己也琢磨不透的語氣。「若是易廂泉在此，他定然會進去。」

「那是易公子！」

「我還是夏公子呢！就算有鬼又怎樣？它有什麼通天本事？誰又規定那凡人要怕鬼怪？小澤，妳……妳要是害怕，站在門口就好，不要進去了，也看著點我身後。」

夏乾看似膽大，但此言一出，立刻暴露了自己心中的膽怯之意。他雙手微顫，將手中的燈籠放在了門口，古屋瞬間亮堂了一些，可以很清楚地看清屋內的陳設——靠近角落的烏木櫃子、雕花衣架子、連著地面的床、深青色的簾子……這些都已經不是本朝之物了。

既然打定主意要找「暗門」，就必定要伸手敲擊摸索。夏乾嚥了口唾沫，用手一寸寸地摸著牆面，絲毫不敢怠慢。

牆壁粗糙冰冷，又泛著土腥味。夏乾汗如雨下，好像聞到茅廁的臭氣、啞兒身上的血腥味、屋子潮濕的氣味和塵土的氣味。也許都是心理作用，但他腦中仍然閃過無數混亂的念頭。

牆壁變濕了，夏乾心裡陡然一涼，細細思索這才知道是自己手心出汗的緣故，不由得吁了一口氣。

他突然停了。

是畫。牆上有兩幅畫，夏乾白日裡來時只記得有畫，卻不記得畫中是何物。他回頭提起燈籠照去，左側的並非畫作，而是書法卷軸，無落款，無蓋印；右邊才是真畫。這書法和畫作掛在一起雖然得體，但陳設總講究兩兩相對，這兩幅作品卻沒符合這點——兩幅作品長短不一，書法卷軸長些，畫作略短。

左側書法卷軸上面不過是首普通詩歌，字跡蒼勁有力。夏乾看著這字眼熟，好像同飯堂懸掛之作出自同一人之手。目光再移，兩幅作品的紙張顏色明顯不同，做工也不同，分明不是一個年代的產物。

書法更新、畫卷更老。夏乾瞇眼，退後幾步拿起燈籠。畫卷被燈籠照亮了，待他看清畫中之物，微微一愣。

畫上是一個姑娘。

夏乾有錢閒得無處花時，也會買點字畫掛在書房。明明不懂畫，非要胡亂買來附庸風雅，故而被坑騙銀錢數次，倒也長了記性，後來漸漸變得識貨了。

此畫技術精湛，一看就是極好的畫師所作。

畫中女子正伏案酣睡，身著青色華服，雙袖掩住小口，面如芙蓉、眉如細柳。她似是活在畫中的仙人，著實是美得不可方物。

再一細看，這畫似乎沒畫完。

人是畫得差不多了，背景卻沒完成。看那姑娘的衣著也不像是本朝人，長得也不似唐時女子一般富態豐腴，手腕上似乎還有鐲子……夏乾看得痴迷，一時竟然忘記了恐懼，遠處卻傳來曲澤的聲音。

「夏公子！你怎麼了？在看什麼？」

夏乾這才回頭，赫然想起自己還在這鬧鬼的黑屋裡，這才驚覺，匆忙將眼神從畫上挪開，掀起畫卷的一角，去觸摸畫後面的牆面。

戲文中說過，這機關要掩住，定然要靠字畫遮蔽。夏乾開始慢慢摸索。

「夏公子，我看我們還是明日再來……」曲澤勸著。

「妳若是害怕，就獨自先回去。」夏乾不死心，仍然慢慢摸索著。摸著摸著，他就摸到了牆上的一條縫隙。他心裡激動，喊道：「找到了！就是這裡，這肯定是暗門，只是找不到機關打開它。」

曲澤驚道：「此門通向外面？」

夏乾驚喜交加。遇到暗門往往有兩種可能——第一種是暗門開啟後直接通向屋外，第二種是暗門通向另一間隱藏的屋子。這道縫隙在牆面上，牆面很薄，牆面的另一側沒有任何建築，必定是通向屋外了。

曲澤只是喃喃。「這麼說、這麼說……」

她的兩句「這麼說」倒是給夏乾潑了一盆冷水。

二人突然覺得恐懼。這種恐懼不是來自於這間古屋和鬼怪，而是清楚一個道理後的恐懼。

如果真如不久前所說，廚房連通臥房，臥房有密道——那歹人行凶之後就能由此逃出戶外。但因為地勢險要，這個人不能出村子，如此，這凶惡之人定然還在村子裡。

村中有歹人。

曲澤想到這點，臉色煞白。

夏乾心中也很是不安。他們都清楚，人比鬼魅更嚇人。他看了看曲澤，決定先回屋子去，不論發生什麼，一切等到明日早晨再說。

二人走得很急，待走到村子中央，夏乾卻停下道：「小澤，妳去叫他們出來。」換作他人，定要問夏乾此舉為何，而曲澤卻是明白人。她只是猶豫一下。「村中有歹人，自啞兒遇害時就有的，而大家都沒見過，定然是歹人躲起來不想惹事，又何必召集大家？」

「安全起見。那歹人來路不明，妳怎知他沒有害人之心？大家不可再分散入睡了，飯堂很大，都去那裡。」

曲澤跑開了。

須臾，眾人聚集飯堂，桌上只點著一盞油燈。黑黑與吳白在地上鋪上被子，水雲已然昏昏睡去。鳳九娘卻是坐在椅子上，裹著厚衣服，不知在想什麼。

夏乾看著鳳九娘，她雙眼不知在看什麼。她的皮膚本就白淨，眼下看更如硬紙一般生硬、冷漠。

夏乾能在她那張看似溫婉的臉上讀出這兩個詞，卻再難以看出其他的東西。

這個婦人之心不可知。

就在此刻，鳳九娘的目光如同刀子一般射向夏乾的臉，害他只得將目光移開。

夏乾與吳白在飯堂一端，而眾女子在另一端，以帳隔開，皆是和衣而臥。

夏乾迷迷糊糊地躺到地鋪上，奈何身子被地板硌得生疼，翻來覆去難以入睡，便對吳白悄聲問道：「木須如何了？」

吳白一聽木須，聲音頓時壓低幾分，睡意也消去了。「好著呢，命硬得很。」

這小書呆子平日裡說話酸溜溜，只有提起木須才高興得像個孩子。夏乾挺喜歡他這樣，便低聲問道：「你喜愛動物？」

吳白頷首，喜上眉梢。「喜歡。平日裡看書也不出門，也喜歡養鳥。」

「你可有信鴿？」

吳白搖頭。「你要送信？鴿子跟著叔叔們進了山，我沒有。你要送去汴京？」

夏乾翻個身。「汴京和家裡，還有一位朋友。雖然我也不知他到了何處。」

黑黑也沒有睡著。她隔著簾子問道：「你那穿白衣服的朋友？出門還帶一隻貓……有些奇怪。」

夏乾點頭。「你們可聽說過『有怪人則無怪事』？」

「這又是如何一說？」

「如何一說……」夏乾眼皮打架了，微微閉上雙眼。「若是他在，你們村子這點事，不用幾日也就解決了。他人怪，但是怪事到他手裡，那就不是怪事了。更何況……雖然很多人說他怪，我卻不覺得，只覺得他是我認識的最有趣、最獨一無二的人。」

吳白哼道：「他真有這麼厲害？」

夏乾睏極，幾乎是囈語。「真的很厲害，我真希望他此刻從天而降，來解決這些麻煩事。你看你們村子這些事——啞兒的死、奇怪的傷口、鬼魅藍白衣裳、五個兄弟、古屋，還有畫……」

話到此，夏乾卻突然想起什麼。

「……所有人都震驚於畫中女子的美貌。她閉著雙眼趴在床榻上，睫毛長而密，生得極好看。衣著華貴，手腕上還戴著金色的鐲子。然而這幅畫卻是沒有畫完的，有大部分空白，而且下部皆被損毀……」

夏乾想到此，幾乎是噌地一下坐起，兩眼發直，渾身冒冷汗。

他一躍而起，跑到案桌邊拿起畫卷。

吳白也跟著跑來，驚訝道：「這畫是你從古屋裡帶回來的？我兒時跟司徒爺爺進去過，多少年過去，我卻對此畫印象極深。女子這麼好看，真像個畫中仙人。」

夏乾將畫徐徐展開，顫抖道：「吳白，你說，那五兄弟的故事……」

吳白一愣。「你這麼說還真是——」

「你們在幹什麼？天哪！誰讓你把這畫帶出來的？」鳳九娘一掀幃帳，見夏乾手中持畫，瞪大眼睛，厲聲問道。

夏乾一見鳳九娘，更加不客氣了。「帶出來又怎樣？」

鳳九娘冷哼。「你倒是膽子大。那屋子鬼氣森森的，小心有什麼不乾淨的東西找上你。」

鳳九娘這幾日對自己說話突然客氣不少，夏乾也不知道為什麼，並沒有理會她。他翻過畫來，拿起油燈看那畫卷背後的汙漬。

曲澤、黑黑也拉開幃帳過來，還裹了厚衣服。

黑黑見那汙漬，瞪大眼睛。「這汙漬是何時留上去的？」

夏乾抬眼道：「不知道，也不知是什麼汙漬。」

黑黑洗衣時最擅長分辨汙漬，上前細細看著，良久才道：「我不知是不是看錯，只覺得似是……」

「似是什麼？」夏乾皺眉，狐疑地看著她。

「血。」黑黑輕咬嘴唇。

「呵，真是有意思。」鳳九娘在一旁乾笑幾聲，隨即換上冷酷之情。「你們鬧夠了沒有？見了鬼都不老實，弄這些髒東西來！」

夏乾問道：「五兄弟的故事裡提及的姑娘畫像，是不是這個？」

鳳九娘一陣錯愕，黑黑、曲澤也掩飾不住驚愕的神色。

吳白奇怪道：「妳們均是今日才見此畫？難道只有我與司徒爺爺之前見過？」

鳳九娘聽他提及司徒，便怪裡怪氣道：「也就只有你與他們相熟了，都是一副窮酸樣子。」

此話夏乾聽得刺耳，不等吳白惱怒，自己搶先冷眉道：「妳不是他家兒媳？妳自己不是窮酸樣子？」

夏乾總是控制不住自己，暗語傷人。

他話一出口，曲澤立即拉住他的袖子，意在制止。

鳳九娘聞言微微一愣，開始氣得發顫。

遠處傳來水雲輕微的鼾聲，黑黑急忙拉住鳳九娘，低聲道：「水雲睡著了，有事明日再說，夏公子也累了，大家去睡吧！」說罷給吳白使個眼色，然後拉了鳳九娘下去，又吹熄了燈火。

夏乾一向口無遮攔，指責鳳九娘只覺得心裡痛快。而遠處幃帳那頭卻傳來鳳九娘低沉的咒罵與哭聲。

夏乾心煩地翻個身，心想鳳九娘這種直腸子，居然不當面回罵自己？

吳白用被子摀住耳朵，不久便沉沉睡去。

地板又硬又冷，夏乾睡不著。入了村子以來，他就沒睡過踏實覺。自己一個人帶著這麼多銀兩來到古怪的村子，不過幾天便有兩人死去，他怎麼可能安然入睡？

桌上的畫彷彿有魔性一般召喚著他。

夏乾悄悄爬起，拿起畫卷，推開木門，欲出去藉著月光再仔細看看。畫卷古舊，顏色異常淺淡，畫面上的血跡只是很小的一塊，沾在畫面邊緣。再翻過來看那女子，真是美麗得彷彿要把人的魂魄勾去。她的衣著、簪子、首飾，皆為精巧名貴之物。細看鐲子，款式格外奇怪，厚厚的鐲子上又掛著長鍊子……也許古時曾經流行過這種東西？

夏乾覺得心中的謎團越來越多，心煩到極點，遠聽屋裡一片寂靜，所有人都已入睡。他輕手輕腳地回去，將畫扔到桌子上，心裡也不知道怎麼辦。

在一片朦朧中，他想到一個問題——如果真有歹人從臥房的暗門中逃脫，啞兒遇害那日，古屋四周為何沒有腳印？

他皺著眉頭，實在想不明白，折騰一會兒，慢慢也睡著了。

窗外風起雪落。

遠處的山裡傳出響聲，不知是風聲還是狼的哀鳴。風吹打在窗戶上，似嗚咽之聲。這種聲音驚醒了曲澤，她從被子裡探出頭來。只見窗外的大樹恣意地伸展著枝幹，輕輕搖曳，灰色的影子也被清晰地投射在窗戶紙上，像詭異的畫。

水雲在打鼾，另一邊則傳來了黑黑與鳳九娘均勻的呼吸聲。

也許是天氣過於寒冷之故，曲澤想去茅廁了。她不敢一人行動，推了推水雲，水雲卻是沉睡不醒。小姑娘一向睡得沉，是很難叫醒的。她想叫夏乾，但是這個念頭很快打消了。

茅廁就在這飯堂外幾步之處。曲澤咬了咬牙，決定自己去，又不是個孩子，去茅廁不用叫人陪。她輕輕起身披上外衣，又燃起一盞油燈。她夜間眼力不佳，小心翼翼地摸索著出門。

門外一片燦爛雪景。曲澤呼吸著雪後寒冷而清新的空氣，最後一絲緊張之心也被撫平。她提燈小步上前，進了茅廁，不到片刻便出來了，打算回房。

她一手提燈，一手扶著老樹，竟然碰到了樹上伸展出的幾枝花來。梅花開於臘月，眼下還未到時節。今年氣候異常，運河早早凍上，這山頭也是降雪不停，梅花竟然早早地吐苞了。

曲澤喜梅，雖然眼力不佳，夜半出行碰觸到梅花也算是緣分。她提燈而照，這才看清幾分。是白梅，只結了花苞，並未盛開。若不細看，還以為是潔白的大團雪花。

曲澤將鼻子湊上去聞了聞，雖未開放，卻散發著淡香。她此刻本應感到歡喜，然而一種孤獨的寒意從腳底開始，緩慢地蔓延到她全身。

她想起了傅上星。

年年花相似，賞花之人卻不在了。那是她唯一的親人，為何一下子就沒了？真的是殉情而死嗎？她今後還能依靠誰呢？

她抬手撫摸脖頸間的玉，玉上刻著一朵小小的梅花。這是她生來就戴著的，應該是親生父母所留。

曲澤生於戰場，是棄兒，自幼跟著傅上星討生活。二人親如兄妹，從北方一路向南看病問診，直至庸城算是安定了下來，本以為以後可以過些好日子……

曲澤愣愣地看著花，這才發覺自己的眼淚止不住地流下來。傅上星將她託付給了夏家，可是夏家究竟是不是她的歸宿？夏乾會不會好好對待自己？

曲澤擦了擦眼淚，如今想什麼都沒用，不如好好活下去，苦命人不能一直命苦。

就在她轉身回屋的那一刻，遠處的房子裡似乎發著光亮。

曲澤瞇著眼，有些懷疑自己的雙眼。除了飯堂，村內怎會有人？是不是黑黑她們忘記熄燈了？

曲澤上前，想一看究竟。在她距離屋子幾步之遙時，才勉強看清楚一點點，發出光亮的屋子是古屋的側邊廚房。

她渾身僵硬。

古屋的廚房的確是亮著燈，很微弱，煙囪冒出了縷縷白煙。細細聽去，裡面似是有輕微的響動。

曲澤難以置信地瞪大眼睛。她看錯了嗎？所有人都應該在飯堂！

就在此時，一道清晰的影子出現在了窗戶紙上，如同樹影映在窗戶紙上一樣。這是女人的影子，女人綰著髮，穿著裙，手中端著碗。

曲澤腦袋中一片空白——這身影瘦長，很像啞兒！

不遠處，啞兒的白色棺材還擺在樹旁，發著寒光。

曲澤雖然只能看清大致輪廓，但她確定棺材依然好好地放在那裡。

她的呼吸急促起來，動了動僵硬的腳，跌跌撞撞地跑回飯堂。

然而她的腳太過寒冷，有些發麻。前幾日的凍傷讓她行動不便，雖然好了一些，如今在雪地裡站了太久，一個不注意，啪嗒跌倒在地。她忍痛爬起來，卻發現手中的燈落地熄滅了。

周圍陷入了令人窒息的黑暗，曲澤驚恐極了。

她什麼都看不見，廚房的燈突然熄滅了。

一陣腳步聲從古屋傳來。

曲澤急得眼淚都要下來了，忙喊：「夏公子，救──」

那個「命」字還未吐出，一隻冰冷的手抓住了曲澤的手臂。她掙扎幾下，就被捂住口鼻拖走了。

飯堂內，夏乾躺在地鋪上睡得正香。

第四章 夏乾突遭惡人襲

夏乾一早就被人推醒，睜眼，就是黑黑滿是焦急的臉。

「夏公子，你看到曲澤姑娘了嗎？」

夏乾還是半夢未醒的狀態，揉揉腦袋。「沒有，為何這麼問？」

鳳九娘聞言，冷哼一聲，上前瞅了瞅夏乾，指了指裡屋。「人沒了。」

「人……沒了？」夏乾瞪大眼睛，唸了這句話兩遍，覺得有些可笑。「什麼叫人沒了？」

黑黑面色蒼白。「昨夜曲姑娘明明睡在水雲旁邊，今晨起來，就——」

夏乾一個挺身站起，似乎並未明白她們的話。

「曲澤失蹤了？」

「似乎是。」黑黑面露難色。「吳白和水雲還在外面找。一個大活人，怎麼一夜之間就沒了……」

夏乾聞言，當頭一棒。曲澤丟了，自己居然能讓她丟了？

「她是不是爬山去了汴京？」

鳳九娘聞言冷笑一下。「怎麼可能？汴京的山路根本沒法子走，那是峭壁。你這樣的富貴公子哥都爬不得，何況她一個姑娘？」

夏乾懵了。「那她是出了村子嗎？」

黑黑搖頭。「怎麼可能出村？村子是什麼地形，夏公子並非不清楚。山崖很寬，沒有吊橋，她是出不去的；若要出去，除非直接爬那峭壁。」

「那她就還在村子裡。」夏乾算是理智了幾分。「不可能出村，就在村子裡，你們一定是沒找到。」

黑黑與鳳九娘皆是沉默不語。

夏乾起身跑了出去。窗外一片雪景，地上也覆蓋了薄薄一層。昨天後半夜沒有下雪，原本的地面積雪蒸融了一些，故而變薄了。積雪在陽光照耀下發出光芒，白得刺目，花得耀眼。

吳白和水雲站在不遠處的地方，兩人說著什麼。

夏乾幾人連忙跑過去，卻聽吳白喊道：「不要踩壞了腳印，繞過來——」

三人聞言，繞了遠道過去。

只見吳白與水雲站在一旁，面帶愁色。

「水雲，妳真的不知道曲澤去哪兒了？」

水雲有些困窘。「我睡覺沉，真的不知道。」

吳白看了看他姐姐，又看了看地上，低聲道：「不知怎麼跟你們講……」

鳳九娘沒好氣。「讓你出來找人，你怎麼在這兒站著——」

夏乾伸出手，打斷了她的話，自己則彎下腰來——地上可見清晰的腳印。

夏乾幼時常與父親去洛陽拜訪邵雍，就在那時認識了年少的易廂泉。畢竟是孩童，碰上冬日下雪，二人總愛堆雪球打鬧。

易廂泉小時候很愛故作成熟，看夏乾玩得開心，自己也想加入，但打鬧幾下又覺得不妥，思來想去就換了一種玩法。

二人商量了一個特別的遊戲——辨別腳印。

高矮不同、腳底大小不同、男人女人不同——腳印能看出許多訊息，什麼人來過，什麼時候來過，是跑還是走。

然而此時，夏乾看清了地上的腳印，卻是心裡咯噔一下。

腳印有兩種，有一種是曲澤的。這印子淺而小，從飯堂延伸出來，似乎走路有點拖拉——她腳上的凍傷尚未痊癒。腳印清晰，是昨夜所留，似乎先是去了茅廁，之後拐到了一旁。

夏乾眼力極佳，能看出來遠處腳印走向。它走向了幾枝白色梅花，曲澤昨夜顯然是提燈看了梅花的。但這些都不是重點。她看過梅花之後，沒有回房，而是來到夏乾與吳白一行人腳下之處。腳印異常凌亂，看了之後不免讓人觸目驚心。

兩人的腳印，重重疊疊地踩著，還有倒地、掙扎、拖拽的痕跡。

除了曲澤，這裡昨夜還有別人！夏乾有些吃驚，心中生出了害怕。

黑黑與鳳九娘皆是吸了一口涼氣，而水雲與吳白臉色更加難看。

另一隻腳印也很小、很淺，走路卻不拖拉；裙襬很長，似是墜地了。正是這裙子拖痕，導致這腳印模糊不清。

夏乾蹲下去細看，卻被水雲的聲音打斷。「我……我與吳白剛才去看了……」

鳳九娘挑眉。「看了什麼？」

夏乾沉聲道：「從腳印看，這裡昨夜有兩人——一個是曲澤，另一個是個女人。曲澤的腳印到了這裡就消失了。」

黑黑瞪大眼睛。「消失了？她……她在這裡消失了？」

「不，曲澤摔倒在地，之後被人拖著走了一段，然後暈厥了，被抱起。」夏乾緊跟著腳印向前跑去。「抱到了一邊去——」

話音未落，他的喉嚨哽住了。這個「女人」的腳印延伸的方向不對頭，「女人」似乎走了兩條路，一條是通向了古屋，另一條則通向了啞兒的棺材。

夏乾的腦袋一片空白。他看看眾人，又看看腳印，似乎明白了什麼，於是三步併作兩步到棺材前面，雙手扶住了棺材板。

鳳九娘見狀，喊道：「你要做什麼？」

白色的棺材是一如既往地冰冷，上面覆蓋了一層霜雪，完好無損。

夏乾轉頭對眾人說：「搭把手，我要開棺。」

「這豈能是你一個外人說開就開的？」鳳九娘怒道。

夏乾壓根沒有理她，扭頭對水雲道：「妳說，開不開？」他知道，開棺這事就數水雲最有資格說話。

水雲思考一下，二話不說，上前挪動了棺材。

吳白見狀，趕緊上前幫忙。因為棺材被開啟過，釘子被取下，故而三人不到片刻就開啟棺材，將蓋子挪開了。

餘下幾人不覺別過臉去，而夏乾卻震驚地看著棺材裡面——只有啞兒的屍首。

鳳九娘忍不住看了一眼，怒斥道：「你滿意了？關上！」

夏乾像是被人狠狠搧了幾個耳光。他的推斷錯了，那曲澤去了哪裡？傅上星不在了，曲澤也丟了，夏乾從未像現在這般難過。

棺材的蓋子再度被合上。

吳白拉了拉夏乾的袖子，低聲道：「還有一趟腳印通向古屋……」

夏乾回過神來，立即與其他人同時前往古屋。搜索一番卻一無所獲，今日一整天，他們都在村子中尋找曲澤的身影，然而皆是徒勞。

「我明日就走，去縣城找官府派人來搜。」夏乾面色蒼白，侷促不安。「掘地三尺也要找到她。」

鳳九娘聞言，微微一僵。

夜幕四合。群山似獸，在暮色裡靜臥著，守著這個孤獨的村子。一日的搜索無果，此刻大家集聚飯堂，才算是要吃今日的第一頓飯。

望著暗色群山，夏乾的心也是一片陰霾。他不知道自己能否安全攀登出山，而此時曲澤定然是凶多吉少，只得搬救兵來搜索，越快越好。吃完飯，收拾行李，明天爬山，之後就去衙門報官。

鳳九娘卻一反常態，她見夏乾要走，竟然挽留數次，還提議給他辦個小型家宴作為款待。夏乾推託不掉，於是晚飯又豐盛了些。然而在開飯之前，又陡增變數。

吳白將木須帶來了，看看牠能不能進食。牠被裹得像個球，那是夏乾和吳白一起裹的。

木須用牠黃褐色的眼睛看看四周，又看看夏乾，一人一獸四目相對，四目內皆是彼此的倒影。

木須安然地眨巴眼睛，像隻乖巧的小狗。夏乾微微一笑，撫了撫牠的頭。

「這畜生還不死？受了這麼重的傷，還要在這兒繼續禍害人？」鳳九娘紅著眼睛，語氣不善，格外像個潑婦。

吳白聞言反駁。「這事顯然跟木須沒有關係。村中有歹人潛伏，妳又何必給牠扣上莫須有的罪名？」

鳳九娘惡狠狠地笑道：「事到如今，你還幫著畜生說話？你問問他們——問問黑黑就知道！村民長年狩獵，身上難免有傷，猛獸咬傷也極為常見，她包紮過。你們都看見了啞兒身上的傷口——」

夏乾抬眼問了黑黑：「妳所見傷口，真的是猛獸咬傷？」

黑黑遲疑道：「有點像又有點不像，我非郎中，怎可輕易判斷？即便是曲澤姑娘也看不出端倪。要是野獸咬成那樣，為何、為何不直接吃下去……」聲音越來越小。

水雲忍受不了這種談話。她本性活潑，自啞兒死去以後變得寡言很多，眼下又怎能容忍他人議論自己姐姐的死相？

而鳳九娘卻是尖聲尖氣。「傷口不一樣？妳可知為什麼不一樣？因為木須是幼崽，牠咬傷啞兒，卻吃不下去！你們都看見木須身上的傷痕，也看到牠嘴裡的血跡了，呵！現在還在自欺欺人？啞兒帶畜生去廚房燉湯，畜生聞見肉香，野性大發，傷了啞兒。啞兒反抗，畜生也奄奄一息。而她的脖子被咬傷，流血過多，卻因啞了而無法呼救，於是——」

水雲聽不下去，一言不發地跑掉了，黑黑急忙跟上去。

鳳九娘見眾人不說話，便伸出手來，獰笑了聲。

「這種畜生！把牠丟出去就好了！」

吳白只覺得雙手一空，木須已被鳳九娘拎了起來，再聽得「砰」的一聲，木須被狠狠地摔在門外堅硬的石頭上！

木須如同肉團般地被丟在石塊上，「噗」一聲悶響，砸出一片血跡，牠抽搐著從石頭上滑落到地面，拖出一道長長的血痕，身上包紮的白布瞬間就被血染得通紅。

吳白嚇傻了，隨即一下撲過去。

木須還在抽搐，小爪子還在動彈。牠本因受傷被包紮得圓滾滾，眼下已經不成形了。灰色的毛似是爛泥一般，和白布一起攤在地上，骨頭均已斷裂，混雜著血和肉，滾成一團。

然而牠還在顫抖，還在呼吸。夏乾還看得到牠微微閉起卻還發亮的黃褐色眼睛。一人一獸，又在四目相對。

夏乾見過屍體，見過喜悅的人、發狂的人、罪惡的人，以為早已習以為常，然而此刻一隻將死的狼崽卻這麼觸動自己的心。

木須如同一隻被剪掉腳的螞蟻，掙扎著在土地上蠕動。牠不停地抽搐，是巨大的痛苦所致。

吳白哭了。

夏乾雖沒有看到他的臉，卻感覺他哭了。

木須眼睛直勾勾地看著夏乾，牠根本就是一團正在抽搐的死肉而已，不成形了。

木須的顫抖是緩慢而持續的，若鳳九娘再丟得狠一點，木須直接死掉，也比這樣強上很多倍。

慢慢地，牠不再抽搐，整個過程像是夕陽西下一般緩慢。待到夜幕降臨，生命之火也熄滅了。終於，木須不動了。

吳白還在看著木須，夏乾卻看不下去，他像是憋了一口氣，猛地回頭大吼：「鳳九娘！」

鳳九娘卻沒了影。

夏乾不管自己是不是客人了，衝到房間使勁砸門，黑黑卻從門口攔著他。

「鳳九娘……她不是故意的，她也不想……」

「妳叫那個女人出來！」

「夏公子，鳳九娘她真的不是故意的！她剛才哭著跟我說，她今日煩悶，一時無處撒氣才……」

「無處撒氣？」夏乾彷彿聽到了世上最可笑的字眼。「無處撒氣就能把木須丟到石頭上？」

吳白還在那裡跪著不動。

夏乾又踢了門一腳，見門也不開，只得轉身怒道：「我一會兒就離開！」

黑黑訝異。「你怎麼走？怎麼可能？天都黑了，烏雲濃重，眼看又要下雪！」

「你們放心，我去了京城，就叫我那朋友過來，什麼事情都會解決的。」

他嘆了口氣。曲澤一定會找到的，若是易廂泉來此，一定什麼都清楚了。

夏乾做著自己的白日夢，卻被尖厲而細微的聲音打斷了。

「天黑，夏公子還是留下吧，明日再走。我開罈好酒，給夏公子賠不是。」

夏乾這才瞧見，門後的鳳九娘竟然探出頭來。

鳳九娘繼續怯生生道：「這酒本是過年才能喝的，夏公子要走，真是我招待不周，我也沒辦法……只能這麼賠罪。」

「不用說了，賠罪給我又有什麼用？妳又不能賠命給牠！」夏乾嫌惡地擺擺手，指了指木須。

鳳九娘突然這麼客氣，他不知道怎麼接話，覺得異常古怪。鳳九娘脾氣居然變得這麼好？不論自己怎麼罵她，竟不還口！

鳳九娘站定，眸中閃著寒光，蒼白的臉上綻開笑容。那是一種勉強而又詭譎的笑容，就像死人臉上綻開的笑。

「夏公子既然要走，我就挑明了話來講。都是客人，於情於理都應該受到款待，我也有招待不周之處，若是夏公子不留下，真是讓我心裡難受得緊。況且黑黑、水雲、吳白，也是希望與夏公子喝上一杯的。」

夏乾不動。他今日心情煩亂，木須的死相還在他眼前浮現。他與鳳九娘站在門內，而門外則是哭泣的吳白和木須的屍體。一門之隔，夏乾心中難受，不想再和鳳九娘說一句話。

鳳九娘想要繼續勸他，眼圈一紅，似要哭出來一般。她三十幾歲，在夏乾面前哭泣算是有失顏面，然而她卻顧不了這麼多了。

鳳九娘不停啜泣道：「以前村裡有孩子被狼叼走過，那孩子是我一手帶大的，我眼睜睜看著……我是真的恨狼，覺得牠們不是好東西，害了啞兒。剛才我不小心把木須……至於吳白，我也不知要與他說些什麼好了，只能讓黑黑勸他，讓他不要記恨我。我雖然是長輩，卻也知道做錯了事。這次出了這麼多事，村裡男人總是不在，獨獨留我一個寡婦來處理這些事，我真是受不住這麼大折磨……啞兒死了，我真的好難過……」

鳳九娘繼續絮叨著，哭泣著，說話也語無倫次。

夏乾聽得心裡煩悶，卻也無可奈何，再看窗外，天著實黑得可怕，索性同意在此多耽誤一天，明天天一亮就翻山離開，去鎮上報官。

鳳九娘看夏乾有所動容，便高興地去擺弄酒菜。

夏乾回到飯堂坐下，閉上雙目，想起木須那一團小而無助的影子。待骨肉埋入地下，這一條生靈就如同沒有來過世間一般腐爛掉了。死亡大抵就是如此，孟婆婆死了，躺在山崖深處，屍首都搬不上來；啞兒死了，屍首就放在棺材裡，等待入土……

夏乾突然想知道，死亡之後被埋入地下究竟是種怎樣的感覺？他哆嗦一下，這不是自己所能體會到的，自己也不敢去想像。

哪有活人能體會到被埋在地下、全身腐爛的感覺？

夏乾晃了晃腦袋，將這些不切實際的倒楣念頭趕跑，回屋開始收拾行李，休息片刻，這些古怪念頭隨著天空最後一抹光線退去了。

夜晚已至，酒菜飄香。

這是夏乾在吳村的最後一夜。

「夏公子，我敬你。」鳳九娘說完，便面無表情地把杯中的酒一飲而盡。

夏乾好不困窘，這樣被女子敬酒還是頭一遭。他自己以前天天在西街酒肆閒逛，敬酒場面倒是屢見不鮮，可如今身處偏僻山村，鳳九娘是長輩，居然先於自己敬酒。長幼顛倒，這不符合規矩，況且自己與鳳九娘一向水火不容，來了幾日，沒少給她臉色看，她居然絲毫不記仇？

夏乾心裡實在是不喜歡這個女人，悶頭喝了酒，一句話也沒說。

鳳九娘臉上掛著難以言喻的神情，笑得有些僵硬。

看著鳳九娘的臉，夏乾覺得眼前有點模糊。他坐下嚼著小菜，心裡暗想：鳳九娘說這是陳年老酒，過年才喝上點，肯定勁大。

抬眼看看水雲與吳白，二人臉上都掛著一種淒涼之態，眼眶微紅。水雲失去姐姐，吳白眼睜睜看著木須抽搐死掉，誰能好受？這頓飯吃得窘迫萬分。

吳白實在是吃不下去，回屋翻出了吳村四周的地圖。三個小輩圍著夏乾嘰嘰喳喳，告訴他翻山的注意事項與行進路線，生怕他出危險。

鳳九娘又給他倒了一杯酒，夏乾覺得有些頭暈，拒絕道：「明日還要爬山，今日不宜多飲。」

「那就以茶代酒。」鳳九娘站起身來。「我去取些好茶。」

屋內觥籌交錯，燈火通明，屋外寒風瑟瑟，冬月淒冷，雪花又至。

在這之後，夏乾飲了數杯茶。但方才那杯酒的酒勁實在是大，待飯菜吃到一半，水雲與吳白已經不勝酒力昏睡過去。鳳九娘酒力似乎格外好。黑黑喝得少，此時也昏昏欲睡，她見菜快吃完，自己硬撐著去再端些醒酒湯來。

夏乾實在支撐不住，打算回屋子去睡覺。他晃晃悠悠地走著，心想這酒真是厲害，也有些擔心明日的行程。待他回屋推門，撲通幾下就栽到床上了。

床上還擺著昨日就收拾一半的包袱、散碎銀子和一點銀票，但他的大部分銀票都偷偷捲在頭冠裡。如今他睏倦至極，頭髮也不想鬆散開來，希望就這樣和衣睡去。

夏乾覺得眼前發黑。他想起在庸城風水客棧射傷青衣奇盜之時，自己從房間跑出來，卻被人打了一棍子。現在的感覺和那時是差不多的，頭痛欲裂。他突然咧嘴傻笑，覺得自己一覺醒來說不定真的整個人都回到庸城。

銀杏、小橋、流水、夏家院子、雕花大床……也許這個山村和這些荒唐事都只是他的一個夢。

風雪聲越來越遠，夏乾的意識開始模糊。

強烈的土腥味瀰漫在周圍，彷彿是來自地府的氣味，活生生讓人窒息。

夏乾覺得渾身上下都不舒服。自己不是應該睡在床上嗎？

他想翻身，但翻不動。身上似乎是有千斤重，壓得自己喘不過氣來。夏乾好想睜開眼睛，但是他睜不開。他很睏，但是下半身僵硬，無法動彈……

夏乾一下睜開眼睛，但眼前是一片黑暗。他似乎在地獄裡、棺材裡、老鼠窩裡——夏乾用盡一切能形容這個古怪地方的詞語，卻發現根本難以描述。

良久，他才看清四周，一種恐怖之感襲上心頭——這地方像是墳墓！他周圍全是泥土，下半身全部被土掩埋，而上半身卻露在外面，好似蓋上了一層土被子。

夏乾嚇了一跳。一覺醒來，為什麼成了這樣？自己死了嗎？為什麼會被土埋著？

可自己還活著，還在呼吸呀！

全身上下強烈的疼痛感讓他苦不堪言，頸項、肢體如同被人用木棍毒打一樣疼痛；皮膚火辣辣地疼，似是受了嚴重擦傷。

到底為什麼？

夏乾不知道，他想大叫——然而他喊不出來，出口之後聲音是啞的。

他沒死。他的嘴巴、耳朵、眼睛、鼻子都有知覺，但是為什麼會躺在這裡？夏乾整個人亂作一團，他掙扎著，想逃離開泥土的束縛。

他微微向斜上方看去，能勉強看到一絲光亮。夏乾頓時明白了——這是一個如井般的深坑。他全身疼痛，定然是被人從洞口扔下來的！這個想法讓他驚恐萬分。

向上仔細看去，洞口與他的眼睛並非垂直。他被人從洞口扔下來，跌落到洞底，而頭部卻並不是正對洞口。他微微側頭，向腦後望去，腦後有一條窄小的通道。這條通道與洞口筆直相交，故而把夏乾扔下來的人無法看見這條小通道。

這無名小通道救了他一命，井口窄小，夏乾身量長，弓起身子被人扔了下來。待觸到井底，身子自然伸直，頭與胸部向後倒，不偏不歪地倒在這個小通道裡。

夏乾想到此，暗嘆自己命大！

四壁泥土鬆軟，他身子倒下之時，砸掉一塊斜著的泥土，從而讓他此時可以仰視洞口。

這種情景讓他心中慌亂無比，但他明白一點——有人想把自己活埋。人被埋起定會窒息而死，即便露出頭來，泥土也會壓住胸口。好在上蒼眷顧，讓他上半身有個很好的庇護之處，而下半身的沙土也不是特別多，他活下來了。

夏乾弄不清楚，自己為什麼從這麼高的地方跌落居然沒受重傷，脖子也沒斷？他顧不得這麼多，只是拚命地想從土裡出來，然而他無力掙脫也無力呼救。

夏乾記得在地面上做的最後一件事是……喝酒。

想到此，夏乾目眥盡裂，全身動彈不得，卻怒氣沖天。

鳳九娘！是她！一定是她！她在酒裡下藥！

他腦袋炸開一般，腦中不僅是怨恨，還有濃重的悔恨，悔恨自己當時的大意。

夏乾與她吵架數次，鳳九娘皆是忍讓，平和的言語中卻透著冰冷的敵意。他怎麼也想不到，一個普通的鄉下婦人居然狠毒至此。

她定然是早早盤算好了的。此人起初見夏乾，以為他出身貧寒，便百般刁難，不時出言譏諷。若說不對勁，便要追溯到他甩了一桌子銀子那日。

他至今記得鳳九娘當時見了銀子的神情——錯愕、貪婪、陰毒。

夏乾此時才明白，鳳九娘面對他的指責為何不還嘴，一來是為了讓他大意，二來是為了拖延他去汴京的時間。

洞裡暗得讓人心裡發慌，夏乾看見洞頂的一絲微光，他也明白，若是此時坐以待斃，這將是他人生中最後一絲光亮。不進食、渾身是傷，頂多撐三日；若是飲水，可撐過七日。洞口微亮且隱隱透紅光，隨著時間推移漸漸暗去，應當是晚霞之光。如此算來，他應當是在這洞底昏迷了整整一日。

還剩兩日供他脫逃。

即便從洞裡爬出去，迎接他的是誰？鳳九娘。

夏乾拚命地想翻個身，卻發現很難做到，一來是因為藥物的緣故，二來是因為冬日寒冷。

照理說冬日嚴寒，洞底應當溫暖一些。然而這個洞卻並不溫暖，夏乾只覺得一陣冷風從自己腦後吹過來。黃昏已至，若是夜晚降臨，自己會不會被生生凍死？

夏乾一陣膽寒——他不想死。

掙扎一番，天徹底黑了。夏乾覺得手腳不似之前麻木，反而變得僵硬冰冷。下肢埋在土裡，肢體與土地似要融為一體。

絕對不能凍死，必須先從土裡出來。

夏乾一咬牙，什麼也顧不得了。活著比什麼都重要。

他心生一計。從昨日喝酒到今日黃昏，他還沒有小解過；反正憋不住了，這樣好歹暖和，能撿回條命，什麼方法都行。

完事之後，果然暖和很多。雖然氣味不好聞，身上的沙土卻鬆軟了些，可以掙脫了。夏乾動了幾下，下肢似乎脫離了土面。然而他雙腿疼痛無力，根本無法支撐自己站起。他苦笑一下，雙目微閉，似要睡去。

他想他的家，想爹娘，想躺在青石板的路上，想聽著流水的聲音，想聽見蟬鳴鳥啼，想聽見小販的叫賣聲……他剛剛決定離開庸城，新的人生還沒有開始，又怎麼能結束呢？

他想起小時候自己跌落在山崖底下，天空中飛過一隻孔雀，牠的羽毛掉了下來，飛到了自己的身上，然後……

就在此時，有一道聲音突然傳來——微弱、不清晰，似是從夢裡傳來，似是從心底傳來。

「有人嗎？」

夏乾以為自己真的在夢中。這聲音為何這麼熟悉，似是從遙遠的過去飄來，慢悠悠地飄到了這個時間點上。

「可有人在？」

這是一個男人的聲音，語調平和，溫和穩定而富有禮節，既像春日陽光一般和煦，也有冬日白雪的冷清，聽著格外舒服。它隱隱約約、斷斷續續地隨著冷風進了夏乾的耳朵裡，似乎來自遠方，又似乎近在耳畔。

夏乾昏昏沉沉。

這……聽起來像是易廂泉的聲音。

不久前——就在夏乾剛剛甦醒之時，吳村的飯堂中，水雲、吳白、鳳九娘、黑黑正在吃著晚膳。

晚膳與夏乾在時相比差了許多，小菜有一半是精緻的，一半則是胡亂弄熟的。前者是黑黑做的，後者是鳳九娘做的。

眾人表情僵硬，均是一言不發，各懷心事。

「鳳九娘，妳剛才蹲在村子西面做什麼呢？若不是我叫妳，妳難道還不來吃飯？」黑黑盯著她。

鳳九娘一滯，低聲道：「村西塌陷了，你們不要往那邊去，聽見沒有？」

無人應和。

良久，水雲才突然發話問道：「夏公子真的走了？」

黑黑也看著鳳九娘。「真的走了嗎？」

吳白也放下碗筷，三個小輩齊齊看向鳳九娘。

「走了走了，我都告訴你們多少遍了！」鳳九娘臉色蒼白，異常難看。她只是低頭看著菜餚，胡亂地吃幾口，敷衍他們。

「他清晨就走了，見你們宿醉未醒，就一人爬山去了。他歸心似箭，又想找曲澤。不過也是，那種富家少爺怎麼願意待在咱們這窮酸地方，你們還問個什麼勁？」鳳九娘說罷，又繼續吃起飯來，不似平日裡的雙手扠腰、眉毛高挑的樣子，似是有心事。

水雲咕噥一句，似乎是「也不記得道別」。

黑黑放下碗筷，似是吃不下，她只是看著鳳九娘，用一種清澈的目光看著她，然而那目光之中卻夾雜著疑慮。

鳳九娘被瞧得心虛。「妳看我做甚？」

「鳳九娘，妳老實告訴我，」黑黑盯著她，那眼神是懇切的，語氣也十分委婉。「夏公子，他到底、到底——」

「妳為何總問起他？」鳳九娘趁機打斷，冷冰冰道：「他走了，妳心疼是不？門不當戶不對的，多想無益。回頭給妳找個人嫁了，妳就不想了。」

鳳九娘這話說來難聽，黑黑被訓得漲紅了臉。

吳白聽見鳳九娘口出此言，猛一抬頭，面若冰霜。「我姐是想問妳，妳不會為了錢財，做了什麼傷天害理之事吧？」

這是吳白自木須死了之後，第一次與鳳九娘對話。他一臉憤怒，卻又強壓下來，冷冰冰道：「趁大家都在，解釋清楚最好。」

鳳九娘想不到吳白來這一齣，狠狠道：「你個黃毛小子，別血口噴人！我能做什麼傷天害理之事？」

吳白怒道：「妳做的傷天害理之事還少？」

鳳九娘氣急。她本就心虛，一下子站起，似要指責，話卻並未說出口，又慢慢坐回去了。

幾人沉默地吃著飯，各懷心事。

日薄西山，光芒退去，也無人在飯堂內點上蠟燭。在這一片黑暗之時，卻突然聽到一個聲音——

「有人嗎？」

聲音不大卻清晰，縹緲似來自雲端。

都言日落時分，陰氣最盛，猛然冒出一個聲音是異常驚悚的。

水雲嘴裡還塞著飯，瞪大雙目。「你們……聽見了嗎？」

「這莫不是夏公子的聲音？」黑黑一下子站起來，臉上微微掛著喜色。

鳳九娘的臉色唰的一下變得鐵青。

她眉頭緊蹙，顫抖道：「你們聽錯了，是狼嗥。」

吳白三步併作兩步打開飯堂的大門，一陣冰冷的空氣鑽入屋子。

他扭頭挑眉道：「聽起來是年輕男子的聲音。」

黑黑聽聞此，急急出去。

鳳九娘一攔，怒道：「夏公子都走了！怎麼可能有人在村子裡？荒山野嶺，定然聽錯了！」

吳白爭辯。「我聽見分明是——」

「可有人在？」

那聲音又傳來了。

眾人陡然一驚，這分明是人聲！

「聽起來不是夏公子的聲音。夏公子聲音更清朗，這個聲音更沉穩、溫和。」水雲放下碗筷，咀嚼著來到門口。「是不是村子外面有人啊？」

黑黑蹙眉。「定是路人在山崖的另一端，想借宿。不過說來奇怪，咱們村子隱蔽，很少有人能找到這裡來。」

鳳九娘聽此，居然長長吁了一口氣。惡狠狠瞪了吳白一眼，對門外大喊：「對不住，村裡的橋斷了，你過不來，還是另尋他處吧！」

鳳九娘說罷，把幾個小輩趕回去，「砰」的一聲關了門。

黑黑欲去看一眼，被鳳九娘拽住。

「妳還嫌惹事不夠多？阿貓阿狗的事都管？」

一聽「狗」，吳白更來氣。他沒開口，門外的聲音又飄進來。

「煩勞各位帶我上去。橋斷了，我知道。但我並不在山崖的另一側。」

水雲瞪大眼睛。「這是什麼意思？『我不在山崖的另一側』是什麼意思？」

黑黑麻利地提了燈籠。「路人有難，不可不幫。」

鳳九娘欲阻攔，吳白狠狠道：「妳積點德吧！」

話音未落，黑黑與水雲出去了。

四周寂寥而寒冷，夜幕已經降臨，遠山似是幕簾一般黑黝黝地壓過來，壓抑得讓人喘不過氣。森林安靜地覆蓋著山。周圍漆黑，只有黑黑提的燈籠發著幽暗的光。

水雲想起了那個自己守在棺材前的夜晚。夏乾把自己拉起，還說見了鬼。現下，她們二人都很害怕。

「公子……那位公子……你到底在哪裡？」水雲聲音顫抖。

遠處，吳白也甩脫鳳九娘，匆匆跑了出來。

「煩勞找一些粗繩子來，長及三十丈。取來後便將它垂下。」那人又說話了。

吳白轉身回去找繩子，卻被鳳九娘攔住。

她眉眼一凜，高聲道：「村中沒有繩子！」

她說的倒是實話。

幾個小輩已經圍了過來，他們辨別出了聲音方位，大約就是吊橋底下，孟婆婆的墜崖之地。

水雲難以置信，悄悄對黑黑小聲問道：「這人怎麼會在山崖下面？」

黑黑面色蒼白，有些害怕。山崖本身就深，周遭黑暗一片。但是她向下看去，山崖底部是一層未化的積雪，微亮，故而依稀可見一白色身影站於雪地之上，衣袂飄蕩。孟婆婆的屍體就在此地，在這白影旁邊。

黑黑「呀」了一聲，對水雲低聲顫抖道：「莫不是白無常？」

水雲嚇得臉發綠，壯著膽子大吼道：「你到底是什麼人？為什麼在這裡？」

「路人而已，姑娘莫要驚慌。」

路人怎麼會在崖底？眾人心中七上八下，無人發話。就在此時，從山崖下扔來一塊石頭，正砸在鳳九娘腳邊。

這石頭上綁了繩子。

「你們拉住，我這就上來。」

他居然自己有一根繩子？

崖下的人的聲音仍然平和，而鳳九娘一行人卻很是吃驚。

水雲撿起石頭，黑黑與吳白一起拉著。

底下的人又開口了，讓他們把人拉上去。

鳳九娘站在一邊。她的裙襬在黑暗中搖曳，如同安靜綻放於黑夜的花；可與其說是花，倒不如說是枯萎的、張牙舞爪的藤蔓，卻瘋狂地掙扎。見三個小輩賣力地拉著，她思忖片刻，走到繩索的前端，拉住繩索，分攤了負重。

「你到底是做什麼的？姓名也不肯說嗎？」鳳九娘聲音有些顫。

山崖下的人沒應。

鳳九娘冷笑一下，悄然鬆了手。

三個小輩沒有力氣，導致繩索以極快的速度下墜——

「鳳九娘！妳在做什麼？」吳白吼了一聲，伸手企圖拉住繩索，但為時已晚，他們聽見撲通幾下，似是重物墜地之聲，還有嘩啦嘩啦的石頭滾落的聲響。

水雲大驚。「他摔下去了？他摔下去了！」

「鳳九娘！妳瘋了！」黑黑急了，她第一次對鳳九娘發怒，從她手裡搶過繩子，卻也於事無補了。

鳳九娘心裡不由得也害怕起來，卻說道：「只怕這繩子年久不用，鬆散了……」

吳白怒道：「就是妳鬆的手！」

鳳九娘猛一回頭。「你真是有出息了，成天衝長輩大呼小叫！」

黑黑大怒。「妳這樣做有何好處？」

「妳說這話我怎麼不明白？這路人死在山間，實屬自然——」

水雲剛剛聽明白黑黑與吳白的意思，吃驚道：「鳳九娘，妳、妳是故意的？」

鳳九娘雙手抱臂，厲聲喝道：「妳胡言亂語些什麼？我故意？我只是不讓你們管閒事罷了！走了個夏乾，你們還嫌不夠亂？這些路人一個個都不是好東西——」

「夏乾……他走了？」

這一聲讓眾人徹底呆住了。這不是在場人發出的，而是來自山崖底下。

鳳九娘一顫，緩緩上前，去懸崖那邊探了探頭。

山崖底部一絲白色影子，安然無恙地站在那裡。

鳳九娘臉色變了。她後退幾步，覺得不可思議，又有些恐懼。

黑黑卻是高興地叫起來。「公子，你沒事？」

「無事，再拉一次。」

「啪嗒」一聲，又有一塊拴著繩子的石頭被扔了上來。

水雲高興了，卻納悶道：「那剛才重物墜地聲是怎麼回事？」

沒人理睬她。

而鳳九娘卻更不安了——她剛剛的話語定然被山崖下的人聽得一清二楚。

她不自然地提高嗓門問道：「你究竟是什麼人？」

夜風陣陣，四下寂靜。鳳九娘等人安靜地聽著山崖下的回答。

「算命先生。」那人回答得異常沉穩。

第五章

白衣人悄然降臨

鳳九娘大驚，這又是什麼說法？不說名、不道姓，只告知職業，還屬三教九流。

吳白冷冷看了鳳九娘一眼，與水雲一同將繩子牢牢地拴於身後的大樹上，自己也緊緊地將餘下的繩子握在手裡，生怕它再次鬆掉。

「你究竟叫什麼？為什麼來這兒？」鳳九娘惴惴不安，大概就是因為山崖下的那個不知底細的人。

那團白色的影子如同白無常一樣，來自地府，卻又洞悉塵世之事。

那人沒有回答。

吳白與水雲拉著繩子，黑黑也拉著，拉了半天，拉上來的卻是孟婆婆的屍體。

鳳九娘叫了一聲，連連後退，臉色慘白。

黑黑也愣了，硬著頭皮將繩索解下，這才明白方才摔下去的就是孟婆婆的屍首，而山崖下的人一心要把屍首送上來。

此時，山崖下面的那人又發話了，要山崖上的人拋下繩索，拉他上來。

黑黑三人又開始拉繩子，這次輕鬆了一些，感覺那人似乎在攀爬。因為他們聽到了岩石滾下之聲。

每爬一步，鳳九娘的心就莫名冷上一分。她慢慢地後退，不敢上前。

所有人屏住呼吸，盯著繩索，直到看見一隻手。

那人輕巧地翻了上來，他穿著白衣，慢慢直起腰身，輕輕拍了拍身上的塵土。

眾人這才看到他的樣貌——白衣、白帽、白圍巾，腰間有一柄劍和一把扇子。

這人長得清秀，很是俊朗。換作普通老百姓，攀爬上來定要大口喘氣，但是此人很不一樣。他淡然地站在山崖邊上，面露微笑，整個人看起來溫暖友善，但目光犀利，像是從天邊走來、通曉世間之物的仙人，彷彿活在天地之外。

鳳九娘先是一愣，然後不自覺地往後退了一步。她不知道自己為什麼害怕，眼前的這個人面目表情明明這麼溫和。

眾人居然同時沉默了。

白衣男子只是笑笑，剛要說話，卻被一聲貓叫打斷，眾人這才發現，他的懷裡居然窩著一隻白色的鴛鴦眼小貓。

小貓看了看眾人，迅速從懷中爬出來，攀到了主人的肩膀上。

水雲驚喜道：「好可愛的小貓！」

「牠叫吹雪。」白衣男子笑著將貓遞過去給水雲抱。

黑黑先反應過來，用吃驚的口吻問道：「莫非，公子就是易……易……」

「易廂泉。」

易廂泉規矩地行了禮，對黑黑笑道：「定是夏乾與各位說過，慚愧。」

鳳九娘挑眉問黑黑，突然有些結巴。「妳、妳認得這個人？」

黑黑點頭，目不轉睛地盯著易廂泉，面露驚訝。水雲、吳白亦是目瞪口呆。

良久，吳白才問道：「你就是……夏公子的怪人朋友？他拚命叨唸，說你會從天而降。」

水雲卻看了看山崖，接話道：「誰想到是從地下爬上來？」

水雲說話直，易廂泉聽了先是一愣，隨後溫和道：「他總愛吹牛，你們不必當真。我路過此地，見山崖下端有老人屍首，就想辦法帶上來。死者為大，至少先把老人家安葬了。」他臉上皆是平和神態，感覺很是和善，三個小輩一看便覺得他是好人，何況他還是夏乾的朋友。

幾人嘰嘰喳喳說了幾句，又忙著去後院抬棺材。

他們在一邊忙著，易廂泉卻突然轉身看向鳳九娘，臉上掛著禮貌的笑。

「不知夏乾在何處？」

鳳九娘聽後，臉上抽搐了一下。這個人年紀輕輕、模樣清秀，看起來溫和有禮、毫無害人之意，可鳳九娘就是怕他。

因為這一句「夏乾在何處」不問別人，獨獨問了鳳九娘。

鳳九娘一時沒開口，待反應過來，卻生怕自己作賊心虛，遂趕緊道：「不巧，他今日清晨剛離開。」說話明顯底氣不足。

易廂泉的目光冷了下來，把頭轉過去，看著遠處燈火通明的屋子。飯廳的門敞開著，飯菜被吃了一半，碗筷四雙。

良久，他開口。「夏乾何時離開的？」

鳳九娘迅速道：「清晨，已經說過。」

「時辰？」

鳳九娘慌張。「我記不清了……」

「那妳是看見他了？他臨走之前和妳說了什麼？」

「我——」

「也『記不清』了？」易廂泉的目光如刀，看向鳳九娘。

片刻之後，他轉身看了眾小輩一眼，用波瀾不驚的口吻道：「諸位皆不記得？」

幾個小輩合力將孟婆婆放入棺中，黑黑上前，斜眼瞥了一眼鳳九娘。

「我們昨日喝醉，今日太陽高照醒來，夏公子已經不見了。」

鳳九娘悄悄側過臉去。

易廂泉快速地、不易察覺地掃了大家一眼。

「他的行李呢？他昨日可曾說過要走？」

吳白點頭。「行李不在了。他說過要走，但是——」

「但是想不到走得這麼早。」鳳九娘接話道。

此時，易廂泉的目光一下子投向鳳九娘。

清澈如泉水的目光，鳳九娘覺得自己的心思映在他的眼睛裡。

易廂泉問道：「只有夫人看見夏乾離開？」

這「只有」二字略重了口氣，令鳳九娘心生不快。

她點頭道：「對，我親眼看他離開的。夏公子也是擔心曲澤姑娘的安危，急著報官，這才冒險攀山離去。公子還是進屋來坐吧，天寒露重，傷了身體不好。」說罷，她給黑黑一個眼色，招呼易廂泉進屋。

而易廂泉卻沒動。他的表情依舊溫和，若不細看，難以發現他溫和的臉上掛著一絲凝重。

「曲澤怎麼了？」

黑黑明白，易廂泉這樣問，定然也認識曲澤，急急彙報：「她失蹤了！」

「如何失蹤的？」

「半夜，」黑黑咬了咬嘴唇。「我們都睡覺了，她就沒了人影！夏公子擔心她，就打算去報官，叫人來搜山。如今也不知曲澤姑娘是生是死——」

「她活著。」

易廂泉吐出這三個字，目光炯炯地打量著四周。

眾人聽聞三字，皆是一驚。

吳白瞪大雙眼。「『她活著』，什麼意思？」

易廂泉點頭微笑道：「她已經平安抵達不遠處的縣城，應當在醫館醫治，驚厥受寒，應當無礙，你們大可放心。」

他此話一出，眾人更驚。

水雲詫異道：「她、她出村了？怎麼可能？她是飛出去的？」

「怪就怪在，」易廂泉依舊笑著。「連她自己也不知如何出村的。我在來這裡的路上，見寺廟一旁的林中躺著一個女子。上前一看，竟是曲澤。待她醒來，我便讓車夫送她去鎮上看診。」

易廂泉說畢，又看向鳳九娘。

鳳九娘被他盯得心裡發毛，趕緊道：「快進屋吧，你明日可同夏公子一樣，爬山離開。」

易廂泉看她一眼，目光溫和卻有穿透力。「他真的走了嗎？」

他的聲音很輕，鳳九娘卻越發害怕起來，沒有說話。

黑黑在一旁問道：「曲澤姑娘可還好？她沒說村子裡發生的事？」

易廂泉搖頭。「她似是受驚昏厥，有些發燒，胡亂囈語了『鬼怪』、『古屋』之類的語句。」

水雲瞪大眼睛。「你說曲澤姑娘出村了，還在寺廟邊的林中？」

易廂泉點頭，望向水雲。「哪裡不對？」

水雲喃喃：「有些像山歌。」

眾人臉色皆變。易廂泉並不知道山歌的內容，只是皺了皺眉頭，留心一下，卻沒有繼續追問。

他看著四周和眾人，雙眼像是冰湖裡的水，乾淨清冽，在夜晚的映襯下顯得深不見底。

「夏乾生來愛惹事，真是麻煩你們了。」

鳳九娘亦是搖頭。「村子裡是出事了，可這與夏公子沒什麼干係。真是不巧，你尋他，偏偏撲了個空。」

「真巧。」易甯泉居然笑了，他把目光投向不遠處的山。它是村子通往外界的唯一險要通道——陡直、不見頂峰、岩石尖利。再不遠，水流從山間流下，湍急迅猛。

易甯泉顯然是個平和淡然的人，說話彬彬有禮，不急不慢，和夏乾完全不一樣。鳳九娘想到此，放心了幾分。「夏公子就是今晨攀著這山走的。公子若是要與夏公子一同去汴京，那麼應快快跟上。」

易甯泉只是又看著遠處群山，不答。

吳白大聲道：「其實山勢很險峻的，你可莫要爬那山——」話音未落，鳳九娘接話道：「休息一日，明日再爬也不遲。」

吳白本意不是如此，他恨恨地看了鳳九娘一眼。而易甯泉只是搖搖頭，聲音細若游絲。「若爬了，怕是命都沒了。」

易甯泉這一句話雖然謙和，卻擲地有聲，如同一鍋熱油被扔進去一個冰塊，嘩啦一下，在眾人心中炸了鍋。

大家聽了一下子愣住，誰也不吭一聲。

鳳九娘越來越害怕。這個姓易的……

易廂泉微微一笑，從容地在懷中摸來摸去，拿了東西出來。

鳳九娘定睛一看，竟是錢袋。

「全身上下不過一兩零二十八文，這一兩銀子你們拿去，算是住宿費。二十八文，我要留著下山後吃飯、住客棧用。」

他攤開一兩銀子，迅速捕捉眾人的神情。

易廂泉竟然先掏錢，小輩們都是咯咯笑起來，勸他收起來。

唯有鳳九娘眼中閃過一絲複雜的神情，如秋葉被狂風吹過，掉落入地，只是一閃，就無法再看到了。隨後，她趕緊笑著伸出手來拿錢。

出乎意料地，易廂泉卻猛然抓起她的手腕，翻轉過來。

鳳九娘的手很乾淨，像是清洗過，但是指縫裡隱隱有些殘存的泥土。

鳳九娘臉色一下子變了，立刻把手縮回去。「你做什麼？真是沒有禮數！」

易廂泉看著鳳九娘。他爬上來之後看得最多的就是她，卻沒人知道他在想什麼。

良久，他移開目光才道：「不知可否容在下前去吃飯休息？多謝大家幫忙，否則在這谷底待上一夜，只怕會凍壞；若是在山林中待上一夜，只怕餵了狼。」

鳳九娘見易廂泉終於有要歇息的意思，很是高興。這個人，察言觀色能力甚強，鳳九娘只怕自己一不小心說錯了話，被他揪住不放。她如送神般地把易廂泉請進屋去，希望他明日早早離開。

水雲好奇地跟在易廂泉身後。村裡外來人少，夏乾是一個，曲澤是一個，易廂泉又是一個。水雲覺得眼前的這個人溫和神祕，讓她好奇，但又覺得親切。她身板雖小，卻爭著替易廂泉拿包袱。

易廂泉笑道：「怎敢煩勞姑娘？」

水雲哼了一聲。「別以為我弱不禁風，我可是——」

「練過箭術？」

水雲愣住。他怎麼知道？

易廂泉笑了一下，把木盒子遞了過去。

水雲接過搖了搖，咣噹咣噹的，問道：「這是何物？」

「柘木弓。」易廂泉不覺回頭看看不遠處斷掉的吊橋。

水雲吃驚，又晃了晃盒子。「哪裡來的？」

「山神廟裡撿的。」易廂泉回答得平淡，只是跟隨大家入了飯堂。

屋內燈火燃著，飯未吃完，爐火正旺。易廂泉的到來似是給飯堂添了一絲暖色。他一進屋子，打量飯堂一周，不痛不癢地誇讚幾句。

大家寒暄一下，介紹了彼此，隨後將碗筷又拿來一副。

而易廂泉將目光落到牆上的那幅字上。他沒有像夏乾一樣感嘆字的好壞，而是直接讀了起來：

惜吾當年青杏小，
時待不知習無早。
讀罷見鴛鴦遊弋，
書棄提籠圈鸞鳥。
謹成父願皇榜落，

言酸意恨幾時了。
慎慎聞此絲竹樂，
行咎難對門氏老。

易廂泉誇讚：「格律不通，卻是有意味的句子。藏頭藏得巧妙，『惜時讀書，謹言慎行』頗有警示作用。」

吳白聽到此言，也露出笑臉。「〈黃金言〉是司徒爺爺所作，孟婆婆把它送給我了，說此中有深意。字是很好的，夏公子也是這樣說的。」

易廂泉認真道：「夏大公子見了誰的書法都嘖嘖稱讚。一則他不會看，二則較於他本人的『大作』，天下盡是好字了。這詩中偷懶書生的形象倒是和他很像。」

吳白樂了，問及易廂泉書法，易廂泉也耐心回答。

吳白心想總算遇見個讀書人，心生歡喜。

易廂泉卻道：「這幅字放在你房間豈不剛好？時時督促讀書。你看上面寫著『贈予吳白』。」

吳白聽得有理，便興沖沖地取了下來，準備掛到自己的房間裡去。

就在吳白捲著字的時候，易廂泉淡淡地看了這幅字一眼。他有種莫名的感覺，卻又不知道怎麼了。這字好像哪裡有問題。

「等等。」易廂泉用手按住了卷軸。

字底有畫。也許是年久之故，色彩偏淡。抑或作者本身不想以畫奪了墨寶風采，故而畫得極淡。字畫向來是以畫為主，字為輔，題在一旁，多半是詩詞或是落款。而此幅卻是以字為主，畫為陪襯。

易廂泉瞇了瞇眼，這才看清畫底，竟是桃花。他眉頭一皺，望向吳白。「你可曾注意過畫？」

吳白點頭。「只是一幅畫。」

畫與字的意境不符，畫中葉子遠多於桃花，花開三、四朵，映在「遊弋」、「鸞鳥」、「絲竹」、「門氏」幾個字上。

易廂泉沉思，沒有說什麼，吳白便把畫收下去，掛在了屋裡。

此時，鳳九娘在角落裡一言不發。她死死地盯住易廂泉，沉著臉。

水雲看也不看那字，只是轉身打開了柘木弓的匣子，她羨慕地看著那柄弓，也不看別的。

眾人本已吃過飯，眼下又吃些東西，都是乾肉片之類的小菜。

待酒也熱上來，易廂泉一下子就喝了好幾杯。

鳳九娘冷眼看他，剛才覺得他斯斯文文，沒想到酒量這麼好。

酒意濃時，他也不知怎的，提起了五個兄弟的故事。

「似乎是很有趣的故事，可否講來與我聽聽？」

五個兄弟的故事不過是村間謠傳，說說無妨，可如今發生了幾件事，弄得人心惶惶，竟是誰也不敢再提。

易廂泉卻仍然自顧自地倒酒，毫不在意地又問了幾遍，大意是讓眾人不要再有所顧慮，說出來也能讓自己出出主意。

終於，在他的誘使之下，幾個小輩給他講起了五個兄弟的故事。

席間，易廂泉似乎如喝醉一般，他撐著頭，雙眼微瞇，似聽非聽的樣子。

燭火搖曳，時間慢慢過去。易廂泉聽完了故事，沒做任何評語。

突然，他抬頭問道：「那棺材裡的又是誰？」

水雲收斂了笑容。

易廂泉敏銳地看了她一眼，又擺出醉醺醺的樣子，不再提此，反而問道：「我就說夏乾是煞星、是瘟神，他一來準沒好事，你們村子居然接連出事。」

鳳九娘不引人注意地冷哼了一聲。

易廂泉抬眼問道：「那懸崖下的老婆婆又是何人？」

眾人沉默不語。

易廂泉則道：「乍看之下就是摔死的。」

鳳九娘雙目一凜。「什麼叫『乍看』？」

「就是猛地一看。」易廂泉笑了，有些不屑地看著她。

吳白這才慢吞吞說了孟婆婆之事。礙於水雲，他沒有提啞兒之事。

「好有趣的村子。」易廂泉幾乎是不自覺地說了這句話，引得鳳九娘一個白眼。

易廂泉卻不以為意。「東邊的那座古屋，住的可是故事中富翁的女兒？」

他這一句話又使得大家吃驚不小——易廂泉自從來到此地就徑直進了這飯堂，他什麼時候看見古屋的？

吳白詫異道：「我們都不清楚，易公子怎會知道？是不是曲澤告訴你的？」

易廂泉搖搖頭。「曲澤沒說什麼。我以看相為生，只覺得那黑屋年代甚遠、煞氣未散，實屬不祥，萬萬不得靠近為好。黑雲籠罩，邪氣縱生，孤魂野鬼哀號連連，莫不是有人死於非命？」

黑黑正端盤子進屋，雙手立刻僵硬，而吳白、水雲皆是低頭沉默。

鳳九娘聽到此，面色唰的一下變得慘白。她匆忙拿起酒大口喝下，雙頰這才泛起紅暈。

易廂泉用手扶住腦袋，半睡半醒，似是胡言亂語。「但是遠觀紫氣東來，頗有祥瑞之勢。紫氣不散，必有橫財；林木哀鳴，水流急促，這是發大財的前兆。你們……誰要發財了？」

黑黑上前。「易公子喝多了，我扶你去休息。」

易廂泉搖頭笑道：「容我說完。要說生財，誰也生不過夏乾。他爹是江南首富，此次他是溜出門來的。不過他也怪，帶錢出門，總愛將銀票捲於髮冠中，睡覺也不摘下。天氣濕冷，銀票這東西脆弱得很，只怕久了……」

鳳九娘臉色一變，眼睛裡閃著莫名的光。

易楣泉快速看了她一眼，慢慢站起，回了客房。

他住的是原先夏乾住的那間，房間的陳設一如夏乾幾日前居住的一般，有厚被、炭火盆、新鮮的松枝插瓶，還有一碗醒酒湯。

黑黑幫他收拾房間，一邊忙著一邊問道：「夏公子與你認識很久了吧？」

「十年零七個月。他是我認識最久的人了。」易楣泉坐到了床上，隨口答著。

但黑黑卻是一怔。他的回答太精確了。「你怎麼會記得這麼清楚？」

易楣泉沉默了一下，沒有回答。

她想多問幾句，又覺得不妥，於是收拾完畢就立刻離開了。

關上門的那一刻，易楣泉慢慢站了起來，雙目機敏而警覺。

他吹熄了燈，靜待許久，一個轉身便輕巧地跳到了窗前，「吱呀」一聲將窗戶推開一條小縫，如同黑夜中的獵人，側過臉去，目不轉睛地盯著窗外。

窗外並不明亮，也許是陰天烏雲遮月的緣故。遠遠看去，飯堂屋簷堆滿了白雪，屋簷之下燈火卻未熄滅。說話聲、碗筷碰撞之聲不絕，但是視野有所侷限。

易廂泉又跑到門口，將門開了一條縫隙，透過縫隙可以看到整個村子。

鳳九娘忙碌的影子映在窗紙上，清晰可見。幾個小輩都在各自的屋子裡忙著，吳白最先熄了燈。

窗外微光照在了易廂泉的雙眸裡，而他的雙眸卻比雪夜更加明亮。

易廂泉不知看了多久，竟然聽得一陣窸窸窣窣之聲。他微微轉身，判斷出這個聲響來自床下。

是……老鼠？

這聲響是易廂泉意料之外的，他沒有點亮燈火，而是憑藉較好的眼力摸索過去，低頭仔細聽著。似乎真的是老鼠，易廂泉鬆了口氣，卻不由得納悶起來。他猶豫一下，還是點燃了燈。微弱的火光照亮了屋子，易廂泉看到了那隻碩鼠。此鼠似乎畏光、畏人，一下子就跑開，鑽進了牆邊的幽深鼠洞裡。

此時卻聽聞喵一聲，吹雪不知什麼時候進屋了。牠抬起小腦袋看了一眼四周，便直奔鼠洞，想要鑽進去，頭卻被卡住了。

易廂泉無奈笑了一下，趕緊上前去搭救。

吹雪被狼狽地拉了出來，毛髮凌亂，又哀叫了幾聲，趕緊溜出屋子去了。

好大的鼠洞，以前從未見過。

易廂泉低頭看進去——洞口開在牆上，但是幽深看不見盡頭。鼠洞口有幾粒米散落，沿著米粒望去，只見床底下竟然有不少穀物。這是尋常人家吃的穀物，數量不多但顆粒大而堅硬。

他詫異地看著，不知這穀物為何會出現在床下，似是被人刻意掃入床下的。

易廂泉略作沉思，伸手掀開了褥子底層。褥子上還沾著些許穀物，整整一床，數量不多。這穀物放在床鋪下，讓人如何能睡得舒服？

易廂泉蹙眉，難道是夏乾做的？

陳天眼說過，曾經有一位姓沈的大人來吳村借宿，但是半夜有人闖進了客房。

易廂泉思忖片刻，估摸著鳳九娘以前就做過一些偷雞摸狗的事。如今屋內松枝香味宜人，頗有提神之效，易廂泉酒量不錯，飲了醒酒湯之後更加清醒。

經過幾番思量，他猜測吳黑黑在布置房間時做了一點小動作，意在提醒住客不宜睡得太死，防止有人夜半摸索進門，盜取財物。

易痏泉的目光沉了下去。他慢步走到窗前，安靜地注視著鳳九娘的屋子。

吳村怪事連連，夏乾也失蹤了，而自己掌握的線索太少。

鳳九娘行為極度可疑，但當務之急是先找到夏乾。

所有屋子的燈都熄滅了，就在四周一片死寂之時，吹雪又出現了。

牠渾身雪白，猛然一跳，一下子翻越上屋頂，又一下子跳到遠方。牠跑到了那白色的棺材旁，繞了幾圈。那裡放著些祭品，還有些食物殘渣。

今夜，易痏泉內心不安，忘記餵吹雪，難怪牠動作頗多，顯然是餓壞了。

貓與棺材並不是好的搭配。貓不得碰觸屍體，這是常人皆知的忌諱。易痏泉倒是不忌諱這些，但他好奇白色棺材中屍身的情況。

他沒有點燈，「吱呀」一聲推開了門，輕手輕腳地走在黑夜裡。

窗外留著一盞燈籠，安靜地照著覆著白雪的村子。

吹雪站在棺材旁邊，目光炯炯，輕輕地衝主人叫喚著。牠藍黃雙眸微亮，似乎是不情願離開食物殘渣。見主人一臉嚴肅，牠搖搖腦袋，自覺地跳開了。

易廂泉卻沒有把吹雪抱走。他徑直走到棺材邊上，繞其一周，順便四下看了看，確定無人，遂從附近拾起一根粗壯的樹枝，插進棺材縫隙之中，試著一撬。

開棺屬於對逝者的大不敬，而易廂泉卻沒有絲毫猶豫。

「哢嚓」一聲，棺材一下子就被撬開。易廂泉異常詫異，眉頭微皺。

棺材素來都是被封得很緊，不論木棺、石棺，一旦鬆動，只有兩種可能：一則下葬過於匆忙，無法好好安頓棺槨；二則它可能被撬開過——第二次再撬開，定然要簡單得多。

棺材周遭的腳印異常凌亂，好像來過很多人，此時已經看不出什麼。

易廂泉沒有直接打開，而是細細檢查了棺材的外觀。

封棺用的鐵釘落在四周，一些散落在棺材頭，一些散落在尾部；一小堆擺放整齊，另一小堆放得亂七八糟。棺材顯然是被人撬開過，而且撬開棺材的是兩個人，一個人做事比較用心，另一個人則粗心大意。

很可能是夏乾和曲澤。

易廂泉很快就下了結論，雙手扶住棺材板，試圖以一人之力推開棺材。

片刻之後，異樣的氣味傳了出來。這是輕微的屍首腐敗之氣，還好是冬日，腐敗並不嚴重，他提起燈籠仔細地看著棺材內部。

白色棺材中靜臥一個美麗的年輕女子，穿著藍白相間的衣衫，一隻手已經脫臼，身上有被踩踏過的痕跡。奇怪的是脖子上觸目驚心的傷口，似是撕裂，又似是扯斷。脖頸處是致命傷，創口很大，這女子多半是因為失血過多致死。

易廂泉看著少女蒼白的臉，恍然覺得她與水雲相像，這才明白，二人興許是有血緣關係，怪不得自己今日問起棺中之人，水雲姑娘臉色極差。

這具屍首實在詭異。易廂泉不是仵作，但是屍體倒是見過不少，對於檢驗屍首這種事略通一二。光憑眼觀，有些事是難以斷定的，眼下身處荒山小村，自己就不得不動手了。

他先對著屍首行了禮，之後才伸出手去，解開了屍體身上的衣裳。

屍身在死亡不久後會僵硬，隨後變得柔軟；現下屍身便是極度柔軟的，像一堆軟塌塌的肉。脖頸處的傷口最大，像野獸咬傷，也像是人為的撕裂。凡是被野獸踏死的都會有骨頭斷裂、皮膚上紅、黑色內傷的痕跡，但眼前的屍身上卻沒有。

若是被狼虎咬傷，傷者會口眼張開，雙手握拳，髮髻散亂，傷處多不整齊，一般集中在頭部和頸部。這些倒是與屍身呈現一致，但受傷之處不見骨，不似猛獸咬傷，倒像撕裂，屍體身上也沒有爪印。

爪印？易廂泉又仔細看了屍身，胸口處有抓痕，這是死前造成的，但不是野獸的，是人的。這就更加古怪了，易廂泉從未見過這樣的屍體。看了半天，連攻擊者是人、是獸都無法確定。除非請到京城最好的仵作，興許能看出更多端倪。

易廂泉嘆息一聲，幫屍身理好衣衫，打算封棺。他最後看了棺材中的姑娘一眼，姑娘長得很漂亮，但是臉上卻是毫無生機的慘白。清麗的面容與不屬於活人的臉色，讓易廂泉今夜第一次感到心裡微顫。

他嘆了口氣，檢查了棺材四周和內部，皆無怪異之處，這才合上了棺材，又小心地將棺材板完好封上，盡量讓人看不出來棺材被人再次動過。

吹雪突然叫了一聲，跳過來蹭了蹭易廂泉的外衣。易廂泉詫異地抬頭，不遠處，鳳九娘屋子的燈亮了。

門「吱呀」一聲響了。

鳳九娘伸出頭來看看，見四下無人，便輕輕提著燈籠出了門，朝溪水邊走去。她頭上的木鑲金簪子在燈籠的微光下顯得格外耀眼，卻粗鄙、醜陋。

鳳九娘走到溪水邊停下了。她的腳下是一片土地，部分積雪已經融化，露出了黑色的地表，而土地上卻覆蓋著一層枯黃稻草，周圍放了一些木板和一輛小推車，還有柵欄一類的木條，稀稀拉拉地斜插著。

天空漸漸亮了起來，人的視野也更加明亮了。

鳳九娘蹲了下去，一隻手扒開那些稻草，另一隻手提起燈籠。她動作輕柔卻急促，眼神如同是一個即將打開神祕禮物的小女孩，生怕弄壞了禮物盒子，卻又急切地想知道裡面裝了什麼。但這種目光卻不純真，倒是透著接近病態的貪婪。

稻草嘩嘩落地，就在這一瞬，鳳九娘急切地朝洞的下面看去，然而洞底下什麼也沒有。

鳳九娘的臉色變了，從萬般期待變成極度惶恐與難以置信。

她快速地、瘋狂地把稻草扒開，只求光線再進去一些，死命地探頭下去看，可是那幽深的洞底卻真的空無一物。

鳳九娘吞了吞口水，雙手微顫。

就在此時，她忽然覺得有人大力箝住了她的肩膀。她若驚弓之鳥，本就蒼白的臉顯得更加驚恐。

「他人在哪裡？」

易甯泉站在她身後，聲音低沉。他一隻手按住了她的肩膀，另一隻手用張開的金屬扇子抵住了她的脖頸。

鳳九娘覺得渾身冷汗直冒，大氣也喘不均勻，害怕道：「我不知道！我不知道呀！他明明在這裡的！我沒有騙你！你拿的什麼東西？是刀嗎？你別……你——」

「說實話！」

「我……我真的不知道！」

就在此刻，不遠處的門「喀啦」一聲開了。

清晨是如此安靜，這聲門響就變得無比巨大。

黑黑剛睡醒，正推門出來活動筋骨，看到這一幕，驚詫得睡意完全消散。

「易……易公子？鳳九娘？」

易廂泉沒有看她一眼，更沒有放開鳳九娘。他把鳳九娘拽到一側，自己則向洞中探去。此時太陽已經升起，洞中清晰了不少，隱約可見洞底的稻草，但卻真的無人。

「夏乾！」易廂泉越發緊張起來，大喊了一句，卻無人應和。

一旁的鳳九娘此時像是被冷風吹醒了，她嘴唇發白，身體卻與易廂泉保持著一定距離，怒喝道：「你拉我做什麼？我什麼也沒做！我告訴你，姓易的——」

易廂泉根本不聽她說話，繃著臉直接把她拽到一邊的柴房裡，推進去，「喀嗒」一聲門上了門。

柴房裡又傳來鳳九娘的咒罵聲。

黑黑站在一旁驚詫不已，有些畏懼地看著易廂泉，想問卻沒問。

「妳現在去把吳白和水雲全叫到此地，我要問話。還有，誰都不要給鳳九娘開門。」易廂泉臉色極差，收了手中的金屬扇子，理了理衣襟，大踏步地又走回了那地洞附近，彎腰看向洞底。

洞裡一片漆黑，深兩丈有餘。

易廂泉不由得心裡一涼，縱使將一個清醒之人丟進去，只怕也是凶多吉少。再向井壁看去，只見上面橫著些許腐朽的木頭，排列得很有規則。如同搭好的架子被土壤掩埋，又似是梯子一般鑲嵌在地裡。人若是摔進去，這些橫木應當能抵擋幾分。若洞底土壤鬆軟，也許人還能撿回一條命來。

這種奇特的構造令易廂泉疑惑，然而他格外緊張。不能再拖了，他昨夜誘使鳳九娘去找夏乾的頭冠，為此還苦等一夜，夏乾卻無影無蹤。如今只能斷定夏乾一定曾經掉入洞中，眼下唯一可做的就是下井探查。

易廂泉立即站起，覺得有些暈眩。昨夜喝酒，縱使酒量不差，也是有一些影響。而他又徹夜未眠，此時就更加疲勞，但還是要冒險一試。

洞口旁是鳳九娘留下的繩索。他從山崖攀爬上來，用的正是這一根。

易廂泉環顧四周，找到了大石，將繩子的一端拴在上面。

此時，吳白、黑黑和水雲已經到來。水雲看著易廂泉，詫異地大聲問道：「易公子這是做什麼？」

「找夏乾。」

他把繩索的另一端拴在自己身上，朝洞口看了看，將燈籠熄滅之後扔了下去，接著深吸一口氣，開始抓住繩索向下攀爬。

「小心啊！」小輩們急急地叫喊，易廂泉只是朝他們點了點頭，下了洞。

井壁潮濕，易廂泉攀著橫木條慢慢向下，直到光線一點點變暗，片刻之後，他的腳便觸到了鬆軟的泥土。一股難聞的氣味撲鼻而來，似是尿的騷味。

「易公子，可有發現？」吳白在上面喊著。

易廂泉抬頭，頭頂上方只有一小片灰濛的天空，還有三個傻傻看著的腦袋。

他點頭示意一切安好，隨即低頭掏出燧石燃了燈，並閉起眼睛，以此確保自己的眼睛能夠快速適應黑暗。待他睜眼，這才看清了洞底。

這是一個極度狹窄的洞，四壁有橫木，洞底寬窄大體和人的腿一樣長。豎直的洞亦可稱為「井」，然而細細看向四周，它的底部側壁卻還有一個小洞。小洞的位置很奇特，是與「井」筆直相交的。

易廂泉打量四周，發現腳下臭土裡有一綠色物品，不與泥土同色。

他扒開土壤，這才看清地上有一根孔雀毛——毛色油亮、色彩豔麗。他又扒開更多泥土，發現不遠處掩埋著夏乾的雙魚玉佩。

孔子云：「玉之美，有如君子之德。」縱然夏乾不是君子，但此玉他自幼戴著，從不離身。那根孔雀毛更是對他極度重要的東西，如同幸運符一樣別在腰間。

易厢泉看了玉佩和孔雀毛掉落的位置，幾乎貼近了「井」壁，與那側洞在同一直線上。

他深知夏乾的性格，隻身在外時幾乎不會露富，會把值錢的東西藏到懷裡或是鞋襪中。這個洞的底部是躺不下一個人的。若是孔雀毛別在腰間，玉佩藏於鞋襪之中，那麼夏乾的頭與胸口的位置就會在……

在側洞裡。

易厢泉鬆了口氣，暗暗感嘆夏乾運氣真是極好。

夏乾定然是被鳳九娘扔了下來，但是扔的方位卻是適宜的。他身子長，必然是蜷縮而下，到了底部之後上身後仰，頭便進了側洞。

易厢泉看著側洞口的位置，上端的泥土被砸下一小塊，這是夏乾上半身順勢倒在側洞時砸掉的。

洞底非常冷，夏乾身上肯定有傷，他下半身還被土掩埋，一段時間後，土壤便會因水分蒸散而僵硬無比。如果不澆上水，冬季寒冷，土壤變硬，夏乾根本無法逃脫。

易廂泉聞著地上的尿騷味，感嘆夏乾真有一手。

鳳九娘不敢動手殺人，便把夏乾迷暈了扔下來，摔個半死，之後填土活埋。這與殺人無甚兩樣，但是畢竟沒有沾染鮮血，不過是一扔一填，最後是死是活，全是天意，與自己無關。

易廂泉眸色發冷。鳳九娘真是陰毒異常。

「易公子！怎麼樣了？」上邊傳來黑黑的聲音。

易廂泉敷衍地答了一聲，俯身看著側洞。這洞蜿蜒曲折，無法望見盡頭。

他喚了夏乾一聲，有回音卻無人應。提燈而看，見側洞口有人爬過的痕跡，不遠處有一小塊衣服碎片，易廂泉心裡一陣歡喜。那一定是夏乾的衣服碎片。

他心中著急，提燈彎腰鑽進去，將燈放在最前面，剛探進半個身子，卻愕然發現燈被小洞卡住了。早知換成火把了。易廂泉吸了一口氣，打算輕輕地把燈抽回來。他抬手提燈，剛剛動彈一下，卻只聽到「嘩啦」一聲，眼前的側洞坍塌了。

易廂泉噌的一下往後退，井內塵土飛揚。那側洞上的泥土嘩啦啦地掉下去，剎那間便把洞填了個嚴嚴實實。易廂泉臉色慘白，心一下子冷了。

「易公子，怎麼了？還好嗎？」吳白聽到聲音，慌忙叫著。

而易廂泉沒有回應，心裡如同冰凍一般。他只不過是輕輕取出卡住的燈籠，側洞就坍塌了。若夏乾真的順著洞口攀爬並昏迷在洞裡，側洞一塌，只怕凶多吉少。

易廂泉腦中一片空白，愣了半天，這才拉了拉繩子，攀上了井口。

「怎麼樣？可有發現？」黑黑急急地問。

易廂泉被晨光刺痛了眼睛。待他慢慢睜開眼睛，見黑黑、水雲、吳白都焦急地看著他，在等著他的答案。

夏乾很有可能遇難了，只是這件事連易廂泉都無法接受。他站著，感覺整顆心也慢慢地墜下去。

「易公子！夏公子他……」

易廂泉臉色很是蒼白，但他深吸一口氣，想極力安慰眼前的三個人。「會有辦法的，很多事情不一定像想像中的那麼糟。你們快去拿些鏟子過來。」

此話一出，三個小輩都明白他的意思了。易廂泉聰明絕頂，不到萬不得已，不會提出這種方法。黑黑和水雲一下子哭了，吳白也愣住了。

「快些去拿，如果挖掘及時，說不定……」

吳白愣了一會兒，搖頭道：「以前遇到過這種情況，若是真的塌陷，只怕回天乏術。」他說得很冷靜，也是實話。

易廂泉沒有說話，想直接去取鏟子，被水雲一把拉住。

「現在進洞，你也有危險！」

「易公子，」黑黑哭著擦眼淚。「等村裡人回來了再挖吧！這種洞以前也有，塌過不少，被埋的人是救不出來的。」

易廂泉衝他們笑了一下，立即轉身離去了。他雖然笑得很勉強，卻是在竭盡全力給他們一點安慰。可是誰又能安慰他呢？從來都沒有。他五歲的時候被收養，都不知道自己的親生父母是怎麼遇難的。而幾年前回到洛陽，發現師母被害，師父被汙衊為凶犯，所有人都勸他撇清關係，不要追究。夏乾是他唯一一個認識十年以上且還在世的人，如今也出了意外，自己卻束手無策。

他低著頭快步走到後院。經歷過兩次喪親之痛，他早已知道安慰的話語是奢侈而無用的，唯有行動才可以對悲劇結局稍稍做一些改變。

雖然希望渺茫，但總要好過站在原地，任由痛苦的回憶一點點切割自己。

黑黑哭了一會兒，知道易廂泉是鐵了心要把夏乾挖出來。她便遣了水雲也去拿鏟子，自己則去河邊打些水來給大家喝，一會兒一起下鏟子。

通向河邊的小路鋪滿了碎石，以前她和啞兒一起常來這裡，如今……黑黑打了水，嘆息了一聲。如今啞兒去世，連夏公子也生死未卜。

她胡思亂想著，走過那座山崖的邊緣，無意間向山崖下望去。

就是這無意一瞟，黑黑手中水桶啪嗒落地了。她雙目呆滯，蹲下，粗布裙上蹭到了泥土，但是她不在乎——她幾乎是貼到了地面上，以便看清山崖下的東西。

她看清後，喉嚨動了動，竟然激動得發不出聲音，心也狂跳不止。待她深呼吸後，發出一陣驚喜的大叫——

「夏公子！是夏公子！快！他在山崖下面！」

第六章　一人復生一人亡

黑黑趴在地上拚命朝下喊著，吳白與水雲也匆匆趕來，眾人驚喜地一陣大叫。待易廂泉也跑過來，只見夏乾昏迷在山崖深處。

易廂泉愣了片刻，趕緊取了繩子。待到了山崖底部，他伸手欲探夏乾的鼻息與脈搏，動作有些僵硬，手在微微顫抖。

「夏……夏公子到底怎麼樣了？」吳白在山崖上結結巴巴地問，著實害怕。

易廂泉開始號脈。夏乾的氣息微弱卻還算平穩，還有一脈尚存。再撫摸額頭，火熱無比。雖不知骨頭斷裂與否，至少能稍微放心了一些，估計他只是因發燒而昏迷。

易廂泉向山崖頂部的三個小輩招了招手，示意夏乾一切安好，又把自己的外衣解下，罩在他身上。

此時烏雲已經退去，暖陽照了下來，山崖的峭壁和尖利的岩石也泛著淡淡的金色。夏乾的鼻子凍得通紅，四肢伸展著趴在雪地上，就像是趴在自家的白色錦被上一樣，等著睡到日上三竿之後，下人叫他起床。

經過一夜折騰，易廂泉此時已經是滿面塵土、憔悴不堪。他擦了擦臉，躬身在石頭上坐下，低頭看著夏乾，突然笑了。他覺得自己身上沉重的東西已經被卸下來了。

很快地，山崖頂部的三個人取來了木板，夏乾被綁在木板上拉了上去，整個過程簡單又迅速。

不久，夏乾便安然地躺在床榻上接受檢查。

「他應該沒事。」易廂泉擦了擦額間的汗。「身上全是傷，但是骨頭沒斷，現在只是因受寒而昏迷，不久後便會醒過來。」

「夏公子為什麼會躺在山崖裡？」水雲仔仔細細地瞧著夏乾，低聲問著。

易廂泉看了看他們，慢慢道：「被人下藥了。」

他說完，這才發現夏乾的衣服皺褶裡藏著一根白頭髮。易廂泉把白髮拿起來看了看，卻什麼也沒說，只是把玉佩和孔雀毛放回到夏乾床邊。

吳白驚道：「真的是鳳九娘做的？」

易庯泉沒有說話。他走到桌子邊上，提筆在紙上寫了一些食材，讓黑黑拿去做些飯端來。

寫畢，忽然看到吳白桌上堆疊的書卷下邊放著一幅卷軸，軸上似乎有血。他抽出來打開，只見上面畫了一位年輕女子。

易庯泉先是瞇眼打量，只是純粹欣賞。片刻之後卻忽然一怔，衝吳白笑道：「這莫不是七名道人所畫？」

「七名道人？」吳白訝異地轉頭一看。「誰？」

易庯泉搖頭。「七名是他的名字，喜歡研究機關祕術，也是一位很奇特的畫師。他技術精湛，但總愛畫些奇怪的東西，據說只畫了幾年就不知所蹤了，鮮有畫作存世。若得一幅，價值千金。」

吳白很是開心，並非因為畫作值錢，而是因畫本身珍貴。

而易庯泉只是看著字畫，修長的手慢慢地撫摸著粗糙的畫面，翻來覆去地看著，正面、反面，甚至於貼近眼睛去細細地看著那圖畫上的細小之處。

畫中的少女嬌俏美麗，穿著一身華麗的衣裳，手戴造型奇特的鐲子，趴在榻上安靜地沉睡著。易廂泉翻過畫，看見那一小灘暗色血跡沾在畫的背面，又將畫豎起來，看它的長短。

「被截過……」易廂泉喃喃道。

他用手輕輕摸了摸畫卷，那裡是沾有血跡的地方，一直延伸到了畫的邊緣處。可見這幅畫原本沾染血跡的地方要更多一些，但是有人嫌棄不美觀，於是截掉了。現畫卷的空白之處太多，除去人物之外，其他的地方統統沒有畫完。

一般畫師是不會自己裁掉自己的畫作的。哪怕整幅畫都沾染血跡，一般的畫作收藏者也不會去將畫破壞，反而會將其好好珍藏。

截掉畫作的是什麼人呢？是一位對畫作沒有這麼珍視的收藏者，他珍視的不是畫作，而是畫中的姑娘。

易廂泉正在沉思，吳白端了茶水過來，打斷了他。「這畫原來是掛在古屋裡的，很久以前就存在了的，被夏公子取了出來。你說，會不會與山歌有關？那山歌——」

「那山歌太奇怪了。」水雲看著易廂泉，想聽他說些什麼。

但易廂泉什麼也沒說，只是看了看關了鳳九娘的柴房。

它就在吳白的房間對面，鳳九娘似乎還在裡面走動，現在已經停止喊叫了。

「別放她出來，等夏乾醒了再說。」易廂泉語氣有些生硬，幾個小輩很認真地點了點頭。

易廂泉還想問些鳳九娘的事，但是目光卻又掃到了〈黃金言〉上。這字掛在吳白的房間裡，倒是非常合適：

惜吾當年青杏小，
時待不知習無早。
讀罷見鴛鴦遊弋，
書棄提籠圈鸞鳥。
謹成父願皇榜落，
言酸意恨幾時了。
慎慎聞此絲竹樂，
行咎難對門氏老。

易廂泉看了看，忽然問吳白：「你可有紙鳶？」

吳白一怔。「紙鳶？以前做過，司徒爺爺也送給我過，但我忘記放在哪裡了。」

「其實昨日我就想說，但是急著找夏乾，就沒有再提。其實這是個雙重字謎。」

易廂泉頗有興味地說：「一開始只覺得它是個藏頭詩。『惜時讀書，謹言慎行』，但是看桃花映在『遊弋』、『鸞鳥』、『絲竹』、『門氏』幾個字上。其實是『絲』、『氏』、『鳥』、『弋』，合起來就是『紙鳶』二字。是不是紙鳶上面有什麼祕密？」

吳白愣了愣，撓了撓頭。「想不起來放在哪裡了，上面畫了很多花紋，有點醜。水雲、黑黑姐，妳們記得放在哪裡了嗎？」

水雲茫然搖頭。

黑黑又給易廂泉倒了熱茶，他接過喝了一口，看向夏乾，有些憂心。

「你們回去休息，我今夜在這裡守著。」

黑黑又端來一些吃食。

易廂泉勸走他們，關了門之後，慢慢洗了臉，吃了點東西，又坐在了案桌邊。

他閉起眼睛，慢慢地回憶吳村發生的所有事情。

吳白出了房門，嘆了口氣。「姐，妳說這是怎麼回事？」

黑黑認真地道：「我看易公子是個好人，他的話要聽。在夏公子醒來之前，你們都不要去給鳳九娘開門。」

她言下之意，鳳九娘的罪是認定了的。

吳白很贊同地點點頭，而一旁的水雲則從背後拿起了柘木弓的匣子。

「你們說，這弓是不是很好用？」

「那是人家的東西，妳什麼時候拿出來的？快放回去！」黑黑指責道。

水雲嘟囔。「我就看看，明天就還回去。」

此時蒼山覆上了白雪，顯得更加險峻。這種時候，吳村人都要避免走山路，以免路面濕滑導致發生意外。

黑黑點燃了村裡的燈，囑咐了吳白和水雲幾句便回房休息了。

不一會兒，水雲的房門開了，她悄無聲息地跑出來，懷裡抱著柘木弓的匣子。

水雲從小就練習射箭，但苦於沒有一把好弓。弓箭製作——以幹、角、筋、膠、絲、漆六材為重。好的弓箭都是選材優良，再經由優秀的工匠製作而成，工藝複雜、價格高昂。

這個匣子是用上好的檀木所製，上面雕刻著精美的花紋，還鑲嵌著翠玉。

水雲看不出來雕刻的是什麼圖樣，只覺得異常美麗。她自小家境貧寒，而山中多樹木，她的弓箭多用普通樹木製作，再以鵝毛為羽，著實不佳。眼前的弓箭是她夢寐以求之物。

在燈籠微弱的光線照射下，柘木弓匣染上一層淺淡的黃色，似乎有了呼吸和心跳。而水雲鄭重地、小心翼翼地將盒子放在一塊平整的大石之上，似乎在舉行神聖的祈禳，輕輕打開了它。

柘木弓就這樣出現在水雲的眼前，瞬間照亮了她的雙眼。

優雅的弧形、完美的工藝，與那些粗木所製的弓箭不同，這把柘木弓散發的氣息冷冽而神祕，像尊貴的武者。

水雲輕輕取出它，愛不釋手。她眷戀地看著柘木弓，隨後又看了一眼箭筒。箭筒也是異常精美，彷彿是裝著夜明珠的盒子。輕輕旋開，裡面有不少黑羽箭。

她長這麼大第一次恨自己的出身，她好羨慕夏乾！她活了十幾年，這種弓箭摸都沒摸過。水雲深深嘆氣，這都不是她的東西！但是她想試一試，哪怕射一枝箭也好。

她興奮滿滿，手微微顫抖，瘦小的肩膀扛起了柘木弓，上了箭。心想周圍都是群山、樹林，以近處的物體為靶，未免沒有趣味。只射出一箭，射得遠遠的也無傷大雅。她決定向上垂射一箭，這樣不必擔心射到什麼東西，也不必擔心傷到人。

天色逐漸昏暗，水雲匆匆舉起弓箭，奮力一拉，彷彿有了后羿的英雄氣概。她聽見弓弦的聲音，突覺腦中一片空白，唰啦一下，箭就離弦飛了出去！

柘木弓的力道比普通弓箭強太多，水雲不過是一個十幾歲的少女，瘦弱的身軀經不住強大的衝力，被狠狠震了一下。那箭卻是一下子竄上了天，就像是逆行的星，速度快到無法看清，只覺得那亮光一閃便直沖雲霄了。

水雲目瞪口呆地看著昏暗的天空。箭消失了。

水雲的驚喜之感煙消雲散，如今只剩下悔恨與害怕。夏乾的箭就這麼射出去了，再也回不來了！那箭價格高昂，自己怕是賠不起的……

水雲急得快要哭了，飛快地提起燈籠，朝遠處的山中奔去，用燈火照著目之所及之處，偷偷地尋著。而此時，遠處的屋子忽然亮了。

今夜不知怎的，黑黑覺得有些不安。她回憶了一下，今日易廂泉提到的紙鳶似是被收起來放在了柴房裡。雖然不知道紙鳶是何用意，但她還是想拿回來看看。

她披衣出了門，也沒有看到水雲奔跑的影子，打算去柴房一趟，再順便給鳳九娘送些吃的。

易廂泉早已吹熄了燈火，準備趴在案桌上睡一夜，卻覺得有些冷，想從夏乾的身旁拿下一床薄被。

剛走過去取被子，卻萬萬沒想到夏乾「哎喲」輕叫一聲，突然睜開了眼。

黑暗中，兩個人都愣了一會兒，彼此看不見對方。

「我是不是死了？」夏乾瞪著眼睛突然問道，聲音啞了，也不知道他在問誰。

聽他這個語氣，肯定身體沒有事了。

易廂泉突然有些高興，一時激動不知說些什麼，愣了半晌，竟然起了捉弄他的念頭，沉聲道：「死了，你死了。這裡是陰間！」

接著一片死寂。

夏乾躺在床上愣了一會兒，竟然坐起來朝著易厢泉的方向看去。看了半天，算是看清了一些輪廓。

「易厢泉？你怎麼會來吳村？」

易厢泉愣住了。要知道，以前的夏乾是最好騙的，不管說什麼他都信，而且人在經歷生死浩劫之後往往是沒有理智的。如今是怎麼了？怎麼變聰明了？

見易厢泉不說話，夏乾覺得他還想騙自己，憤然道：「還陰間呢！我從小被你騙到大，如今還能被騙？點燈去！」

易厢泉趕緊點燈。

室內亮了，只見夏乾扶牆站起，臉色蒼白，卻滿眼閃著光。

「鳳九娘人呢？她真的是個——」

夏乾的憤怒使得後半句的汙言穢語沒有說出口，反倒吞在肚子裡，化作了劇烈的咳嗽。

「她被關起來了。」易厢泉趕緊扶他坐下，倒上茶水遞過去。「曲澤也平安出村了。你先別急，把這幾日發生的事告訴我。」

夏乾端著茶碗，剛想說話，門突然開了。只見黑黑提著燈籠站在門口，神色驚慌，但看到夏乾醒了，先是一怔，隨後竟然喜極而泣。

「出事了？」易廂泉發現她神色不對，趕緊站起身。

吳白此時也從門外踏進來，焦急地說道：「沒找到！鳳九娘她……跑了！」

夏乾一聽，也不管自己身體不適，赫然站起。「她跑了？咳咳……她把我扔到洞裡活埋，自己跑了？」

「你冷靜一些，喝一點水。」易廂泉按住了他，轉而問黑黑道：「什麼時候的事？妳把來龍去脈說清楚。」

黑黑抹著眼淚。「不知道，也許很久了。她應當是翻山走了，不過夏公子沒事就好、沒事就好。」

夏乾喝完茶水，漲紅著臉怒道：「她要殺我！她在酒裡下藥，還把我扔到那個井一樣的洞裡，想活埋我！要不是我想辦法跑了——」

「鳳九娘真的要殺你？」黑黑吃驚問道。

吳白嘆氣。「事已至此，妳還不信？姐，妳就是心腸太好，不把人往壞處想。」

黑黑垂頭，半天才道：「鳳九娘以前不是這樣的。她剛嫁過來的時候我才五歲，我記得她溫柔又老實，對孩子們很好，餵我們吃飯、教我們唱歌，就像……」

「像啞兒姐。」吳白嘆息一聲，看向窗外。「後來慢慢變成了這個樣子。」

一直很激動的夏乾聽到這話，有些難以置信。「她？像啞兒？」

黑黑點了點頭，嘆了口氣。

易廂泉沉默不言，黑黑亦是如此。

他們有很多問題要問夏乾，而就在這一刻，門一下子開了，水雲衝了進來。

夏乾朝水雲望去，還伸手打了個招呼。

水雲卻沒有看他，她臉色慘白、雙唇顫抖、失魂落魄地看向前方。

「水雲……」黑黑奇怪地看著她。

她這才慢慢抬頭，看了眾人一眼。

「鳳九娘，」她似乎是哽咽了半天。「在河裡……」

眾人皆瞪大眼睛，水雲所說的「在河裡」，是什麼意思？

「她泡在河裡……」水雲幾乎說不出完整句子。

吳白吃驚道：「鳳九娘不是跑了嗎？」

水雲臉色蒼白地搖搖頭。「她、她好像……死了！」

一聽這話，夏乾不敢相信自己的耳朵，他一下子坐起來，欲衝出門去。

幾人未想到夏乾真的是「毫髮無損」，筋骨未斷不說，發著燒還能一躍而起。

黑黑趕緊拉住夏乾，但易廂泉卻率先出了門。

吳白和水雲緊隨其後，跑至河流邊上。

易廂泉站在最高點，提燈照亮了河岸。

「你們不要過來。」他手中提燈，高高舉起，似乎在望著水面。

夜幕降臨，此時才知日暮之時的晴朗只是風雪來臨的前兆。大雪飄落，如刀子一般打在眾人身上。河水湍急，從陡峭的山崖間滾滾而下，直至平緩之處遇石激起陣陣水花。在一片灰色亂石之中，似乎有東西夾在其間，那是鳳九娘泡得發脹的臉。

易廂泉看清了，脫了外衣，舉著燈籠，蹚入水中。

水雲和吳白都憂心地在一旁站著。「你小心些——」

「你們不要過來。」易廂泉又重複了一遍。

他走得很穩，好在河水是溫泉水，不至於太過寒冷。但是湍急的河水很快漫過了他的胸膛，他只得把燈籠舉高。可風雪極大，那可憐的燈籠晃蕩幾下便熄滅了。易厢泉把它扔到湍急的河水裡去，燈籠落水之後，撞上不遠處的尖利岩石，很快碎成一團。

「易公子！實在不行，不要撈了，你自己要小心呀！」水雲喊著。

可易厢泉沒有回頭，直到河水快要漫過脖子，打濕了口鼻，他才碰觸到鳳九娘的屍身。

鳳九娘的屍身已經在河水裡浸泡很久。而不遠處的石頭縫裡夾雜著一只花紙鳶，在風中晃晃蕩蕩，接著起了一陣狂風，那紙鳶便飛上天去了。

遠處，黑黑也提燈過來了，緊跟在後面的居然是夏乾。

他披著一床被子，怒吼道：「如果撈不上來就不要撈了！活人比死人重要呀！你不要犯傻！」

卻見易厢泉已然抱起了鳳九娘，就像是抱著一塊白色的、腐爛而龐大的肉。他在激流中艱難地往回返，走出了水面，身上全濕了，頭髮很快結了一層冰霜。

黑黑想去給他披衣服，卻被易厢泉阻止道：「不要過來！」

易廂泉抱著鳳九娘的屍身走到了眾人面前，此時他已經凍得渾身發顫了，這才接過黑黑的衣服披上。

他看了看鳳九娘的屍身，探了探鼻息，又號了號脈，才道：「真的沒救了。」

「實在太危險了，以前村裡有人失足落水，被卡在石頭縫裡，都是沒人去撈的。」水雲低聲道。

易廂泉還在低頭檢查屍身傷口，沒有抬頭。

「萬一人沒死呢？她……有家人嗎？」

「沒了，她丈夫前一陣在狩獵的時候受傷死了。不過他以前就很長時間不回家，回家了就喝酒打人。」黑黑也低下頭去。

易廂泉什麼也沒說。他想把自己的乾衣服給鳳九娘蓋上，夏乾攔住他，把自己的衣服脫下給鳳九娘蓋上。

「蓋我的衣服，我穿得厚一些。」

夏乾皺了皺眉頭，站起來看著鳳九娘的臉。

她的臉被泡得發白而不成形，似乎擠一擠就能出水；頭髮散亂，然而那個木鑲金的簪子還在。她的手臂露在外面，像是有很多外傷，已經好了大半。

看著她的臉，夏乾不由得想起日前鳳九娘是如何把自己拋下洞的。他嘆了口氣，覺得自己不可能原諒她。但如今她已遭了難，有些事想要計較，卻也根本沒法子計較了。

易厢泉拍了拍他的肩膀，抱起鳳九娘的屍身準備回去。

冷風吹來，夏乾凍得打了個噴嚏，眼前逐漸模糊。他的腦海裡閃現出五個兄弟的故事，有些不合宜，卻揮之不去：

老大獨自在大雪紛飛之時進山找財寶。然而地勢險要，山中多狼。他攀爬之際，手下一滑，落入河水之中溺死了。

富翁、姑娘、老二、老大，竟然都死在這樣一座山上，死後魂魄不散去，成了孤魂野鬼，日日哭泣，宛若山間的風聲。

此後山中總有這種風聲，在山間迴蕩著。

這段故事令夏乾渾身發顫。

鳳九娘扭曲又腫脹的臉離他越來越近，夏乾眼前一黑，一下子暈了過去。

風雪交加的一夜就這樣過去了。

夏乾這一暈就是一天一夜。他在炭火的劈啪聲中醒來，已經中午了。聽見水雲在抱怨著什麼「夏公子這樣下去，以後怕要落下病根」，夏乾頓時臉色陰沉，翻個身後，昏昏沉沉地打盹，直到暮色降臨。醒來後發現易廂泉不知去哪兒了，黑黑與水雲輕聲談話，吳白時不時地插嘴。

夏乾聽不清楚，只覺得肚子有些餓，卻貪戀於床鋪的溫暖，不想起身。他閉起雙眼，想再睡一覺，可腦中總是浮現出吳村所經歷的種種事情：孟婆婆的歌聲、啞兒的屍體、井底所見的陰沉天空、鳳九娘的臉……所有無法解釋的事情。

鳳九娘應當是意外失足而死，走了山路就出了事故，可見山路多麼陡峭，若自己當初要是真的爬山離村，那豈不是死無葬身之地？

很快就到了用晚膳的時間。鳳九娘不在了，他們也不用按規矩坐在飯堂吃飯。

炭火堆旁，吳白一邊喝著粥，一邊哼起了山歌：

大雪覆蓋東邊村子
閻王來到這棟屋子
富翁突然摔斷脖子
姑娘吃了木頭樁子
老二打翻肉湯鍋子
老大泡在林邊池子
老四上吊廟邊林子
老三悔過重建村子
老五天天熬著日子
是誰呀，是誰呀
是誰殺了他的妻子

黑黑低聲喝止他：「不要唱了！」

吳白有些委屈。「從小就唱，習慣了。」

「出了事還要唱嗎？」

吳白閉嘴，悶頭吃起乾糧。

水雲滿嘴塞著餅，猶豫了一下，問道：「富翁去世，對應孟婆婆墜崖。而老二的死，對應啞兒姐死亡。曲澤出現在山神廟樹下，好在安然無恙。而貪財的老大對應鳳九娘，在白雪遮天的日子死在水中……」

「妳別說了，吃妳的東西！」黑黑又喝止了水雲，覺得自己心力交瘁。

「但是啞兒姐死得不明不白的！我不能不去想這些事呀！」

他們爭吵著。

夏乾翻了個身，把自己裹在了被子裡。他不信鬼神之說，若是諸多怪異事件是人為，那麼究竟是誰？不是他自己，不是易廂泉，那就只剩下水雲、黑黑、吳白了。

夏乾覺得太可笑，這三個人——怎麼可能和這三個人有關？

聽到門「嘎吱」一聲，屋外三人談話瞬間停止。

「夏乾醒了嗎？我有話問他。」

「沒醒。」水雲天真地答道。

易廂泉只瞥了夏乾一眼，便知道他在裝睡，於是遣了三人吃完飯回去休息，自己則坐到床邊，推了推夏乾。

「你將吳村發生的所有事都告訴我，每件都要說清楚。」

夏乾無奈地點點頭，裹著被子，盤腿坐起來開始講故事。

燭火溫暖，易廂泉坐在那裡，臉上被染了一半陰影。他一動不動，一言不發，而夏乾喝了三壺茶、吃完了兩碟點心，一講便直到夜色漸濃。

從山神廟到古怪的古屋，從孟婆婆墜崖到啞兒遇害，之後又講了遇見啞兒與孟婆婆的鬼魂、曲澤的失蹤。等到全部講完，夏乾如釋重負，心中也好受很多。

現在易廂泉知道了事情的經過，應當就好辦很多。但是他仍然皺著眉頭，走到窗前，看著窗外有些陰沉的天空。吳村四周的高山像灰黑色的牆面，牆面之後卻有更多的高山，層層疊疊地把他們圍了起來。

「你聽見狼叫了嗎？」易廂泉看著窗外，突然問道。

「山裡經常有。」夏乾從床上坐起來，穿好了鞋。

「你真的看到了孟婆婆？」

夏乾聽到這件事很是吃驚，摸了摸頭。「真的！」

「我的意思是，你確定看到的是孟婆婆？不是畫，不是影子，而是一個人？」

夏乾點頭。「是真人，是背影。」

「那啞兒呢？」

夏乾臉色越來越難看。「是她，看到的是正臉。」

二人默契地沉默了。這件事分外怪異，假如有人裝神弄鬼，可村裡根本沒什麼人。即便真的有人裝神弄鬼，還能裝出兩個鬼來？這樣做又有什麼意義呢？

「你看見孟婆婆鬼魂的那晚，是從窗戶這邊看到的？」易廂泉從窗戶邊上探了半個身子出去。

「不是這間房，是客房。我當時想開門，可是打不開。人死不能復生，我看到了啞兒的鬼魂，又接連看到了孟婆婆的；假若有人裝神弄鬼，那他的目的何在？」

易廂泉推開門，看了看四周。屋舍盡收眼底，而在窗戶一端則看不見任何東西。

他問夏乾：「那晚你有聽見什麼聲音嗎？」

「似乎有，但來了這邊一直睡不安穩，大家起得也早。」夏乾猶豫一下，又道：「有件事不知是不是我聽錯了，我在井中爬行的時候，似乎聽到了嘆息聲。」

易廂泉訝異。「是人聲？」

「好像是，又好像不是。」夏乾想到此，心裡有些害怕，卻不願承認，問道：「你說，吳村是不是真的有鬼？」

易廂泉沒說話，只是皺著眉頭。

「我想出村啊！」夏乾腿一蹬，又躺在了床上。

「吳村的人是去狩獵了？這麼久了還不回來。曲澤前去報官，竟然也未回來。」易廂泉嘆了口氣，忽然轉移了話題。「你身體好些了嗎？」

夏乾一愣，心裡嘀咕，覺得易廂泉此問定是沒安好心。他與易廂泉性格極為不同，但有一點是相同的——突然對人關心起來，多半是有事要麻煩對方。

夏乾頓時心裡一寒，趕緊答道：「不！沒好！我正頭暈噁心想吐呢！」

易廂泉白了他一眼。「那你還穿好鞋，打算半夜溜去廚房找吃的？」

夏乾一怔，趕緊脫鞋。

「別脫了。」易廂泉看了看窗外陰沉沉的天空，嘆了口氣，接著到臉盆旁邊開始洗手。「我帶你去廚房。」

夏乾一聽這話，頓時開心了。

但易廂泉沒有直接帶他去廚房，而是先去了孟婆婆的房間。探查一番之後，易廂泉找到了一些油和燃料，說要借用一下。

隨後，二人才輕手輕腳地走到廚房，像做賊一樣，夏乾偷吃了一些燒餅，易廂泉沒說話，拿了一把剪刀。

待夏乾吃完東西，二人出了門。易廂泉看了看不遠處大樹下的三口棺材——一口是啞兒的，一口是孟婆婆的，一口是鳳九娘的。

「那我也回去睡覺了。」夏乾有些心虛，總有種不祥的預感。

易廂泉看了他一眼。「啞兒的棺是你開的？膽子可真大。」

夏乾心中一涼。「我、我不——」

「再開一次吧。」易廂泉舉起剪刀，朝他笑了笑。「這次我們開孟婆婆的。」

冷風把樹吹得吱呀吱呀作響，易厢泉迎著風走到門口，取了燈籠照明，燈籠一晃一晃地，閃著淺淡的黃色。易厢泉扶住了燈，把剪刀遞給夏乾。

「你拿著。」

「我不拿！」

「唉。」易厢泉嘆息一聲，喚來了吹雪，讓牠馱著。

兩人一貓走到樹下，易厢泉取了棺材上的釘子，扶住孟婆婆棺材的一端。「我數一、二、三，一起抬。」

正所謂風水輪流轉，夏乾如今體會到了被人強迫開棺的滋味。他有苦說不出，只得伸手抬了棺材板。

孟婆婆的屍體赫然出現在眼前，易厢泉皺眉，提燈照射，道：「剪刀遞給我。」

夏乾不動，易厢泉又嘆息一聲，從吹雪背上取了剪刀，開始動手。

「你主動開了啞兒的棺材，如今怎麼不敢看了？」易厢泉埋著頭孤軍奮戰，有些哀怨。

「我只是看看，不會動刀！」

他話還沒說完，易廂泉就把剪刀放回到了地上。

「你……你真的剪開了皮肉？」見剪刀上面沾滿了血，夏乾有些慌亂了。

「其實不用剪開。」易廂泉皺著眉，認真地看著。「我不是有經驗的仵作，還是謹慎一些為妙。那日我在山崖底下，由於光線不足，只是大致地看了下。如今倒是看清了，這屍首墜崖之後是趴在地上的，傷卻在腦後。」

夏乾一怔。「不是墜崖死的？」

「你過來看看。」

「我不看！依你所言，她死後有人把屍首扔下了山崖？」

「錯不了。」易廂泉提燈，認真地打量著。「若是失足墜落，體表輕傷，體內傷則比較嚴重；死者多半是臟腑出血、身上有骨折。但現在死者腹部有一塊不明顯的傷痕，像是被山崖底部尖利的石頭劃傷的；肉色乾白，沒有新鮮的凝血塊，因此這處劃傷應該是死後的傷。除此之外，若是人失足墜崖，在失足的一瞬往往會伸出雙手試圖抓住什麼，比如山崖邊緣的岩石，或是身體碰到山崖側壁而擦傷，可是孟婆婆身上卻沒有這些傷痕。」

夏乾探過頭去，只看了屍體一眼，突然覺得有些想吐。

易廂泉仍然眉頭緊皺。「她的致命傷在頭部。髮髻散亂，但是仍然可以看出是被鈍器擊打過，而且一共被打了三次。只是……這鈍器是什麼？她死前應當是拿著什麼東西的。」

「但她怎麼會——」

「她怎麼會死而復生？」易廂泉提著燈輕輕地說著：「她被打了三次，又被丟下山崖，怎麼會死而復生？」他喃喃自語。

夜風吹得大樹輕輕搖曳著，周圍安靜極了。

良久，他再度看向夏乾。「我一向相信你的識人能力，但此事非同小可，需要再向你確認一次。你確定你看到的是孟婆婆，不是村中其他人假扮的？」

夏乾知道他在懷疑什麼，看著易廂泉的眼睛，認真道：「是孟婆婆沒錯。」

易廂泉有些疑惑了。他知道夏乾這個人平日裡雖不太可靠，但是認人能力是極強的。他回過頭看了看孟婆婆的棺材，又看了看啞兒的棺材。

夏乾小心翼翼地問。「啞兒的棺材不用再看了吧？」

「我已經看過了。我再問你，在你見到啞兒鬼魂之後，你親自開棺確認了沒有任何異常？」

夏乾搖頭。「她也死透了。」

「你確定你看到的啞兒是真人？」

「我看到的是啞兒的正臉。不只是我，水雲當時也在場。」夏乾又回答了他一次，這次更加堅定了。

易厢泉嘆了一口氣，眉頭緊鎖。

夜晚的風嗚嗚地吹著，陰雲一直不散。

夏乾看著天空，突然問了一句：「你說，世上真的有鬼嗎？」

易厢泉沒有回答這個問題，卻異常認真地看著他說：「你可知鬼神的來歷？古時人們畏懼雷電、山崩、地震、疾病與死亡，自然會將這些現象歸咎於和自己相似的個體。鬼怪、神明的形象多半是由人變化而來。恐怖的自然現象歸咎於天、神，死亡與怪事則歸咎於鬼、怪。如今時過境遷，我們越發信賴人的智慧，又怎能把解不開的事歸咎於鬼神？」

夏乾無言，他說得很有道理，可還是解不開這些怪事之謎。

陰風吹過，兩片掛在枝頭的樹葉再也支撐不住，飄零下來，一片落在易廂泉肩頭，一片落在棺材上。易廂泉拾起肩頭的這片，呆呆地看了一會兒，又把它扔在地上。

「我們走吧。」夏乾被凍得瑟瑟發抖，其實也是心裡害怕，嘴上卻說：「實在太冷了。」

易廂泉沒動，風吹得他的白色衣襬直飄，吹雪也上前蹭著他的褲腿，可是他全無反應，只是怔然地看向前方。

良久，他才慢慢抬頭對夏乾說了一句話：「我……我好像有點明白了，這件事只有幾種可能。」

夏乾瞪大眼睛。「真的假的？」

「不確定。」易廂泉的眼神有些飄忽。「事情比我想像的還要複雜，有很多事需要理清楚。」

易廂泉突然提起燈籠往回走。回屋的路程很短，但是他走得很快，一句話也沒說，好像生怕把自己剛剛想到的東西忘掉似的。回到屋內，他點燃了一盞燈，把紙張撕開，開始在紙片上寫寫畫畫。

夏乾想看他寫的是什麼，但是他卻將紙揉成一團，扔掉了。

「我需要找這些事件之間的聯繫，但有些事我想不明白，需要問問你。你覺得古屋牆上的密道是通向外面的嗎？」

夏乾摸摸頭。「我當天和曲澤進入古屋，黑燈瞎火的，只是摸到了牆上的縫，像是門……」

「但我今天白天從牆外看了看，並沒有看到任何裂縫。」

夏乾一驚，若是古屋真的存在通往屋外的密門，趁著白日裡亮堂，完全可以從屋外就看到牆面上的門縫。回想起自己拉住曲澤在半夜摸牆，突然覺得自己有點傻。

夏乾問道：「可山歌是怎麼回事？」

易廂泉揉揉腦袋。「不知道。這些日子一直在忙你遇害的事，如今可算是消停了，但這些事越想越不對勁，明天天一亮，我就進屋去探查——」他話說了一半，突然止了聲，迅速站了起來，推開了房門。

房門外是如墨的夜色，燈籠掛在屋簷下輕輕晃動著。

易厢泉瞇著眼探查四周，扭頭對夏乾道：「剛才好像有人。」

夏乾訝異，出門看了一圈，搖頭道：「沒人呀。」

幾間小屋的燈都熄滅了，幾隻鳥從夜空中飛過，除此之外再也沒有別的聲音了。

易厢泉沉默地關上了門，臉色不佳。他在房間踱了一會兒步，沒再言語。走了一會兒，又回到桌子上開始撕紙寫字。

夏乾怏怏不樂地躺床上睡著了。伴著撕紙的聲音，他睡得很香，但是睡沒多久卻覺得四周很冷。

夏乾打了個噴嚏，睜開眼。屋內黯淡無光，不知道什麼時辰了，至少天還沒亮。易厢泉已不在屋內，桌子上的燈也熄滅了。

他迷迷糊糊地坐起來，發現門開了一條縫，冷風呼呼地吹進來，桌子上的紙片被吹散在地面上。紙片上面寫了很多字，散落在地上，像是一地的鬼符。

他打著哈欠去關門，卻發現易厢泉正站在院子的一個角落裡，不知在做些什麼。昏暗的角落裡堆砌著一些木材和布料，仔細一看，旁邊擺放著四只巨大的白色紙鳶。

夏乾看了看紙鳶的形狀，就知道那是易廂泉親手做的。他們小時候一起做過這東西，易廂泉做得很醜。

易廂泉站了很久，又跑去廚房，拿了一塊豬油和一罈酒出來。又拿起布料，把酒倒在上面。

夏乾目不轉睛地看著窗外，有些緊張。他知道易廂泉一旦落單，往往會做一些怪事——這傢伙可什麼事都做得出來！而布料、木材、酒、油，這些東西分明是用來燃火的。易廂泉一向我行我素，放火燒了村子也說不準。

夏乾眼前出現村子著火的情形，突然害怕起來。他準備披衣悄悄出門看看，卻突然想到易廂泉害怕大火，照理說他應該是不會放火的。

此時，站在院子角落的易廂泉忽然動了。他先是彎腰，然後抱著一大堆東西向河邊走去。

夏乾匆忙推門出去。門外的夜空模糊一片，因有烏雲而導致星辰看不真切。不遠處，夜晚的河水依舊嘩啦地響動著，似風吹樹林之聲，浪花不住地拍打著黃褐色的山崖。然而在河水的濤聲之中，夏乾卻隱約聽見幾聲燧石的噼嚓聲。

只見河岸邊堆起一堆木柴，木柴旁邊蹲著一隻白貓，而白貓旁邊，是一臉專注、正在背風打火的易廂泉。

夏乾嚇了一跳——他真的要點火！他不是害怕大火嗎？

吹雪聽見響動，叫喚一聲，蹭了蹭主人的腿。

易廂泉慢慢轉頭，這才看見夏乾。「你出來做什麼？」

夏乾衝過去一把拽住易廂泉的袖子。「我怕你燒村子！」

易廂泉愣了一下。「燒什麼村子？我只是在放紙鳶。」

他點燃了油燈，轉頭對夏乾說：「本以為你真的不舒服，想讓你休息。如今看來你倒是酒足飯飽，就替我做些事吧！」

夏乾聽得糊塗。「放紙鳶？不是放火？」

易廂泉安靜地看著天上的雲彩，它們緩慢地飄動著，像是隨時會散去，但是仍然遮住了漫天的星星。東方的天空有些微亮，似乎快要天明了。

看了片刻，易廂泉把線遞給夏乾。「準備放吧！放得越高越好。這是一件大事，只能交給你來做。咱們小時候也放過，你比我更擅長放紙鳶。」

夏乾一臉不情願地接過了線。兒時逢清明、重陽，他也會跟人去放紙鳶。只是易廂泉很少會誇讚自己，如今突然開了金口，總覺得有些問題。

紙鳶多為鳥形，而易廂泉做的這個紙鳶尾部極長，毫無美感，活脫脫像拴著兩根布條的傻鳥。

「你拿著線跑到村子那邊，看看能不能放起來。我打燈籠給你照明，小心腳下，不要摔倒。」易廂泉竟然真的打算放紙鳶，還打著燈籠和他一起跑。

夏乾沒有辦法，知道易廂泉一向行事古怪，也沒多問，只能拽著線跑起來。易廂泉做的紙鳶雖然醜陋，但似乎更為精巧，如張開雙翅的鷹，一下就飛入了夜空。

夏乾趕緊道：「放起來了，線給你！你接著呀！」

易廂泉不應。

紙鳶飛起，直破蒼穹，卻戳不破濃重的雲彩。天空烏雲密布，根本無法看見一絲月影。

易廂泉皺著眉，看了紙鳶片刻，喃喃道：「差不多了。」

「你拿線！」

「再等等。」

夏乾提著線，仰著頭問道：「你把紙鳶捆上布做什麼？」他話音未落，突然有種不祥的預感，覺得手中線的上端有些滑，空氣中摻雜著酒味與油味。

易廂泉沒有解釋，只是言不由衷地誇了他兩句「放得真高啊」，隨後把燈籠罩子打開，拿出了裡面的油燈。

「你……你要幹什麼？喂，你別點！你——」

第七章 紙鳶飛天傳訊息

易痷泉舉起油燈點燃了夏乾手中的線，火苗瞬間竄了出去。
夏乾壓根沒有反應過來，只聽得火焰燃燒之聲，還有易痷泉的諄諄告誡。
「莫要鬆手，若是紙鳶掉下，必引大火燒了村子！」
夏乾這才明白，這紙鳶是浸了油的，只是自己手持的位置上沒有，而上面卻是浸了個通透。
火舌一下子冒了出來，瘋狂地向上燃燒。帶火尾的紙鳶燃燒在漆黑的夜裡，明亮得如同太陽，又像一隻巨大的鳳凰展翅飛在夜空，淒厲地鳴叫著。
吳村的詛咒好像在此刻被這只「鳳凰」衝破了。
易痷泉兩手一背，站在河岸看著天空。紙鳶的正下方是河水——他恐怕是以防萬一，特地將放火地選在河邊。

夏乾覺得雙手灼熱，吼道：「易厢泉！你——」

這一嗓子已將屋內的黑黑、水雲、吳白三人一併叫了出來。

水雲本是睡眼惺忪地跑出來，嘟囔著，但一看見此情此景，眼睛立刻瞪圓了。

「我的天哪！」她只覺得一團大火球在天空燃起，不停地翻滾著，迸出的火花化成金色長線，似要把天空撕裂。

三人目光呆滯。

易厢泉此時已經放起另一只巨型紙鳶，待它平穩飛於天空，轉頭問水雲：「不知姑娘可否幫忙？」

夏乾哀號一聲。「傻子才聽你的！」

水雲卻是沒動，黑黑急了。「易公子你究竟在做什麼？」

易厢泉言簡意賅。「與狼煙同理，夜間送消息。」

「你聽他胡扯！」夏乾等到手中紙鳶的火焰減小，匆忙扭頭補上一句：「他自己怕火，不敢放這紙鳶，偏偏叫別人來做！」

「我的確畏懼大火。」易厢泉迅速補充，面不改色。「這是下下策，若不是情況危急，我也不會這麼做。如今情況不妙，恐怕拖不得。與其浪費時間，不如送出消息請人支援。」

吳白吃驚。「情況不妙？這……」

他還未問完，只見水雲一個箭步衝了上去，從易廂泉手中拿起線，抬起稚嫩而勇敢的臉。「放火吧！」

易廂泉抬手用油燈引燃了線，呼啦一下，又一只紙鳶燃起。

水雲將線拿得異常平穩，而此時夏乾手中的紙鳶卻是逐漸熄滅，化為灰燼，星星點點的火焰從空中落下，似流星墜落。有些火星接觸冬天寒冷的空氣而逐漸熄滅，有些則跌落入河水中，再也無法燃起。

按理說紙鳶通身浸入油中，火焰順著線燃燒，線應該會速速被燒斷。不出片刻，紙鳶就被燒得只剩骨架，從空中栽下來。

水雲手中的紙鳶快要熄滅，吳白手中的紙鳶又飛了起來。一個接一個，像是一群鳳凰飛越吳村上空。

易廂泉忙了良久，才緩緩道一句：「只有四只，想不到這麼快就燃盡了。本是想一直放到黎明的，只怕烈酒不足了。」

待最後一只紙鳶燃盡，吳村又陷入了黑暗。

空氣中飄散著一股焦糊的氣味，餘煙瀰漫在夜空，眾人皆是滿腹疑問。

易廂泉一邊低頭收拾著地上的殘局，一邊慢慢說道：「黑夜傳訊息，必定以高空燃火最為有效。古來傳訊息的法則不少，在沒有信鴿的情況下，狼煙、紙鳶、孔明燈都可以作為傳消息的工具。用於夜間的傳遞法，狼煙不明顯，孔明燈也可。然而用火不慎，定然造成山林失火，況且孔明燈不便控制方位。我只得以火引燃紙鳶，明亮而且更加安全。」

吳白蹲下搬起小酒罈，幫忙收拾起來。「那這酒有何作用？」

「以麻布蘸酒繫於紙鳶上，燃起，火光極大而布不損。此法可以讓紙鳶燃燒時間更久。」

夏乾哭笑不得。「你為什麼要這麼做？你要傳信號給誰？」

易廂泉沉默一下，衝大家道：「大家可知附近有位姓沈的大人？他本是京官，過些時日會前往延州，只是暫居此地。沈大人原先做過司天監[2]，是荊國公手下的人。」

三人搖頭，而夏乾卻點頭表示聽過。

易廂泉繼續撿起地上剩餘的布條。「我從宿州碼頭下船，找車夫探聽了一些事。但夜色已晚，我決定次日白天進山，當晚去拜訪了沈大人。沈大人素來喜歡觀石、觀星象，他之前來過山間尋物製墨，曾在吳村暫住，卻覺得有人半夜入戶；天一亮他就趕緊下山了，越想越古怪。他說，若是山間遇到麻煩，便設法聯繫他。」

吳白突然想起什麼，他一拍腦袋，轉而對黑黑道：「姐，妳記不記得不久之前有一主一僕，來我們村借宿過一晚……」

黑黑也是一怔。「記得，次日他們張皇失措地走了。」

易廂泉點頭，微微一笑。「就是他們，估計鳳九娘半夜去偷了他們的銀子。」

吳白詫異道：「但是易公子為何在半夜傳送消息？」

「沈大人每日有觀星的習慣，白日睡覺，夜晚觀察天象。最近幾日天氣陰晴不

2　司天監：古時官名。掌管推算曆法、觀察天文、授時節氣等工作。

定，想必他也是著急，待到放晴，必然會觀星，便能看到燃燒的紙鳶了。你且看這些柴火，白日裡我會燃煙，雖不明顯，但只要沈大人觀察，也能看見煙。然而今日夜空烏雲密布，說不定他今夜沒有觀星的打算，那麼咱們也就白忙一場了。」

夏乾哀嘆了一聲。「你可以明天白日裡叫我們幫忙點狼煙，何必晚上嚇唬人？」

易廂泉沉默了會兒，深吸一口氣，決定實話實說：「這事只怕拖不得了。」

眾人一愣。

夏乾瞪大眼睛。「真的有鬼？」

黑黑有些恐懼，打斷他。「夏公子，不要提『鬼』字！」

易廂泉轉頭輕聲說道：「鬼不是世間最恐怖之物，總有東西比它更可怕。」

他的聲音很輕，像是說給自己聽的。

易廂泉沒再說什麼，只是彎腰收拾著殘局。

餘下幾人都沒再言語，只有夏乾敏捷地捕捉到了他臉上的一絲憂慮。

憑藉他與易廂泉多年的交情，自然清楚易廂泉一向是喜怒不形於色，如今臉上有了憂慮之色，必定是心中藏了一些大事。

一夜過去。東方的天空泛紅了，是幾日裡難得一見的好天氣。

眾人睡在飯堂裡，昨日他們的確是被驚到了，晚上又睡得晚，故而此時睡得格外沉。只有夏乾還躺在榻上翻來覆去，心裡想的總是易廂泉那句「鬼不是世間最恐怖之物，總有東西比它更可怕」。他躺在床上輾轉反側，眼見晨光照進屋子。

他看了看易廂泉的地鋪，空無一人。

此時，易廂泉早早披衣起床，出門點燃了煙。今日無風，煙霧在冬日寒冷的空氣中仍然凝成一道直直的、異常顯眼的灰白柱子，帶著幾分詭異。

陽光灑下，夏乾更加睡不著了，真心盼著那個沈大人帶人來救他們。

他爬起來，看到易廂泉昨日桌上的碎紙片已不見了，取而代之的竟然是一根木條。夏乾拿起，發現木條在四分之一處斷裂成兩截。

夏乾看了一眼，拚命地回憶，卻想不起來這是個什麼東西。他坐了片刻，喝了點茶，遂躡手躡腳地披上衣服，想去古屋查探一番。

昨日在他和易廂泉談話的時候提到了古屋暗門，但因這件事被擱置了，如今卻很有查清楚的必要。若是古屋真的沒有暗門，啞兒的死就只剩兩種情況了。他路過廚房，無意間弄倒了廚房門口的籃子，東西嘩啦啦灑了一地，像是某種晾曬的草藥。

「你是不是要去古屋？不用去了，我剛從那裡出來，在床下找到了暗門。」

夏乾一怔，抬頭又看見了易廂泉。他似乎一夜沒睡，但是精神不錯，估摸著喝了許多濃茶。

易廂泉也蹲下幫忙撿草藥，語氣平和。「你一個人不知情況地亂跑，好不容易撿來的命，還不知珍惜。」

夏乾一臉不屑。「只是風寒，現下只是偶有鼻塞，已經無礙。我的命金貴得很，大難不死必有後福。你剛剛說什麼？古屋有密道？」

「不錯。」易廂泉點點頭。「一會兒我們就從暗門進去。」

夏乾聽得一愣。「去抓凶手？那暗門通向哪裡？不等沈大人了？」

「事情不能再拖下去了，若是今日沈大人不派人來，咱們只好自己試試看。所以，你最好休息休息，傍晚動身。這吳村之事實在奇怪，雖然尚未明瞭，但我已猜了個大概……」

夏乾盯著那籃草藥。「這是……什麼？」

「半夏[3]。在庸城時，我在傅上星的醫館裡看過幾本醫書，還記得這個藥。」

夏乾哼了一聲。「你記性真好！」

夏乾語畢，只覺得心裡沉甸甸的。「傅上星」成了三個最沉重的字，弄得他渾身不舒服。他低了頭，問道：「也不知小澤怎麼樣了？」

易廂泉盯著半夏，沒有答話。

夏乾摳弄著手中的半夏，像是下了很大的決心。

「小澤本就孤苦無依，偏偏傅上星出事了，而我也有責任。待我去汴京給母親寫一封書信，讓母親給她找個好婆家。」夏乾說完，像是卸下了什麼重擔，深深吁了一口

3 半夏：中藥名。有毒植物，全株有毒。服少量可使口舌麻木，多量則燒痛腫脹、不能發聲、流涎、嘔吐、全身麻木、呼吸遲緩而不整、痙攣、呼吸困難，最後麻痺而死。有因服生半夏多量而永久失音者。

氣。「好婆家，最好是斯文、讀書多……」

易楯泉只是盯住眼前的藥，眼神飄離，不知在想什麼。

「……然後，她就嫁了。我要多給她些嫁妝，最好讓我娘認她做乾女兒，那樣夏家就是她的娘家，兩全其美，她幸福、我自由——你說怎麼樣？」

「這藥是啞藥。」易楯泉臉色變得不對勁。

「啞藥？這東西？」夏乾拿起一個，作勢要吃。

易楯泉一掌拍掉。「我記得大家口中的『司徒爺爺』，也懂得醫藥？」

「對，死了很多年。」

易楯泉則問道：「那個啞兒姑娘，她究竟是怎麼變啞的？」

「聽說是幼時生病。你覺得她是吃了這種藥？你會不會想得太遠了一些？」夏乾把藥收好，放了回去。

易楯泉搖頭。「我想得比這更遠。她會不會是誤食？」

夏乾不信。「這藥這麼厲害，能讓人終身變啞？」

「不會，只不過對人日後的嗓音有影響。」

「那不就得了！」夏乾拿起籃子，推到一邊。「我們快走吧，你把吳村的事給我理一理。」

易廂泉一下子站起來，似是想起什麼，抓住夏乾肩膀問道：「你記不記得，啞兒燉肉的鍋裡是新鮮的肉還是肉乾？」

夏乾回憶了一下，當時有些肉塊隨湯灑出，遂答道：「新鮮的。」

「那麼，啞兒的出身究竟如何？她的父親、母親……」

夏乾吸了口氣，準備長篇大論起來。「啞兒那身世很是複雜，她跟水雲同父異母。她爹娶了她娘後，又跟水雲的娘好上了，生了水雲。你聽這些舊事做什麼？家長裡短，亂到不行。」

易廂泉蹙眉道：「水雲是啞兒同父異母的妹妹？」

「對，啞兒以前還有個兄長，但好像死了。你莫不是懷疑水雲？但她才多大——」

「你看見啞兒魂魄的那天晚上，水雲正好睡在棺材前面？那她可是也看見了？」

夏乾搖頭。「應該沒看見。她當時睡著了，我看到啞兒之後她才醒的。但是衣服是啞兒死時穿的那件藍白衫，後來卻蓋在水雲身上。」

易廂泉低頭沉思，又抬頭看了看西邊的雲，看看蒼山，看看河邊的木柴。

夏乾問道：「沈大人會派兵來救我們？」

易廂泉點點頭，又搖搖頭。「出事還是要靠自己。不知沈大人何時能看到狼煙，而且這山路崎嶇，即便進山也要數日，只怕來不及了。」

「不等救兵，我們要怎麼辦？」

易廂泉沉默一下，終於緩緩吐出一句。「今日做個了斷。」

夏乾瞪大雙目。「今日做個了斷？和誰了斷？就憑你我？」

「不錯，就是今日，就憑你我。」

夏乾深吸了一口氣，點了點頭。

「只要能出村，我一定幫忙。你說，要我做什麼？」

易廂泉認真問道：「那……你可會煮粥？」

「我怎麼可能會？」

「我去煮些粥和肉湯，你去找鳳九娘剩餘的迷藥。」

夏乾一驚。

「你要做什麼？煮肉湯？啞兒臨死的時候也……山歌裡的老二也……」

易廂泉起身快步走向廚房，找出做飯用的鍋碗瓢盆，開始淘米。

夏乾無奈，只得一臉晦氣地跑去翻著鳳九娘的東西。

他不願意找那種藥粉，也不願意去廚房幫忙做飯。在他的眼裡，「君子遠庖廚」永遠是他拒絕掌握這項技藝的絕佳藉口。況且他一個少爺，哪裡輪得到他做飯？

他走了幾步，心裡也有些難受。易廂泉這人雖然可惡，但是聰明得很，受眾人誇讚不說，居然連飯都會做？

夏乾甩了甩頭，忙翻著鳳九娘的東西。

鳳九娘的屋子很是整潔，沒有什麼雜物，也沒有值錢的東西。夏乾從床底下翻出一個茶杯，裡面有鐵鏽的氣味。他聞了聞，把茶杯一丟，又去翻枕頭、被褥。

片刻，他便在鳳九娘的枕頭下翻到一些藥瓶。很多是外傷藥，其中一瓶有些特殊，夏乾打開聞了聞，這氣味令他聯想到庸城城禁時，青衣奇盜在油燈中放的香料，似麝香，他斷定這就是迷藥了。

雖然易廂泉不是一次、兩次裝神弄鬼了，但他覺得還是要相信他。

夏乾忙跑到廚房，只見易廂泉正在煮著粥和肉湯，還圍了圍布，可能是怕弄髒自己的白衣服。圍布有些滑稽，但夏乾此時也無心玩笑，只是把藥粉一丟。「你要做什麼？不會是下藥吧？」

「就是下藥。」

夏乾緊張起來。「你要給黑黑他們下藥？」

「怕他們礙事。怎麼只有這麼一點？」易廂泉看著藥粉搖搖頭。「你再去找找看，這點劑量恐怕……」

「你居然真的要下這種毒手！」

易廂泉不為所動，慢悠悠道：「為了保證他們的安全，一會兒你勸他們喝粥，等他們昏迷之後，把他們關進屋子去。我雖然不能十分確定，但他們之中應該有人與此次怪事密切相關。」

易廂泉吹了吹粥，輕輕抿了一口，蹙眉道：「再煮一會兒就可以了，即使粥煮得不熟，他們應當也會出於禮節全部喝下，就權當我廚藝不精好了。」

易廂泉慢慢攪著粥。兩個爐子、兩個鍋，他倒是處理得遊刃有餘，那樣子像個歸田隱士，又像是寺廟裡的做飯和尚。

眼看烏雲遮天，夏乾在廚房來回踱步。他差不多問三句，易廂泉才答一句。

「我們要去捉凶手嗎？」

「也不能算是凶手。」

「有危險嗎？」

「有。」

「帶兵器嗎？」

「帶。你不是只會射箭嗎？」

「凶手是誰？」

易廂泉猶豫一下，才道：「算是凶手，也不能算是凶手——」

問題繞了回來，夏乾著急道：「快煮快煮！煮完了去抓人！」

易廂泉趕緊拉住夏乾。「如此搧風，火會很快熄滅。」

夏乾深深吸了一口氣，憋出一個難看的笑容。「敢問易公子，凶手有很多種，聰明的、羸弱的、武藝高強的，而我們要去抓一個什麼樣的人？」

夏乾此言，意在盤算此行的危險性，弄清楚他們的對手是個什麼樣的人。無論易廂泉回答什麼，他都有個準備。

哪知，易廂泉嘆了口氣，說了一句夏乾萬萬沒想到的話——

「不能算是人吧。」

夏乾呆住了。「不是人？那是妖魔鬼怪？」

易廂泉剛要開口，夏乾一拍大腿。「是動物！」

「也不是。」

夏乾欲哭無淚地看著他。「那是個木頭？」

易廂泉拿起勺子，一邊攪粥，一邊道：「我沒見過，實際情況我不清楚，只是根據山歌推斷個大概。我先將事情的始末說個清楚，你自會明白。這件事看似複雜，其實最怪異的地方有兩處：一處是亡人復活，一處就是山歌應驗。而幾起事件無非就是山歌的翻版，即五個兄弟的故事。」

易廂泉轉身關上門，從灶臺裡撿出帶著灰燼的柴火開始在地上寫寫畫畫，一邊寫，一邊講述整個事件的來龍去脈。

他按照順序，在地上寫下了：

孟婆婆

啞兒

曲澤

鳳九娘

夏乾點點頭道：「孟婆婆、啞兒與鳳九娘死了，小澤失蹤，一切都與山歌極度相似。此事怪異萬分，如今想想只覺後怕。」

「你可知為何？」

夏乾緊張道：「定是有歹人故意……」

易廂泉搖頭，慢慢敘述道：「我們從大局入手，從事件的犯意開始分析。以山歌、詛咒等形式連續殺人，若是人為，屬按規律犯案，有預告、警示作用，意在威脅。在普通的案子中實屬個例，我也見過此類記載，如此做法只為讓人感到驚慌失措，覺得下一個被殺害之人會是自己。」

夏乾皺了皺眉頭。「目的為何？」

「復仇，這是第一種可能。而仇恨源頭多半與山歌有關，故而以此作威脅，讓人陷入恐懼。」

夏乾聽聞，先是頷首肯定，隨後細想，卻覺得不對勁。

易廂泉繼續道：「這些推斷是我遇事後的第一反應，隨著對此事的了解越發詳細，我卻發現……」

「這樣不對！」夏乾擺擺手。「山歌出現的年代太過久遠，若是後人復仇，算來算去，這梁子應是吳村建村時結下的。經過幾代生息繁衍，什麼仇恨都消了，還非要等到此時來報？」

易廂泉聞言，報以肯定一笑。「不錯。看古屋陳設，不似本朝之物，山歌若是在那時興起，當屬亂世。據此推斷，最近一次天下大亂是唐、宋之間，大宋至今已有一百餘年，少說也間隔三代人。再考慮畫師出生年分，若仇恨在那時結下，報仇卻間隔一百年以上……」

天空烏雲慢慢挪著它的腳步，日光漸熄，廚房內只聽得二人談話之聲。安靜之時便於思考，但夏乾揉揉腦袋，覺得怎麼都想不通。他看看易廂泉，嘆口氣。「那仇恨……會不會是上代之事，藉山歌的名頭嚇人而已？」

易廂泉點頭。「畢竟上輩人涉及兩事：財寶之事及水雲與啞兒爹娘之事。若是復仇，定然是與遇難的這幾人都有聯繫。昨天我寫下了這些人的名字，然而再看和山歌對應事件的相關人員——鳳九娘、孟婆婆、啞兒、小澤幾人之間並無必然關聯。若硬要說關聯，啞兒與水雲有姐妹關係，鳳九娘與孟婆婆有婆媳關係，吳白與吳黑黑是姐弟關係，而小澤和你有關係。」

易廂泉又在一旁寫下水雲、吳白、吳黑黑三人，並且在水雲與啞兒之間、鳳九娘與孟婆婆之間畫了線。

「那到底為什麼？這些事和曲澤也沒有關係呀！」夏乾一拍腦門。「換言之，歹人僅想謀害啞兒，餘下事件全是障目之法，混淆視聽。」

易廂泉搖頭。「這是第二種可能。但啞兒之死本就很是怪異，那歹人還要將孟婆婆推下懸崖，弄出鬼魂之事，又害鳳九娘掉入水中，再送曲澤出村。既然是障眼法，就把所有人都砍死，再仿照成山歌的樣子擺好，豈不更簡單？但眼前這些事件完全不同，有的人死了，有的人沒死，事件越多，留下的線索越多。」

他說得夏乾啞口無言。「所以不是復仇，也不是障眼法？」

易廂泉搖頭。「不能完全排除這兩種可能，但是從案發時間、復仇源頭、眾人反應來看，既不像是復仇，也不像是障眼法。」

夏乾揉揉腦袋。「那為什麼按照山歌的內容殺人？」

易廂泉點頭。「這是第三種可能。若凶手是一位以殺人為樂的瘋子，一般手段會更加殘忍，往往會在每個出事的人身邊寫上『老大』、『老二』之類的話語，抑或是山歌的字條，又或是把皮影小人扔在事發地造成恐慌，這樣反而能與山歌直接對應，也符合他殺人的樂趣，但是就目前看來都不符合。」

「所以只剩下一種可能。」夏乾突然眼前一亮。「歹人不止一個，一人犯案之後，另一個人藉著他的名義殺人。」

易廂泉點頭。

「這是第四種可能。一般連環殺人最容易出現這種冒名頂替的情況，歹人數量為兩名以上，一名犯案者、一名或多名頂替者。我們可以理解冒名頂替者的犯意，但是犯案者的犯意又要回歸前面三種可能。這種情況就目前來看仍然不成立。」

聽他連續否定了四種可能，夏乾急得在屋內踱步。「那到底怎麼回事？」

易廂泉繼續道：「兩起謀殺、一起失蹤、一起意外。拋開山歌不談，這四個事件中最奇怪的就是啞兒的死亡，其次便是小澤的失蹤。此外，還有孟婆婆和啞兒鬼魂出沒的問題。當我意識到這點再去細讀山歌，這才發現了問題。

「第一，『姑娘吃了木頭椿子』沒有發生；第二，『老四上吊廟邊林子』，小澤並沒有上吊身亡，只是她躺的地點是寺廟附近的樹林，而她毫髮無損；第三，老大與老四的事件對應鳳九娘與小澤，而事實發生時間則是顛倒過來的，先是曲澤失蹤，後才是鳳九娘意外死亡；第四，你落入井中其實也是一件大事，但是你僥倖逃脫了。若你因故身亡，你也算一個『死人』，但是與山歌完全沒有對應關係。」

夏乾這下有些明白他的意思。「依你之意，事件與山歌並不是完全對應？」

易廂泉點頭。「不錯。何況按我方才所說，若是以山歌威脅他人，意在復仇，而目的是使做錯事的人感到驚慌失措，備受威脅。可是再看吳村，所有人的驚慌都來自於對事件的不理解，也不知道事件是怎麼發生的，所有被害人都不知道自己是下一個，這顯然不符合常理。」

夏乾疑惑，深深吸了一口氣。

易廂泉嚐了一口粥，點點頭。「快好了，挺好喝的。」

「別吃了！」夏乾心中焦急。「繞來繞去，居然無解。」

易廂泉看了他一眼，點頭道：「對。」

「什麼？」夏乾木愣愣。「無……解？」

「不是無解，而是推斷錯了。」易廂泉自嘲一笑。

「我昨天本想從啞兒的事件逆推，卻發現線索散亂。再從孟婆婆的事件逆推，發現也是如此。換言之，這幾起事件的行進方向是不相交的線，根本無法匯聚到一點。因此才從犯意著手分析，竟然也無解。想到此，我也覺得事件無解，便追溯回去，想看看是哪個環節推斷錯了，可惜並未發現什麼嚴重錯誤……」

夏乾默然不語，等著他繼續說下去。

爐子上的兩個鍋都冒著熱氣，肉湯中傳來陣陣撲鼻香氣。

易廂泉站在窗前，慢慢地攪著鍋裡的湯，輕聲道：「事情無解，是因為大前提錯了。我說過『以山歌謀害人，若是人為，屬於按規律犯案，有預告、警示作用，意在威脅』。而『人為』，是我剛才那番推論的大前提。」

夏乾突然覺得明白了幾分，易廂泉的這句話，不僅一下子推翻了之前的所有設想，還提出了一種自己從未細想過的可能。

柴火發出一陣劈啪聲響，夏乾反覆咀嚼著易廂泉的話，才緩緩問道：「依你之意……這事件不是人為？」

「沒有人按照山歌殺人，四起事件完全獨立且與山歌無關，他們只是碰巧和山歌相像而已。」易廂泉看著他，慢慢露出笑容。「這才是這個案子最大的盲點。」

烏雲慢慢挪了過來，遮住了日光，陰影投射在夏乾那張詫異的臉上。

他愣了片刻，回想了一下之前的事，搖搖頭。「這怎麼可能呢？這也——」

易廂泉見粥已經煮好，遂滅了火，將粥盛出來。

「換言之，山歌之中只有部分與事件一致。夏乾，在孟婆婆死亡之時，你有沒有發現山歌與事件相應？」

夏乾遲疑一下道：「只是隱隱覺得有些相像，並沒有真正往這個方面想……」

易廂泉點頭。「不錯。你們覺得事件與山歌一致，是因為啞兒死亡時打翻了肉湯鍋子。『肉湯』這種奇怪的詞出現在山歌之中，又出現在眼前，這才引人察覺。若不是啞兒死得怪異，且出現了『肉湯』一詞，你們很可能不會覺得山歌與事件有關。」

夏乾被易廂泉說得一愣。的確，這些事件與山歌的關聯，全都是他們的臆想，從未有人判定它們完全相關。

易廂泉的語氣平和，聲調毫無起伏，夏乾聽他所言愣了半晌，抓了抓頭髮。

「關於二者的對應關係，在此之前你心中一定有疑慮，一種朦朧的、隱約的疑慮——山歌真的與事件有關嗎？若說與事件無關，為何出現這麼多類似的場面？當你無法解釋這種疑問時，內心就會覺得二者必定相關。估計是有歹人故意為之，這個歹人不是潛伏於村中的外來客，就是吳村之人。」

夏乾猶豫道：「其實我沒有細想，只是覺得有些像，大家也覺得有些像。可如果二者真的無關，為什麼出現這麼多類似的場面？」

「歷朝歷代的天子在位統治之時，總會相信民間所編的童謠，祥瑞也好、不吉也罷，它們都預示世運或人事。在我看來，這的確不可信，然而換個方向講，為何天子會相信？因為童謠、歌謠都來自民間，來自於百姓，它在一定程度上可以透露出民間發生的事或者某種跡象。而自古以來，農諺、俗語也比比皆是，形成歌謠經人傳誦百年，而且朗朗上口。所以這些話語的應驗也不僅是單純湊巧，還是前人總結的經驗。」

易廂泉繼續道：「五個兄弟的山歌，這是前人的故事和教訓，是吳村先人的經歷。編成山歌意在警示後人，這才會代代相傳至今。今天應驗，是因為吳村發生了與山歌相似之事。五個兄弟的故事與如今之事，有著相同的起因和環境，這才導致相同的結果。故而使得其中有這麼多巧合，這與農諺的道理相同，也與萬物之理等同。」

語畢，易廂泉走到窗前，一下子將其推開。

灰濛的天空坦露出來，陰風陣陣。

「你且看這天氣，定是要下雪的前兆。古語也曾云『三月死魚鰍，六月風拍稻』、『冬至天陰無日色，來年定唱太平歌』。全都是前人的經驗教訓，有些關於天氣，有些關於時運。換言之，天時、地勢全部相同，起因相同，順應自然規則，必然導致相同的結果。吳村的先人們經歷過這樣的事，哪知後人也遇上了相同的事。」

易甯泉轉身，將白色的粉末分成四份，一份最多的加入肉湯中，餘下的加入三碗粥中，徐徐道：「你仔細琢磨那山歌，看似龐雜，細細讀來卻能瞧出端倪。故事的根本，不過是兩條起因：『暴富的富翁』和『生病的姑娘』。由此，才引發五個兄弟上山的故事。暴富的富翁引發了鳳九娘拿紙鳶逃跑之事，而『生病的姑娘』……」

「易公子、夏公子，你們怎麼起來了？」黑黑猛然一下推開廚房的門。

夏乾一個激靈，下意識擋住正在下藥的易甯泉，而易甯泉卻笑盈盈地點頭。

「打擾數日，此舉不過聊表心意。」他衝黑黑笑笑，笑得一臉溫和，不慌不忙地把包裹藥粉的紙塞進袖子。

易甯泉這一笑讓夏乾吃了一驚，這廝做了壞事都一臉正人君子的樣子！

水雲從旁邊冒了出來，瞪大漆黑的眼睛掃了廚房一圈。「做飯？你們在做飯？」

易甯泉一臉淡然道：「思來想去覺得沒有什麼可以表示心意，倒不如做些小事，幫些小忙。見你們都沒起，就擅自來了廚房。」

他臉上不紅不白，轉過身去慢條斯理地攪著粥。

「不出片刻即可食用，耐心等候即可。」

易庯泉本身說話就帶著幾分沉穩之氣，如今他的語氣平淡，一如既往地可信。

吳白遠遠地站在廚房外，那句「君子遠庖廚」深深影響了他。

水雲踮起腳尖看著廚房，良久才冒出一句：「易公子不是都盛好了嗎？為何現在不拿去吃？」

易庯泉立馬答道：「粥正滾燙，涼些再吃會更好。眼下若是端出去，燙了你們的口，我豈不是感恩不成，反而罪過了？」

他不緊不慢地攪著粥，似乎在等藥粉溶解。

夏乾暗暗震驚，這易庯泉撒謊功力比自己都強！

第八章　深入洞底欲捉妖

幾人坐在飯堂中等待，而夏乾坐立不安。

餘下幾人小聲議論著，話題不過是昨日發生之事，以及鬼怪之事。

黑黑問道：「你們說什麼東西比鬼還要可怕？易公子所言『鬼不是世間最恐怖之物，總有東西比它更可怕』，到底是何意？聽來不似玩笑話。」

水雲坐在案桌旁邊，一臉嚴肅，像極了臨危受命的戰士，搖頭道：「黑黑姐又擔心什麼？妖魔鬼怪，只會怕人，能勝鬼的當然是人了。」

黑黑問夏乾：「不知夏公子有何見解？比鬼可怕的，是妖嗎？」

夏乾有些心不在焉，被問到之後「啊」了一聲，撓了撓頭。「俗話說『平生不做虧心事，半夜不怕鬼敲門』。對鬼尚且如此，妖物就更不足為懼了。若說是有妖作祟，老百姓總會請人作法驅除乾淨。這種東西若是現形了，人人得而誅之，亂棍打死就好，沒什麼好擔心的。」

黑黑嘆氣。「話是這麼說不假，若是真的碰上，只怕會嚇得不輕。」

夏乾聽聞，突然來了興趣，問眾人道：「若是你們見了妖要怎麼辦？」

吳白面無表情。「沒有妖。」

水雲神色有些冰冷，猶豫片刻，低聲道：「除掉。」

黑黑見只剩自己未答，思索一番，搖搖頭。

「我不知怎麼辦。夏公子，你會怎麼辦？」

夏乾眼眸微亮，興奮道：「抓來養在家裡！」

吳白笑著看了他一眼。「自古以來，遇見妖物、怪物，都是人人喊打或欲誅殺的，夏公子為何要養在家裡？」

「好玩。」夏乾隨意答著，瞅了瞅窗外，竟還不見易廂泉的身影，只得繼續道：「若是真能見到妖物，此生無憾。」

黑黑嘆氣。「哪裡好玩？多晦氣，弄不好招致禍患。」

吳白不屑。「姐，妳膽子太小了。」

水雲哼了一聲。「人比妖魔鬼怪可怕多了。」

「這話不假。」夏乾表示讚許。「最可怕的當然是人，永遠是人。」

吳白一臉正經道：「人心險惡勝似鬼，這是古訓。不過我依然不相信鬼怪一說，世上本無鬼怪。」

夏乾抿了口茶，反駁道：「這可就未必了。《山海經》所記錄的上古神獸，哪個不是似鬼怪一般，五官錯位、叫聲古怪，有些還能預知未來。你覺得那都是無稽之談？《山海經》所言『鸚鵡』一鳥，能講人語，那都是真實存在的。」

吳白不屑地哼了一聲，這些他當然知道。

然而黑黑一聽，有些害怕。「那依夏公子所言……」

夏乾心裡巴望著易廂泉快來，也就隨口道：「『妖魔鬼怪』很可能真的存在，《山海經》一書不是隨意寫的。也許有些神獸在上古時已經死去，不再生息繁衍，卻被我們祖先記錄下來，繪成壁畫、竹簡、圖卷，形成傳說。況且，除了中原大地，西域也有不同的怪物與傳說，我們都未曾見過。」

吳白頗有興味地聽著。「我倒是不知西域傳說。」

夏乾答道：「很多呀。我家以前接待過外來商客，他們說各地信奉的神明不同，鬼怪傳說也有所不同。」

水雲一驚。「他們是不是也有蛇精、狐妖之類？」

她這一問，就問到了夏乾的專長。

夏乾這個人一向不好好學習，要問他四書五經、詩詞歌賦，他答不上來。但是他從小就喜歡聽人說書，偷偷看些人鬼仙妖傳奇的話本，對這種問題自然精通一些，於是開始胡謅起來。

「這倒不知，不過有專食人血的妖怪，似是蝙蝠化來的；也有上身為人、下身為魚的怪物；還有出沒深海之中、形似女人的妖精，類似我們所傳的『鮫人』。傳說唐朝時海運頻繁，東瀛臨海漁民見過鮫人。妳若想知道，可以問易公子去，他可是上知天文、下知地理……咦，他怎麼還不來？」

吳白撇嘴。「這就快過晌午了。」

夏乾起身推開門，看見陰沉的天空，遠處一朵烏雲遮日，巨大無比；晌午不像晌午，倒像是沒有太陽的清晨，寒氣重、光線弱。這是即將變天的徵兆。

夏乾瞇眼瞅著天，卻見遠處易廂泉端粥而來，踩著薄雪，走得平穩，似是白衣飄飄的得道仙人踏著雲彩，前來給人間的萬千災民廣布恩澤。

吳白先鑽出門來，他目光炯炯，似是已經餓得前胸貼後背了。

易廂泉手裡的五碗粥，其中三碗有問題。

夏乾緊緊地盯著粥，生怕易廂泉搞混，連自己也一併喝錯倒下。

只見易廂泉一臉溫和地進屋，緩緩地、有次序地將粥放下。

夏乾臉上一陣發白。他注意到，只有吳白的粥冒著熱氣，餘下的都是涼的。

這是怎麼回事？

他轉身對易廂泉使了一個眼色，意在詢問是不是弄錯了。

而易廂泉卻不看他，只是淡淡地看了一眼烏雲密布的天空，喃喃自語。「只怕今日天黑得早。」

夏乾傻傻抬頭問：「你、你說什麼？」他用勺子攪了攪粥，卻沒入口，想眼見著別人喝下去，萬一喝錯了……

此時，所有人端起了碗。

易甯泉突然轉頭，對正在吹著熱粥的吳白溫和道：「你可否出來一下？我有事要找你。」

夏乾趕緊眨巴眼睛。「吳白，你喝完再去。」

吳白也是一愣，不知聽誰的。

他還未開口，易甯泉笑道：「別聽夏乾的，你的粥燙，放涼些再喝也不遲。」

吳白疑惑地點點頭，跟了出去。

夏乾滿肚子疑問，看著他們遠去的身影，瞥了一眼端著碗的黑黑與水雲。

雖然幾日連續遭遇不幸，可如今能喝上一碗熱粥，她們心情自然不錯。況且這粥是易甯泉煮的，金貴又特殊。

夏乾想到此，看看黑黑與水雲略帶喜色的臉，心裡卻生出幾分內疚。跟易甯泉串通下藥，還親眼看著人家喝下去，太不仗義！

「我跟出去看看他們鬼鬼祟祟要做什麼。」夏乾隨便找了個理由，溜出了屋子。

這一下走掉了三個人，門還敞開著。水雲嫌冷，就讓黑黑出門看一下，順便將門關上。待黑黑回來，水雲嘴上沾滿了粥，還邊咂咂嘴，邊誇易公子廚藝精湛。黑黑也是饑腸轆轆，迅速喝掉了一碗粥。

夏乾偷偷摸摸地跟著易廂泉與吳白，見他們到了偏遠的角落停下，易廂泉低聲對吳白說著什麼。

他不敢湊太近，隱約聽見了「下藥」、「不得已」、「千萬不能出來」之類。聽及此，易廂泉似是將下藥之事對吳白全盤托出了。

夏乾一下懵了，易廂泉這又是做什麼？

易廂泉與吳白二人見夏乾突然鑽出來，先是一愣，易廂泉轉而冷聲喝道：「誰讓你出來的？」

夏乾被這一聲激怒了。「你們鬼鬼祟祟，又是做什麼？休想瞞我。」

易廂泉無奈搖頭，扭頭對吳白道：「我說的你可記清了？過會兒我鬥緊門，你們務必不要出來。」

夏乾一頭霧水，吳白遲疑點頭。

易廂泉再也不看二人，快步走回飯堂。一推開門，只見黑黑與水雲已經暈倒，正趴在桌上，做著好夢。

易廂泉鬆了口氣，看向吳白，又看向夏乾。「我怕藥粉劑量不足，便將那份要下入吳白碗中的藥粉分到了黑黑與水雲的碗中。你和我要去做危險的事情，黑黑還好，若是水雲中途醒來，恐怕不妙。她天生勇猛，性子剛烈，深覺自己有點功夫，衝出來幫忙也說不定。」

吳白深深嘆氣。「易公子是為了我們的安危，不過，你與夏公子究竟……要去做什麼？」

易廂泉快步出屋，看了天空一眼。乳白與灰色交織成雲團，暴風雪即將到來。他看了看蒼山，嘆息道：「只怕沈大人不會派人來了。」

吳白剛欲問話，卻被易廂泉打發進屋。

他親眼看吳白將門閂好，這才拽著夏乾往前走去。

夏乾低語道：「你之前不是說，不放心這屋內三人，也不確定他們是否與此次事件有關……」

「不錯。」易廂泉將夏乾帶離飯堂，這才緩緩解釋。「藥粉劑量的確不夠，我也是無奈。據我推測，吳白應當與此事無關。不過推測只是推測，若是有關……」

夏乾有些擔憂。「有關，會怎樣？」

易廂泉笑了兩聲。「若是有關，就憑他的小身板，又能如何？」

夏乾聞言也是哈哈一笑，轉而問道：「可我瞧那劑量應當是夠用的，你為何說不夠用？」

「夏乾，你能吃多少飯？」

夏乾一愣，猶豫一下。「一碗半。」

易廂泉點頭。「放在粥裡的夠了，但放在肉湯裡的不夠。一只鍋能盛將近五碗飯，是你食量的三倍多。迷藥太少了，散入肉湯之後剩下的只夠兩人份，故而吳白只能不吃了。你去取你的柘木弓來，我們一會兒進入密室，萬事小心為上，切忌衝動受傷。匕首備好，準備隨時抽出自衛。」

夏乾聽得稀裡糊塗，聽到最後一句卻一驚。「你確定古屋有密門？」

易廂泉臉色發白，看了看天空。「你速去取來弓箭。密室應當在地下深處，裡面什麼情況，我也不甚清楚。應當異常昏暗陰冷，需要火把。所以我們最好在天黑之前回來，這才安全。」

易廂泉說得平靜，村子裡也平靜。冰天雪地似要把一切都凍住，蒼山樹木連同那破舊的茅草屋子都陷入了沉睡之中，一片死寂。唯有天際的雲卷撕扯著、翻滾著，似是驕傲地表示它們還活著。

夏乾縮了縮肩膀，抬頭看著易廂泉。「那密室裡面有什麼？」

易廂泉深吸一口氣，竟然微微垂下眼去，低聲道：「我不知道。」

夏乾剛想罵他裝神弄鬼，卻見易廂泉抬起頭來，也看見他眼中的一絲恐懼。這種恐懼是極度罕見的，夾雜著一絲茫然，在易廂泉漆黑的眼眸中一閃而過。

夏乾心中一涼，易廂泉那一句「不知道」，代表眼下情形並不樂觀。夏乾了解他，此人不僅聰明絕頂，極度冷靜，擅長分析，而且小心謹慎。待他行動之時，多半已經成竹在胸，可眼下這一絲恐懼與茫然令夏乾惴惴不安。

易廂泉都害怕了，何況自己？

夏乾試探道：「是不是裡面有什麼恐怖之物？」

易廂泉雙手交錯。

「這個事件極度不可思議，我不能確定，也只怕你們不肯相信。你可知道，西域有傳說——吸血的蝙蝠，比人還大的怪物，就和那些東西差不多……」

夏乾一愣，這話竟然和自己在飯桌前胡謅時說的如出一轍。他哭笑不得地道：「連吸血蝙蝠都出來了！罷了，我先去取弓，一會兒跟你下去。」

易廂泉堅定道：「總之，我會盡量保證你的安全。」

夏乾無奈地點了點頭，折回水雲的房間去找柘木弓。

烏雲翻滾著遮住了日光，村子即將入夜。

易廂泉速去取了火把，回原地等待。須臾，就見夏乾匆匆從水雲屋內出來。他的臉上帶著一絲錯愕，額上冷汗直冒，手中空空如也。

易廂泉吃了一驚。「弓呢？」

「弓沒了！」夏乾進屋四處翻找，卻怎麼也找不到。

易廂泉聞言眉頭緊皺，而夏乾則有些驚慌。

他從未習武，只得倚靠弓箭自衛，如今弓已離身，他似是失去了左右手。

易廂泉眉頭緊鎖道：「可有仔細找過？」

夏乾點頭，嘆息一聲。「可能是水雲拿去玩了，不知道藏在哪裡。」

「你的徐夫人匕首可還在？地下密室窄小，視野不佳，帶著弓箭不過是有備無患，匕首反而更有用些。只可惜你我二人皆不會用刀劍，武藝不精，真是不便。」說罷，易廂泉進了廚房，將鍋端了出來。

夏乾吃驚一看，一鍋肉湯，香味濃郁，不停地冒著熱氣。

「走吧。」易廂泉居然說了這兩個字，端著鍋走了。

夏乾見狀，立刻瞪大眼睛。「你到底要做什麼？端這個做什麼？」

易廂泉沒有回頭，一邊走一邊道：「武器。」

夏乾彷彿聽到了最好笑的字眼，哈哈嘲笑幾聲，但沒有跟上去，只是眨巴著眼睛獨自站在雪地裡，帶著幾分慵懶和得意。

「易廂泉，你別當我是傻子。」夏乾挑了挑眉毛。「我早就隱隱猜出地下密室之事，也猜出裡面有什麼東西。」

這次，輪到易廂泉愣了。但只是愣了片刻，他用衣服將湯鍋裹了幾層，抱在懷裡保溫，又想往前走。

「狼！」夏乾得意地吐出這個字。

易廂泉聞聲停住了，轉過身看著他。

「我定然是猜對了！啞兒死於密閉的房間，傷口撕裂不是人為，倒像野獸所為。若非木須所做，定然是真狼了。村子裡狼本來就多，再看這下了藥的肉湯，分量很足，真相就更加明顯了。你不敢下去，只能說明……密室之中的狼不止一隻。」

夏乾又道：「山神廟中供奉的神仙極度像狼，我估計將狼奉為神明是村裡的規矩。因此，自村子創始以來，村中之人就在地下養狼，生息繁衍，如今也有一群了。」

他語畢，得意之情溢於言表。

易廂泉頓了一下，詫異問夏乾道：「那山歌又怎麼解釋？為何幾人的死亡像極了山歌？」

「你說不是人為……」夏乾看了看易廂泉。

易廂泉頷首不語。

夏乾一時語塞，憋了半天才道：「那就是巧合。」

易廂泉呆住。「沒了？」

夏乾堅定道：「蒼天自有其理……」他手指向蒼天，話音未落，烏雲似一張大網籠罩於吳村上空，狂風若浪滾滾而來，捲起屋上幾重稻草。他站在茅草屋下，恰是風口，根本來不及躲避，成片的稻草朝他頭上鋪天蓋地灑下來。

易廂泉嘆息一聲，護住肉湯，快走幾步進了屋子。

夏乾連跑帶喘地跟了進來，頭上沾滿了稻草。

「你這是什麼表情？我說得不對？」

「一窩狼……你這種想法，倒是有趣。」易廂泉說得很認真。「但是全錯了。」

夏乾詫異瞪著雙目，一屁股坐在古屋的破舊床榻上。「密室裡不是狼？」

「不是。」

「野豬？」

「不是。」

「虎？」

「早已說過不是動物野獸。」

都不是？夏乾突然覺得有些心慌。他冷著臉，裝作沒事的樣子。

「休要騙人。你不知底下是何物，卻在這兒斷言我說的全錯，難道……是人？」

夏乾滿懷希望地問。

易廂泉嘆息。「我也沒見過，總之很凶惡，你帶好武器，我們準備進去……」

夏乾一躍而起。「你不說，我就不進去！」

易廂泉挑眉，放下肉湯。

「你可還記得五個兄弟的故事，以及有關富翁女兒的片段？」

夏乾趕緊點頭。「富翁女兒四歲時與老五相識，隨即同富翁一同搬進深山，再無消息。直到長大成人，富翁才放出消息說女兒得了病，召集郎中入山治療，但是郎中進了房子再也沒有出來。富翁隨即改了條件，改招女婿，只要照顧女兒七日就可入贅，於是老五就……」

易廂泉點頭道：「貪財的賭徒老大不斷地探查所有的屋子，奸詐的郎中老二熬著一鍋肉湯，聰明的風水師老三抬頭看著東邊的房子，優秀的工匠老四不停地敲敲打打，誠實善良的老五一直看著那姑娘的畫像。」

他頓了頓，接著道：「姑娘一定是住在一個密室裡，密室的入口在屋子之中。這才使得人入了屋子便不見影子，就像這屋子會吃人一般。只是，好端端的姑娘為什麼住在這裡面？」

夏乾嘟囔一句。「早就猜出來了。」可待他說完，卻感到無限寒意。

天色已經逐漸變得灰沉，天上零星飄著雪花，簌簌落著，在狂風的攜帶之下，打在古屋破舊的窗戶上。霉味瀰漫在空氣中，帶著朽木腐蝕的氣味與茅廁的臭氣。

夏乾不由得一顫，皺了皺鼻子，這種陰森之氣深深侵入了他的骨髓。

燈籠亮著微光，照射在易厢泉蒼白的臉上，甚是可怖。

夏乾晃了晃腦袋，努力恢復神智。「莫不是同碧璽一般得了傳染之症？」

易厢泉道：「有了妻室的男子在外尋歡，會將人藏起；為了庇護犯了大案之人，會將人藏起；抑或如碧璽一般得了傳染之症，唯恐眾人知道後議論紛紛，也會被藏起。但此事……」

易厢泉從桌上拿起那個姑娘的畫，這是他方才放進來的。畫上的姑娘一副健康人的樣子，只是睡著了。

易厢泉說道：「富翁怕女兒見人，特地將女兒藏匿起來。而進去的人見了那女兒的狀況，最終……命喪黃泉。」

夏乾聞言，心裡越發慌亂起來。「好端端的，現在說這個太不吉祥了。」

窗外的風肆意怒號，似是人的哀叫之聲，根本辨不清楚。狂風猛烈地撞擊在古屋的門上，似要將破舊的石磚、木頭統統撞爛，彷彿有人即將破門而入。

易廂泉指著畫道：「你看此畫，女子美麗，全身沒有什麼不妥，只有手上的鐲子比較特殊，鐲子拴鍊而鍊子下墜很長，餘下部分被遮擋，隱於畫中不可見。」

夏乾呆住了，雙目瞪得溜圓。「你是說……」

「那不是鐲子。」易廂泉的聲音很低沉。「是鐐銬。」

易廂泉則緩緩道：「她手上是鐐銬而非鐲子，直到我今日看了半夏，這才有幾分確定。山歌之中的老二是個郎中，不斷地熬著肉湯。我推測他在肉湯裡下了迷藥，估計也摻雜了啞藥半夏。這藥在山間並不難採，煮肉湯之時，將迷藥和半夏一同加進去，只為了讓那姑娘喝下去能安靜一些。再看那畫，畫中的姑娘睡著了，她只有睡著時才能安靜供人作畫。然而畫未完成，背面有血跡——因為在畫未完成時，那個姑娘突然醒來，並且……攻擊了畫師。」

若換作平日，夏乾一定是要放聲大笑的。如今易廂泉的話語聽似屬無稽之談，夏乾卻笑不出來。窗外陰風陣陣，讓人覺得心緒不寧，他的臉也是極度僵硬。

「然後呢？」

「那個畫師也是倒楣，也許死了，也許傷了。出事之後，大片的血留在了畫作背面，可是那畫像得來不易，富翁不捨得丟掉，就將沾染大片血跡之處裁掉，將剩餘的畫留下，這才使得畫短了一截。夏乾，你把桌上的肉湯端過來。」

夏乾被這番話說得稀裡糊塗，真的聽了易廂泉的話，老老實實將肉湯端來，問道：「那個姑娘為何會攻擊人？與吳村如今發生之事有何關聯？」

「你小點聲。」易廂泉的聲音壓低了，一邊將畫作捲起，皺著眉頭，說道：「我方才說過，西域有傳說，吸血的惡魔，那是半人半蝙蝠的怪物；此外，還有半魚半人的人魚，還有……」

窗外烏雲翻滾，大雪紛飛。

聽聞這些妖物，夏乾眼睛一下子瞪圓了。他的腦中出現了一些奇怪的幻象，一些似人非人、似真似幻的存在。而如今窗外之景甚是可怖，讓人不由得寒毛直立。他安靜地呼吸著，等待易廂泉說出真相……

「狼人，在中原也有狼妖一說。」易廂泉走到了床邊。

「狼……人？」夏乾一愣，像是被人打了一悶棍。

易廂泉沒再接話。

「狼……妖？」夏乾卻繼續喃喃問道。

易廂泉依舊沉默，只是捲起了床單。

片刻，夏乾嘴巴慢慢咧開，隨即發出一陣大笑。

「易廂泉你越來越會編故事了！狼人，我還杏仁、果仁、核桃仁呢！」

「你小點聲！」易廂泉低聲吼了一句，用手扒住床板。整個大床像個大箱子，床底與地面相連。

夏乾上前一看，卻見整個床板似乎都是可以卸下來的，像個巨大的門。

易廂泉在床邊坐下，嘆了口氣。「那姑娘四歲入山，消失十餘載，現身後染了怪病，被其父藏匿。我曾猜想到底是什麼原因，為何要將人藏匿？若是病了，不論病症大小都應看郎中才是。哪怕是不治之症，郎中也不會說些什麼。可為何要隱瞞？」

夏乾捧腹。

「所以那姑娘就是狼妖？但凡是個正常人，看見妖物定會驚慌而逃，叫人前來剷除，所以富翁不敢說出來。可為什麼不是狐妖、狗妖？又或是鬼怪、白無常？」

夏乾看似問得認真，實則一點也不信。

易廂泉只是淡淡道：「《山海經》中怪物甚多，也不乏此類怪物，譬如狼人、猿人。然而這些怪物有些存在，有些已經絕跡。而中原大地上，自古以來就有這樣的事例。母狼、母猿、母猴之類，若看見孩童，有些會直接撕裂入腹，抑或直接害死；而有些出於母性，會將其撫養。」

夏乾愣了一下，臉上的嘲笑之情少了幾分。這種事並非易廂泉的胡言亂語，倒是真實存在的。縱使他身在江南，幼年時也聽聞過類似的事。

易廂泉繼續道：「你甚少去這些野地，自然不通獸性。若是山村獵戶，多少會知道一些。年幼的孩子入了山林，未必會死掉，有可能被山林的野獸撫養，一直生長在山間，不穿衣服，不食用熟食，不講人語，性子也完全不似人一般溫和，舉止行動反而酷似山間野獸。」

夏乾搖頭。「你這話也太過於不可思議了！縱然是真的，發生這種事的可能一定極小。」

「我早已說過，這與吳村的環境有關。這山頭甚大，山中多狼。富翁的女兒被狼撫養，幾年後被人發現。這姑娘可是富翁唯一的親人，幼年時雖與常人無異，但她卻在人應受教化的最佳年齡，與狼群同居；待她被找到，定然忘記如何為人了。富翁心疼，也想重新對其教化，但估計收效不大，於是召來郎中，只想讓姑娘恢復心智。」

夏乾喃喃。「那些郎中，一去不回……」

易廂泉皺眉。「郎中被那姑娘攻擊，或者被富翁滅口。」

「滅口？」

「人形狼心，如此違背天理的活法，若傳出去恐被百姓們看作妖孽，想必人人欲誅之。況且姑娘名聲不保，富翁也痛心。如此，滅口一事就合情合理了。郎中醫術再高明，怎麼可能把狼變作人？屢次尋求治療卻毫無結果，富翁年邁，就只得找人代替自己照顧姑娘。」

夏乾有幾分相信了。「所以，就開始找入贅女婿。但是，還是難以理解……富翁居然把這麼多人滅了口！」

易廂泉的面色冷了下來。「不是你想得那樣簡單。這個富翁可不容小覷，心狠手辣，他最擔心的只有兩個東西——女兒和錢。」

「我不明白……」

易廂泉道：「你是不是不理解為何會有人去殺掉這麼多人？殺人的理由不外乎名、利、情、仇，抑或喪心病狂。但他們有唯一的共同點，即忽略生命本身價值，認為人命輕賤。一個父親唯一的女兒在山間被狼群叼走，這已經是椎心之痛了，多年後竟然失而復得，然而『狼病』無法得以治癒，他定然不會讓女兒再受到半點傷害，一絲一毫都不行。而且……」

易廂泉頓了一下。「而且他以前就殺過不少人。」

夏乾怔住。「此言何意？」

「說來話長。」易廂泉扒住床板，對夏乾說道：「和我一起抬。」

夏乾上前去抬著床板另一端。「我不懂。依你之意，那富翁……」

「噓。」易廂泉做了個噤聲的手勢。

咣噹一聲，二人將床板掀開，一股臭氣撲面而來。

整個床像個巨大的箱子，二人開了箱子蓋，向下看去，有一些臺階，臺階下面漆黑一片。

「夏乾，你捉妖的夢想要實現了！」易廂泉有些緊張，這個玩笑開得不太自然。他用燧石點燃了火把，又燃了一枝小柴，直接扔進了洞裡。

火焰明亮，小柴火入了洞依舊燃燒著。

易廂泉吁了口氣。「空氣不錯，能進去。」

「空氣不錯？」夏乾哭笑不得。那股臭氣直鑽鼻孔，他下意識地往後退了幾步。「這是糞尿的氣味。」

「習慣就好。」自門開啟，易廂泉總是在笑，卻笑得很僵硬。

夏乾很會察言觀色，他知道易廂泉在掩飾自己內心的不安。

洞很深，那枝小柴發出了點點的光，但很快就熄滅了。

夏乾越發緊張起來。「沒什麼好怕的。密室下面只是一個人而已，不！只是一個瘋子而已，用得著……」

「噓，你聽。」

窗外的風雪瘋狂地襲擊著屋子，風雪聲音極大，像是要把房子吞沒。而夏乾屏息凝神，卻在風雪之中辨別出了別的聲音。這個聲音來自洞底密室，比風雪聲小，卻有聲可聞。

易廂泉道：「你聽見了嗎？聲音很弱，但是……」

「吼！」這一聲如同狼的嗥叫，從幽暗密室的深處傳來，淒厲狂暴，似是夾雜著憤怒。它將窗外的風雪聲完全擊垮，似要震破房梁！

易廂泉瞪大雙眼，一下子向後退去，臉色煞白。

夏乾則完全嚇傻，額間冷汗一下就冒了出來。

兩人似木偶，完全動彈不得。

「這聲音……男人？不，公、公的？」夏乾面色蒼白、聲音沙啞。

易廂泉臉緊繃得如同一塊平滑的鐵板。「是男的。」

夏乾嚇得癱在旁邊的桌子上。「這又是怎麼一回事？不是姑娘嗎？母的啊！」

聞言，易廂泉無奈道：「你平時機靈，今日怎被嚇傻了？那山歌發生在百年之前，姑娘早已入土。吳村的祖先們一定想不到，百年之後，村裡的後輩竟又遇到了同樣的事。」

「你是說，吳村裡……又有孩子被狼叼走撫養，之後被找到，和那山歌裡的姑娘一個命運，被關在地下密室？是不是他殺了啞兒？你快告訴我！這……這也太……」

「吼！」

「為什麼聲音越來越大，他是不是餓了？」夏乾向後退去，死死地貼住屋內潮濕的牆壁。讓他進洞，還不如在窗外風雪中站上一宿！

易廂泉看了眼黑洞，臉色竟也微微發白，但他盡量保持冷靜，深深吸了口氣。

「你我武藝皆不精湛。」易廂泉看了夏乾一眼，語氣急促。「若要對付成年男子，還是瘋魔成性的半人半獸，要萬分小心。本想等著沈大人派人救援，或是曲澤報官前來，只怕風雪交加……」

夏乾並未作聲。他很清楚，自己不懂武藝，易廂泉武藝也不精湛，可是如今的情況比他自己預想中要好上許多——他本以為密室之中是一群狼呢！如今再看，橫豎不過是一個人。

兩個人打一個瘋子，應該不成問題。可是，二人不可能全都毫髮無損。

夏乾閉起眼睛，他想起了啞兒當日的死狀。風險不是沒有，弄不好真的會喪命，如今唯有信任易廂泉了。

而一旁的易廂泉端起肉湯，輕輕攪了攪，又放下，根本沒看夏乾一眼。

「那就等救兵來了再說！」夏乾心裡越來越不踏實。「我看這密室很結實，就讓他在裡面喉幾嗓子算了！」

易廂泉探身進去，又往前走了兩步。「可依我看，這地下密室恐怕不止這一個出入口。我怕村裡其他的地方連通著密室，哪天那怪物竄出來，傷了人怎麼辦？何況……」他深吸一口氣，躍躍欲試地往裡走。

「喂！你不是現在就要進去吧！我們還是賭一把算了，將他餓死在裡面，或者放火把他燻死……」

易廂泉駐足，扭頭道：「你害怕了？我們只是看看情況，未必動手。」

「別安慰我，你自己分明也害怕……」

易廂泉似乎被他說中了，臉色越來越蒼白。他猶豫一下，還是踏進了洞，黑暗的密道一下子吞噬了他白色的衣裳。

見他進去，夏乾的心也亂了。他嚥了嚥口水，也燃起火把跟著易廂泉進去。

二人順著樓梯往下走，潮氣與臭氣混雜著進入了夏乾鼻中。洞內漆黑一片，空氣中散發著臭味，又不流通，只令人覺得胸口悶得很。夏乾手扶著牆壁，卻見牆上還橫著不少腐朽的木頭，讓他忽然想起了自己被拋下的那口井。

「這富翁真是大費周章，還建了這麼個地下通道……喂！易廂泉、易大仙，你倒是說話啊！我說咱們過幾天再來，餓死那個怪物，或者放把火，把這怪物燻死在裡面？」夏乾一向多話，如今緊張，話更加多了。

「小聲一點，小心被怪物聽到。咦，肉湯呢？你沒拿進來？」易廂泉用火把照亮了夏乾空無一物的手，夏乾這才發現自己沒把肉湯拿進來。

兩人面面相覷，夏乾有點腿軟，易廂泉臉色蒼白。

「你剛才只顧著攪拌，自己不拿？」

「我是讓你端，肉湯裡下了藥，而那怪物餓了許久。只要他吃了肉湯，待其安睡，什麼事都好辦。山歌中的老二也是用這個法子讓那姑娘安靜下來的，啞兒也是如此。如今肉湯不取來，我們就……」

他沒說下去，夏乾也想出去，至少深呼吸，憋口氣再進來。可如今聽聞那句「啞兒也是如此」，不由得心中一驚。

「快去、快去！」

夏乾很是聽話，趕緊出洞去取肉湯，片刻他就回到了入口，往地上一坐，吸著新鮮空氣，心裡痛快幾分。他不是腦袋不靈光，只是一時間難以接受如此複雜而令人震驚的事實。如今細想，方才易廂泉說啞兒也煮了肉湯，莫非啞兒知道裡面有怪物，才總來餵養他？啞兒身上怪異的撕裂傷口，恐怕正是被怪物所傷。啞兒不可言語，不能呼救，失血過多，這才……

夏乾嘆了口氣，易廂泉雖說將事情講了個大概，奈何他怎麼也不敢相信。他翻身站起，走到肉湯旁邊輕輕端起，又嘆息一聲，打算這就下去。

活要見人，死要見屍。

窗外風雪未停，明明是傍晚卻如同黑夜，只怕大雪要下上一夜了。

夏乾看看陰鬱的天空，還是覺得不對勁。他搖了搖頭，決定不作他想，顫顫巍巍地端著肉湯，順著洞口進去了。

好在有易廂泉陪著，至少不會一個人孤獨淒涼地死去……

洞的深處仍然傳來怪物的喘息聲，聲音不大卻很是清晰。

夏乾一手持著火把，一手端著肉湯，匕首只能藏於袖中，他瞬間沒了安全感。密室裡傳來他踢躂踢躂的腳步聲，風雪聲逐漸減小，如今已經被牆壁徹底隔絕。他不知自己走了多久，直到臺階已經沒了，眼前是一條類似走廊的漆黑通道。這條走廊很長，似要直通地底深處。

夏乾走了很久，卻沒有看見易廂泉的身影，也沒有聽到他的腳步聲。火把明亮，火焰燃得安靜。夏乾晃動火把照亮四周，除了土壁就是木頭。

易廂泉消失了。

四下張望，夏乾頓覺寒毛豎起。

密道原本狹窄，逐而變寬，連洞頂都高了幾分，縱觀四周並無遮擋之物，但竟然看不見任何人影。易廂泉真的消失在黑暗之中——即便空間這樣窄小。

他渾身冷汗涔涔，茫然地轉身看看土壁的樣子，又看了看不遠處泛著亮光的臺階。那裡是自己剛剛與易廂泉分手的地方，但如今易廂泉人又在哪裡？

遠處怪物的喘息聲清晰了不少，夏乾知道自己距離怪物已經很近，可不知多近，至少不在目之所及之處。

黑暗總會帶給人恐懼，而夏乾此時的恐懼感驟然增強。沒了夥伴、敵人未知、身無武藝。他顫抖著舉著火把環顧四周，低聲喚著易廂泉的名字，卻沒人應和他。

夏乾小心翼翼地往洞的深處走了幾步，環顧四周，又走了幾步。那樣子十足像個剛學會走路的孩子，生怕跑快了會狠狠摔上一跤。

「易廂泉！你在哪兒？快出來！是我偷懶，在上面待了一會兒……你快出來！」

夏乾壓低聲音拚命地呼喚著，有些無助。那怪物的聲音在遠處，卻不知多遠，他不敢貿然上前，只將火把舉得離自己遠了一些，好讓視野更加開闊。

他向前走著，突然停住了。腿前有一根細線，雖然很細，但由於夏乾的步子邁得很小，走得又慢，這才能感覺到有線阻攔。夏乾夜間的眼力極好，彎腰細看，只見那根線繃得很緊，連接到兩側的壁上，混進牆裡再也看不清了。

他詫異至極，也不作他想，用火把照亮一下，便邁過線去，只覺得心中七上八下，彷彿邁過了一條禁忌線。僅僅向前走了幾步，卻聽聞怪物的喘息聲越來越大。

夏乾趕緊駐足，打算往回返。都怪自己在洞口停留太久，如今必須先找到易廂泉。

夏乾提心吊膽地看著四周，不見一物，便緊閉雙眼，只用耳朵去捕捉聲音。萬籟俱寂、風雪無聲，他卻聽清了——除了怪物的喘息聲，似乎還能聽見微弱的說話聲。

像是易廂泉的聲音。

他在說話？在哪兒？

夏乾覺得莫名其妙，但心裡依然是一陣狂喜。他又仔仔細細地往四周看，這才看見遠處的牆壁上還有個洞，如同門洞一般，在貼近入口之處。原來是他太過緊張，沒有注意到這個側向洞口。這顯然是條岔路，離入口比較近，離自己與易廂泉分開之處也不算太遠，興許是易廂泉在等待自己時四處亂看，這才發現側洞，走了進去。

夏乾側耳聽，覺得那洞裡傳來易廂泉說話的聲音，真真實實的，但僅他一人，像是在自言自語。

「只有你一個人嗎？」

「快些隨我出去。」

「不要在此地逗留，隨我出去！」

易廂泉只是自顧自地說話，卻不知在對誰講，像是對著空氣，也像是對著看不見的人。

夏乾覺得心裡發毛，想趕過去看看。

主路的盡頭，即夏乾背後所對之處，因少了火光而變得漆黑一片。

夏乾急著找易廂泉，匆忙地跑了兩步，誰知一不小心被什麼東西絆倒，沒站穩，一下子狠狠跌在地上，絆倒他的是剛才那條細線。隨著他整個人跌倒，火把一下子掉在前方。夏乾趕緊向後穩住身體，卻啪嗒一下子摔倒在地。肉湯「嘩啦」一聲灑在了地面上，熱氣騰騰、香味四溢。它灑在骯髒的地面上，混雜著塵土一起變成了泥漿。

夏乾還沒回過神來，只覺得細線被他壓在身下。他想站起，卻聽見腦袋頂上轟隆隆作響。

待他詫異地抬起頭，映著微弱的火光，夏乾看見了——洞頂上有東西正飛速下落！

就在這一瞬，一聲如同重物墜地的巨響傳入他的耳朵。一個巨大的柵欄一下子扎到地上，離他不過一尺的距離，四周瞬間飛揚起一片塵土，恍若滾來一團灰黑色的濃重霧氣。他被飛揚的灰塵嗆得咳嗽不停，四周烏煙瘴氣，什麼都看不清。周圍一片模糊，他神魂未定，只想翻個身站起來，然而就在此刻，他聽到了易廂泉的聲音。

「夏乾！」

聞聲，夏乾喜極而泣，也不管多少煙塵在此刻進入他的口鼻，索性大聲吼了一句：「沒事！你在哪兒？」

只聽得遠處的易廂泉低聲說了什麼，而夏乾也不去理會。因為他聽見自己背後不遠處傳來了低沉的喘息聲，越來越近、越來越近……還夾雜著一股令人生厭的臭氣。伴隨喘息聲的，還有一陣不規則的、沉重的腳步聲。

夏乾一驚，不自覺地匆忙起身，卻震驚地發現自己的左腳動彈不得。灰塵漸退，他驚恐地看了柵欄一眼，腦袋「嗡」的一聲，臉色慘白。閘門以橫縱木條構成，下端尖利，落下就能深深扎進地裡。而橫木的一格……正好卡住了夏乾的腳踝。腳踝是整個腿最細的部分，足跟過長，這柵欄卻卡得正好，將將只卡住腳踝。

他使勁動了動，雖然確定渾身無傷，卻根本無法將腳抽出來。閘門是一個機關，有阻隔之用。出口與側洞均在另一側，地上本有細線，為的就是防止怪物跑出去。若是怪物壓到細線，閘門就會落下，如此方能阻止怪物前進。出口、側洞、火把均在柵欄另一側，而夏乾身處於怪物一側。

自小被狼撫養之人擁有狼性，難以恢復神智。但細想也不過是個失心瘋的瘋子，即便體格強健、力大無窮，雖然可怖，但畢竟只是個人而已。

夏乾汗如雨下，不停地挪動著，卻聽得身後的粗重喘息與腳步聲逼近，彷彿就在耳畔，距離不過一、兩丈。他一下子從袖中抽出徐夫人匕首，頭也不敢回，感覺整個人被巨大的恐懼感吞沒。

不遠處，易廂泉突然出現了。他剛剛從側洞跑出來，手持火把。待他往夏乾這邊看過來，臉上難掩震驚和倉皇的神色。

「救——」夏乾趕緊呼救，卻被易廂泉打斷了。

「別說話，別動，千萬別往後看！」易廂泉恢復了神智，臉色發白，聲音不大卻微微顫抖。

夏乾本不知道身後發生了什麼，卻被易廂泉這個神態嚇住了，越發地想回頭看。他僵硬地轉過頭去，在微弱的火光中，他看到了此生難忘之景——離他幾步之遙，有個毛髮濃密、身強體壯的「男人」。

「男人」背上肌肉強健，四肢有力且皮膚粗糙，整個人躬身在地，手足緊抓地面。「男人」抬起了亂蓬蓬的頭，露出了臉。那是一張人的臉，滿是皺紋和汙垢，但眼睛不是人的眼睛。

夏乾被那雙空洞的眼睛嚇住了，他從未見過這種眼神。黯淡無光、透著寒意，單單對視就令人寒毛豎起，只有獸性而無人性。

就在這四目相對之際，男人吼叫了一聲，震得洞內灰塵亂舞。他往後一頓，大力撲了過來。而夏乾腦中一片空白，抓住匕首揚了起來。

「躺下！」

不遠處易廂泉吼了一聲，夏乾不作他想地聽從指示，立刻往後一躺，瞬間躺在了怪物腳下。

就在此時，柵欄上傳來噹噹幾聲巨響。三、四枚銀亮小鏢打在柵欄上，掉落了下來，散成一地銀花；兩枚小鏢穿過了柵欄縫隙，直接刺到了怪物身上。

怪物中了一鏢，哀號了一聲，鮮血噴湧而出，轉身向後跑去了。

夏乾躺在地上，覺得幾滴溫熱的血濺到了自己臉上。就在這短短一瞬，穹頂之處傳出了「咣噹」一聲，閘門重新被吊了起來！他的腦中一片空白，只覺得腳踝被人拉住，使勁一拖，整個人被拖離了是非之地。

很快地，閘門再次落了下來，又是「咣噹」一聲，震得灰塵漫天飛舞。

易廂泉把夏乾拖到了角落。兩人對視一眼，不停地咳嗽起來。

「那怪物、那怪物——」

夏乾語無倫次，易廂泉只是咳嗽，沒說出什麼話來。二人喘息了一陣，卻只能看到柵欄處的黑暗角落裡隱隱有東西在動，但是沒有什麼聲響。

「我們脫險了？」夏乾看著遠處，有些欣喜。

「脫險了。」易廂泉擦擦汗，終於露出一個蒼白的笑容。「我這一扇子的鏢全打沒了。」

夏乾心中的石頭落了地，他又轉身向入口看去，憂心問道：「怪物是不是被傷到要害了？要不趁現在……」

他話音未落，一陣沉重而不規則的腳步聲從深處傳來，詭異地在洞穴中迴響。

二人皆向裡望去，然而洞穴的最深處像是永久處於黑暗一樣，是煙塵與臭氣的發源地，卻什麼都看不清。只聽一陣強烈的咣噹撞擊聲，這一刻，二人幾乎停滯了呼吸，他們盯著最黑暗之處，卻看見了亮光……

撞擊聲不斷，伴隨著嘶啞的嘶吼和痛苦的哀號。亮光與煙塵混合一體，使得夏乾的視線朦朧而不清晰。他被這聲音嚇得兩腿發軟，可是他沒失去理智，便一下子跳起，撒腿就往門口跑，同樣撒腿就跑的還有易廂泉。

可是夏乾跑了兩步才發覺，易廂泉居然往反方向跑，朝著怪物奔去了！

「你瘋了！往裡面跑什麼？那怪物估計被放出來了！」夏乾衝著易廂泉大叫。

易廂泉的行動出乎他的意料，他似一道白影，沒有向洞穴深處跑，而是一下子衝向側洞，衝洞裡大喊道：「妳瘋了！把門關上！」

夏乾一愣，他這是在對誰說話？這種急促的語氣，夏乾很少在易廂泉口中聽過。

易廂泉轉頭對夏乾吼道：「快去攔住那怪物，快去！絕不能讓他逃出去……」

夏乾不明所以，經歷方才被柵欄門卡住之事，他的雙腳發軟，難以邁開步子。側洞傳來一陣嘈雜的聲音，像是鐵鍊子與閘門混雜的響動聲。只聽見易廂泉語速極快地說著什麼，像是勸阻卻也是責備。

夏乾腦袋快速地旋轉著，此情此景，他這下才明白幾分。

易廂泉的擔心不是沒有道理的，這個洞穴不止一個入口。洞裡亮了，說明第二道門被開啟了。這第二道門，恐怕是有人刻意打開的，那鐵鍊墜地的聲音也不是偶然，是有人要放那個怪物出去。此洞機關重重，定有人操控，才可使門升起落下。

除去易廂泉、夏乾、怪物，這個地下密室竟還有第四個人！

夏乾本想逃出去，轉身看見遠處洞穴透著光亮，頓時心中一陣寒涼。自己現在逃出去又怎樣？那怪物也逃出去了！若是走了霉運，出了古屋，不消片刻就跟那怪物打個照面，到時候更加難辦。黑黑、水雲、吳白還在村子裡，所幸他們全都躲藏於屋中，不會出門，故而暫無性命之憂。

夏乾愣了一下，這下才頓悟，易廂泉真的很有先見之明。

他猶豫一下，跑回洞裡去。

他在自己剛才跌倒之處撿了幾塊肉，放在手裡，又往前探了幾步，隔著柵欄傻傻地衝著怪物道：「這裡有肉，你、你別出去了……」

他甘願親自當誘餌，見遠方沒有動靜，便叫喊幾聲，扔了肉去。用此法將怪物吸引過來，隨後便讓易廂泉從側洞動用機關，將第二扇門關上。

夏乾心裡想得倒美。

遠處的光亮更加強烈了，第二道門已然被完全打開，窗外的光線照射進來，夾著零星雪花，亦帶著絲絲寒氣。

角落裡的「男人」先是畏懼地向後一縮，隨後行動起來，竟然四腳著地。

他迅速向後一跳，後腳發力向前奔跑至透光的門口。他在門口停了片刻，用那強壯有力的雙手撐著地面，看了看門外雪景，又看了看洞內。

他與夏乾再次四目相對，只見他是人的外形，卻是狼的姿勢，頭上血跡斑斑，眼中殺意仍然不減。他輕輕一躍，竟一下跳了出去。

夏乾腦袋嗡的一下，似是還沒回過神來。那扇門「轟隆」一聲落地，光亮瞬間被遮住，夏乾的心中也是一片漆黑。

他愣了片刻，喊道：「易廂泉，你快打開閘門！我看看能不能……」

眼前的閘門喀啦啦地往上吊起，閘門裡面已經空了。

夏乾朝裡面走了幾步，只見地上全是糞便；又走了兩步，腳下發出叮咣響動，低頭一看，是一副鐐銬。看著空蕩蕩的地方，夏乾心中有些懊悔。如今怪物出逃，若是在村中遊蕩，倒不如在密室中更好拘捕。如若傷人，更是糟糕。如今只得追出去，引弓射箭將其制伏，抑或帶著匕首與其搏鬥，但他沒有弓箭。

他握緊手中的匕首，狠狠嘆了口氣。不論如何，出去仍然要面對險境，可能比洞中更加凶險。

他後退幾步，準備往出口方向走。然而就在這一瞬，被拉起的閘門卻開始劇烈搖晃，卻聽得「轟隆」一聲，天上的土塊像是冰雹一樣地往下落，他來不及說些什麼，急忙往後撤。

這扇閘門再次墜落，頂端的土石瘋狂地落下，洞頂塌了！

地上滿是稻草和糞便，塵土與汙濁的空氣混合著，全都灌進了夏乾的肺裡。他整個人倒在地上，卻看到閘門、第二道通向外面的門都已經被土掩埋了。

就在此時，夏乾被易廂泉拽起來，拚命往回拉著。易廂泉把他拖到入口處，兩個人都灰頭土臉，氣喘吁吁。

夏乾抹了抹沾在臉上的稻草，趕緊站起來。「門塌了，怪物跑了。咱們快回到村子去，想辦法把怪物抓住……」

易廂泉只是站著不動。

「走呀！哎，我的孔雀毛呢？」夏乾突然發現自己腰間的孔雀毛不知什麼時候丟了。他低頭找了一圈，覺得洞穴深處似乎有一抹豔麗的綠色。他剛要跑去撿，已經不成樣子的洞穴深處卻突然傳來一陣腳步聲。

腳步聲輕柔細碎，但是步履匆忙。

夏乾駐足，心提到了嗓子眼。他定睛望去，布滿煙塵的洞穴盡頭走來了一個人。

那人從黑暗中徐徐走來，走著走著突然彎下了腰，拾起了孔雀毛，遞了過來。

第九章 易廂泉妙解奇案

是啞兒。

夏乾下意識地退後三步，臉變得青白。他定了定神，指著啞兒，手在發抖。

「廂泉，這是怎麼回事？她不是……」

易廂泉看了看他，並未作聲。

啞兒活生生地站在夏乾眼前。

與數日前不同，夏乾從未見過啞兒這樣的神色。

她步伐不穩、頭髮凌亂、呼吸急促，臉上盡是汗珠，面色卻蒼白如紙，原本清澈的雙目也變得渙散。

她的睫毛上還掛著淚珠，雙目微紅，似是經歷了什麼不堪回首之事，整個人顯得消瘦而憔悴。

夏乾瞧著她，並不覺得她比之前美麗，反而覺得她蒼白的臉此時有些恐怖。

傳說人死之後會化為鬼。鬼者，歸也，其精氣歸於天，血肉歸於地，呼吸之氣化為亡靈而歸於幽冥。

啞兒雖然樣貌狼狽，整個人焦慮不安、呼吸急促，但夏乾敢斷定，眼前的啞兒是個活生生的人，絕不是鬼魂。

易廂泉站起身來，對啞兒道：「這門的另一端，通向哪裡？」

啞兒神色奇怪，衝易廂泉擺了擺手，還做了一連串手勢。

易廂泉蹙眉，思索一下繼續問道：「我是問，這門通往村子哪裡？妳搖頭的意思是說，這門不通往村子？」

沒想到易廂泉居然能看懂她的意思。

夏乾愣了一下，道：「那出口不是通往村子？那麼怪物沒跑到村子裡，我們出去也是安全的。」

易廂泉依然不動，只是盯著啞兒。「不是通往村子，便是通往村外的樹林了？」

啞兒僵硬地點頭，魂魄似乎丟了一半。

夏乾覺得有點嚇人，不敢與其對視，覺得她整個人比幾日前更加瘦弱，似是經歷生死之劫，從地獄之中爬上來的一般。

夏乾拉拉易廂泉的衣袖，低語幾句，意在詢問。

易廂泉並未理會，只是催促二人回到古屋，此地恐有塌陷之險，不宜久留。

夏乾趕緊往回撤，易廂泉上前扶住啞兒，慢慢往門口走去。

夏乾還是不敢離啞兒太近，他思索片刻，問道：「啞兒，妳如此虛弱……可是數日未進食了？」

易廂泉替她點了點頭。「你且去找些水與食物來給她。」

啞兒則是虛弱一笑，搖了搖頭。

她這一搖頭，夏乾又不解了。她吃過東西？

易廂泉聞言，眉頭微蹙，但沒有多問。

不出片刻，他們穿過迂迴、窄小的通道，出了洞，回到了古屋臥房。

夏乾呼吸著新鮮的空氣，癱倒在地上。

易廂泉從廚房水缸舀來水，讓啞兒側躺在床榻上飲水休息。

過沒多久，她居然沉沉睡去。

從他們進入密室到此時出來，不知過了多久。窗外的風雪不再似之前一般肆意怒號，而是以柔和的姿態浮於空中，點點無聲，落在吳村的破落屋瓦之上。天空亦開始放晴，只是現下轉至黑夜，不知幾更天了。

村子裡靜得可怕，寒夜獨坐人也倦。

夏乾坐於古屋的破舊地板上，衣衫破爛、渾身臭味，卻覺得地板是這麼舒坦，舒坦到勝過了自家的雕花大床，令他想要沉沉睡去。

易廂泉一言不發，一如既往地安靜沉穩。

燧石「哧嚓」幾聲，他燃了燈，替啞兒號了脈。

紙糊的窗戶並不嚴實，透著絲絲寒氣。

夏乾縮了縮肩膀，回想剛才所見，只覺得做了一場春秋大夢。夢中有人、有妖、有鬼，有神龍見首不見尾的易廂泉，還有失魂落魄的自己。

夏乾覺得自己要墜入睡夢中了，卻恍恍惚惚看見了啞兒的臉。

「她……不是鬼吧？」

他知道啞兒不是鬼，是個真實的人。但此事疑點太多，他按捺不住內心的疑問，又不想吵醒啞兒，只是壓低了聲音想問個清楚。

易廂泉也壓低聲音道：「啞兒確實死了。」

「什麼？」夏乾聽及此，睡意一下子消散了。

「你先去隔壁廚房，仔細看看除了我今日拿進來的肉與米，還有無米麵糧食之類的東西。」

「要給她吃的？」

易廂泉搖頭。「不用，只是看看而已。一會兒出去煮些粥……我只是讓你看看裡面有沒有吃的東西。」

聽聞此言，夏乾覺得古怪，卻也照做了。

沒多久他就回來了，搖頭道：「隔壁廚房只有些調味之物，此外，還有你今日搬來的鍋碗瓢盆。這古屋的廚房不常用，沒有東西也很正常。」

易廂泉嘆了口氣，面色變得很是凝重。

夏乾看了看啞兒的瘦削臉龐，也嘆了口氣。「她是怎麼死裡逃生的？可是，棺材裡分明是……」

「是啞兒的屍首，一點不假。」易廂泉淡淡道。

夏乾一屁股坐下，理了理衣服。「那這個躺在床上的人是誰？長大的水雲？啞兒活著，孟婆婆是不是也活著？」

易廂泉搖了搖頭。「吳村事件如今基本明瞭，這樁事件錯綜複雜又難解，根源在於兩次錯誤聯想。人們把關係不大的幾件事與山歌相連，這是第一次錯誤聯想，也是第一個盲點。第二個盲點，則是把啞兒復活和孟婆婆的復活歸於一類。」

夏乾沒聽明白，易廂泉卻起身走到了門外，拾起三片枯葉回到了屋裡。

「你第一次見鬼，會認為自己眼花；第二次見鬼，會認為這世上確有其事。可是，你兩次見到的鬼真的是一回事嗎？你的眼力一向很好，不會輕易看錯人，不會把別的東西當作人影。我假定你看到的真的是孟婆婆和啞兒，但死去的人怎麼會復生呢？」

易廂泉拿起兩片樹葉，一片放在碗中，一片放在地上。

「你當日親自開棺，見啞兒的屍首躺在裡面。而後我來村再開棺，屍首依然在。而你開棺那日，卻看見啞兒的鬼魂出現在古屋附近，她的衣服也曾蓋在水雲身上……」

夏乾看向易廂泉，又看看躺在床上的女子。「這是不可能的，也是解釋不通的。一個人，一會兒死，一會兒活，一會兒出現在棺材裡，一會兒出現在山洞裡。這分明無法解釋，若要解釋，那只能說明……」

易廂泉微微一笑。「雙生子。」

夏乾沉默半晌，眉頭擰緊，沒有答話。

易廂泉嘆氣。

「我原先說過，因環境相同、人物類似，山歌與如今情況有些相像。我們不妨以山歌來分析如今之事，反而更加形象。我問你，山歌中出現了幾個角色？」

「七個。五個兄弟、富翁與女兒。我們現在提起啞兒之事，你說山歌做什麼？」

易廂泉笑道：「這個案子是我所見過最離奇、最巧妙的案子之一。在這個案子裡，山歌是最大的誤導，卻也是最好的線索。」

夏乾皺著眉頭。「我不明白，你說得清楚一些。」

「富翁對應的是那個墜崖的婆婆，整個村子只有那個婆婆知道財寶之事。」

夏乾一下子打斷。「這村子真的有財寶？在山裡？」

「有，此事我們日後再說。其次，鳳九娘對應的是那個貪財的老大，富翁的女兒對應的是怪物，而那個郎中老二對應的則是啞兒。」

夏乾搖頭。「你也曾說過，山歌與吳村今日之事相似，只因人物類似且環境相似，但二者不完全對應。有一事我一直存於心，那『姑娘吃了木頭樁子』是怎麼回事？也許與今日之事無關，但我只是好奇……」

易廂泉笑笑。「這其實是最有意思的一點，我也猜了許久。既知那姑娘的『病症』，也就可以做些猜測。傳說畢竟有誇飾成分，所謂『吃了』並非『吃了』，很有可能是含住或是吞入。我在屋內聽到老鼠響動，這才覺得，會不會是磨牙？」

因怕吵醒熟睡的啞兒，夏乾聽聞後低聲笑了幾句，嘲諷道：「你當我是三歲小孩子？磨牙，人只會在夜晚夢中『磨牙』，又非鼠輩，你真是……」

夏乾那後半句「你真是在糊弄我」沒有說出口，便聽易廂泉耐心道：「姑娘的習性與人並不完全相同，我推測她只是牙齒疼痛，又無法言明，只得用這種方式緩解，似獸類一般，直到滿嘴是血。」

夏乾搖頭。「她吃糖吃的？還是同小兒換牙一樣，嘴裡不適？」

易廂泉卻頗有興味地點頭。「姑娘入山約莫有四、五歲了，遷居十五年之後五兄弟入山，那時她多大？」

「十九、二十，不是換牙的年紀……」夏乾話音未落，突然怔住，捣住了自己的側臉。

易廂泉笑了，指了指夏乾的嘴道：「真牙。古時曾有流傳，長真牙之人有智慧之相。有人於二十歲左右長出，有人於四、五十歲時長出，有人終身不長，而有些人在真牙長出時會疼痛不堪。」

夏乾到了年紀，自然知道此事，便緘默不言，只是微微點頭。

易廂泉繼續道：「富翁與姑娘是事情源頭，而整個事件的來源有二：金錢與親情。鳳九娘與啞兒是兩件事，分別是這個源頭所衍生的兩個悲劇。姑娘得病需要有人照顧，故而老二與啞兒都扮演了『照顧者』這一角色。這個『照顧者』需要端肉湯給那個怪物，目的簡單——其中摻入半夏，意在防止那怪物發出吼聲引人懷疑，導致群民激憤；也可以摻入迷藥之類，為了去打掃糞便一類的殘渣。這古屋建造也奇特得很，茅廁就挨著飯堂，如此一來，傾倒糞便也很方便。」

夏乾愣了一下。「我第一次看見這種布局，當時就覺得很奇怪，所以上前探查，那茅廁很臭……」

易廂泉點頭。「你也是不細心。古屋要是久無人住，茅廁的臭氣又是從何而來？古屋內藏乾坤，這一點應當可以輕易判斷出來。而啞兒的死，也是我隨後開棺才略知一二。傷口奇特，聯想到古屋與肉湯，我覺得密室之中藏著什麼怪物，興許是狼之類的野獸，但很弱小，不似山中猛獸一般，能直接將人吞食入腹。」

「你看吧，我的猜測也有道理！」

易廂泉搖了搖頭，繼續道：「狼，這個猜測是說不通的。屋裡藏著個野獸，日日餵食，不讓他人知道，這是何必？甚至在古屋傷人之後，啞兒死亡，這個『狼』居然也沒有暴露在眾人眼前。所以我能確定，這不是普通的野獸。其次，他竟然消失了，無影無蹤，幾乎沒留下什麼線索。這又是為何？因為有人接替死者，做了『照顧者』這一角色，而且這名『照顧者』動作極快，在最短的時間內收拾了殘局。」

夏乾思考道：「你所言『動作極快』……」

「避免混淆，我們把死去的啞兒稱作『死者』。死者遇害的廚房與古屋的臥房相連，咱們把它們看作一個大屋子，這個屋子是絕對密閉的，當時下了雪，腳印只有一個女人和木須的。最先發現屍首的是你、黑黑和水雲，吳白、鳳九娘他們都在你之後，你們沒有見到攻擊者，臥房也乾淨。換言之，有除了你們之外的人收拾了殘局。」

夏乾不甘心道：「我也覺得有人收拾了殘局！我還說村裡有歹人，讓大家都去飯堂睡。」

易廂泉搖頭。「若排除木須殺人這一可能，啞兒的死就只剩幾種可能：第一，行凶之人下雪前殺害啞兒並離開；第二，行凶之人就是啞兒；第三，行凶之人在下雪時殺人，並有辦法讓自己的腳印消失；第四，行凶之人一直藏在房間內沒離開。

「第一種可能不成立，下雪的時候啞兒還活著，和你們一起吃飯。第二種可能也不大，除非啞兒是受到攻擊之後，自己帶著木須躲進古屋。倘若真是如此，雪地會有血跡，更何況雪地裡的腳印顯示女人是走進古屋的，而木須是先走後跑的。第三種可能也有，但是設計複雜，行凶之人為什麼不直接把啞兒推向山崖呢？這一點，我暫時留有疑問。至於第四種可能，似乎也很奇怪。若是行凶之人有密道可以藏匿，那麼這個密道很有可能在古屋裡；若他是行凶之後逃竄，古屋一定會有血跡。但是古屋很乾淨，像是被清理過。那麼問題來了，行凶之人沒有這麼慌張，倒還算是精細，知道擦除血跡之後從密道逃脫。若換作是你，你還會不會去門上廚房裡的門？」

夏乾一怔。「我不會。若是如此，整個屋子就密閉了，外人很容易猜到有密道，再進去一搜，一下就找到了。」

易廂泉點頭。「換作是我，我會把廚房的門打開。哪怕屋外下雪了，沒有旁人的腳印，我也會想辦法把人的目光往屋外轉移，這樣別人不會懷疑屋內有密道。然而，這個行凶之人沒有這麼做。」

夏乾嘟囔道：「你與其空想這麼多，不如進屋去探查線索來得快。」

易廂泉挑眉。「很多事是三個小輩和我說的。我想這些事的時候，你還在昏迷，我守在那兒走不開。」

夏乾撓撓頭，沒法子反駁了。

「待你康復，我才進入古屋，最先看到的就是門閂。門閂不像是被你們撞斷的，倒像是擊打斷裂的。若打的人是啞兒，啞兒渾身是傷，自行再把門閂放上，顯得不合情理。若是凶手放上的，顯然是期待你們撞門的時候將門閂再度破壞，好隱藏門閂斷裂的痕跡。所以我取了門閂回去看，但發現上面並沒有什麼線索，整個古屋就像是一個矛盾的結合。在苦思之後，我突然想到一種可能——案發當時會不會是三個人，而非兩個人？粗暴的攻擊者、軟弱的死者，以及精明的藏匿者，一共三人。這樣就能解釋上述所有矛盾。

「但我推斷到此，依舊沒有猜透古屋中究竟是何物。而『狼人』的猜測，來自於鳳九娘逃走那日，我看到的姑娘畫像，之後一切越發清晰。但更令我關心的，是那個『藏匿者』究竟是什麼人，為什麼要『藏匿』？到此，我才聯想到你們那日見到啞兒鬼魂的事情。我猜想，會不會那不是鬼魂，你看到的是真人——一個與死者長得一模一樣的人，唯一的解釋就是雙生子。之後與山歌的『照顧者』聯繫，大致勾勒出真相，但是我沒有任何憑證，便將這個問題擱置了。直到後來，我問你啞兒的身世，聽聞之後我才清楚幾分。」

夏乾震驚。「身世？就是那些陳穀子、爛芝麻的……」

「對，在你眼裡那是不值一提的事。啞兒有死去的哥哥和姐姐，在這一刻，我確信了雙生子的想法，更確定了那個『狼人』的身分。」

夏乾瞪大眼睛，沒有吭聲。

易廂泉看向床鋪。「如果我沒猜錯，那狼人是啞兒的親哥哥。」

「哥哥？」夏乾一怔，也望向酣睡的啞兒。

她臉上盡是疲憊，瘦削柔弱，很難想像她與密室之中的濃毛怪物有血緣關係。

「看啞兒與怪物，身為兄妹，有幾分相像？都言人妖殊途，不共戴天，人與動物自然也有著天壤之別。然而觀今日之事，誰又能再下這樣的定論？」易廂泉的聲音很輕，只說了這樣兩句話。

燈火搖曳，夏乾的心似是蒙了一層暗霧。妖物素來為人所厭惡，動物也不可能被平等相待，兩人方才進入密室，也是做了「下狠手」的準備。

而易廂泉此言，令夏乾的內心有些迷茫。他說不清自己迷茫什麼，但他知道，既然狼人是啞兒的哥哥，啞兒自然就認為他是個「人」，而且是個親人。

夏乾突然覺得自己好像做了一回惡人。他的思緒有些亂，有些事情仍然解不開，千絲萬縷道不明。

易廂泉看了他一眼，又繼續說：「其實現在基本都清楚了，如果我沒猜錯，『啞兒』是一對雙生姐妹，她們從很久以前就開始輪流照顧這位非人非獸的哥哥。」

夏乾詫異道：「輪流？」

「一個人在地面上與你們一同生活，另一個人在地下照顧哥哥，二人經常輪換。狼人需要被看守，需要有人做飯，需要有人清掃，需要有人與之對話，使其恢復神智。可是恢復神智怎會如此簡單？當年富翁找了多少人，都未曾有恢復之法，如今只不過是在做沒有意義的事。」

易廂泉語畢，也沉默一會兒。也許他覺得，就這樣下了定論未免太過草率。

「換言之，『啞兒』一直是兩人在扮演？」

「對，出事那日也是如此。死者在做肉湯之時被怪物攻擊，我推測姐妹兩人都在。搏鬥場面混亂，最後兩個人一死一傷，其中一個用門閂擊打了狼人，狼人被制伏並帶回了密室，擦出了一部分血跡，門閂被放回到了門上。」

夏乾吃驚不已。「她們二人竟然制伏了那個成年男子！他這麼強壯，而且還這麼有力量！」

易廂泉嚴肅道：「但是她們賠上了其中一個人的性命，這就是啞兒傷口奇怪的原因——撕咬踩踏，導致頸部受傷、胳膊脫臼。若狼人真的這麼好對付，我又何須如此謹慎？你忽略了一點，你曾告訴我，木須那條狼崽當時也在屋子裡面。估計是啞兒要給哥哥做肉湯，順便將其帶入，給些肉吃。你後來說，木須渾身是傷，幾乎沒命。鳳九娘懷疑是牠攻擊了啞兒，所以把牠弄死了。」

夏乾一下子明白了，雙目瞪圓。「關於木須這一點完全錯了，簡直顛倒黑白。牠受傷，不是因為主動攻擊，遭到啞兒反抗，而是因為——」

「因為牠拚死保護了啞兒。興許那個狼人認為木須才是同類，啞兒卻是異類。」

說到這裡，兩個人都沉默了。

一個是有人形而無人心的哥哥，一個是有人心無人形的狼，前者被人守護數年，後者被人冤枉致死。

「那個死掉的啞兒被狼人攻擊而死……她被自己的親哥哥殺掉了？」

易廂泉回頭看了床上睡著的啞兒，道：「對。」

夏乾臉色發白。

「在搏鬥之後，一個人死掉、一人活著，於是活著的啞兒獨自一人把那個狼人拖回密室，再把現場略做清理——估計是異常匆忙的。不久之後，你就趕到了。之後的日子裡，她一直帶著傷住在密室裡，看管那個狼人，直到水雲在棺材前祭拜睡著，她才出來給水雲披上外套。卻不想你來了，便匆忙躲到屋後，還被你瞧見。這就是所謂的『鬼魂』。自那之後，古屋就成了神祕之地，你走過、路過都要看上一眼，她就更不敢貿然出來了。」

夏乾望著啞兒睡著的臉。「在那之後，她一直在密室裡住著？」

易廂泉沉鬱地點點頭。「你回去取肉湯時，我發現了側洞。她就在裡面，非常虛弱。我對她說了實話，跟她說，這個怪物不能就這樣半死不活地關著，總是要想些辦法，但是她不聽。」

易廂泉說得平淡，卻帶著一絲惋惜。

夏乾皺眉。

「所以，我再去找你時，卻發現你人不見了，還聽見你說話的聲音……」

「我在勸她，她也不能出聲反駁我，所以你只能聽到我一人的說話聲，後來你被機關絆倒，我就趕緊出來了。最後，你說要不要趁著怪物受傷，做個了斷，啞兒聽到之後，這才激動地把怪物放跑。」

夏乾嘟囔。「我又不知道那怪物是她哥哥。」

易廂泉閉起眼睛，雙手交疊。

夏乾在屋內來回踱步，搖頭道：「我真的不能理解，她們為什麼要這麼做？兩個年輕的姑娘，就這麼心甘情願地守護一個有血緣而無感情的哥哥這麼多年？」

「今之孝者，是謂能養。至於犬馬，皆能有養。啞兒自幼生在山間，自然不懂太多人情世故，但她知孝、知父母之恩、懂手足之情。這些道理很簡單，她們又單純，認定了就是認定了。父親死得早，估摸著死前懇求過她們，譬如一定要找到哥哥、保護哥哥之類。」

夏乾搖頭。「要是我，我是絕對不聽的。大好的時光、大好的青春年華，為何要在密室中照看一個廢人？」

易廂泉看了看啞兒，臉上有些憂慮。

良久，他才慢慢問了一個問題。「夏乾，你可認為女子之命輕賤，自出生起就不如男子金貴？」

夏乾不知他會這麼問，先是一愣，搖頭道：「怎麼會有這種說法？我可從來不會這麼想。沒有我娘，哪裡有我？你為何這麼問？」

易廂泉沒再說話。

夏乾愣了片刻，看著火光下啞兒的臉，好像隱約明白了事情的原委。

窗外風雪已停，夜色漸濃，寒風不停地吹打著屋子，嗚嗚作響。

夏乾一屁股坐到地上，似一隻喪家犬，嘆氣道：「我覺得好累，很想出村。」

「我也想出村。」易廂泉也接了一句，又慢慢閉起雙眼。

夏乾知道這是他的思考之態，也許能想出好辦法。然而過了許久，易廂泉似是僵化不動了，屋內只有啞兒均勻的呼吸聲，而易廂泉連呼吸聲都變得很弱。

夏乾見狀趕緊狠狠推了他一下，易廂泉立即睜眼，皺眉道：「你這是做什麼？我只是打個盹。」

「怕你思考過度就沒了。」夏乾嘟囔道：「就知道你沒好主意，這才連怪物都抓不到。」

易甯泉嘆氣。「出村的辦法，有！」

那個「有」字說得斬釘截鐵，目光卻不似以往堅定。

夏乾眉頭一挑。「真的？」

「你忘了一件事。」易甯泉懶洋洋地笑了。「曲澤出去了。」

夏乾瞪大眼睛——他都快把曲澤忘記了！

「她怎麼……」

「當夜她出門去了茅廁，可是卻就此失蹤。我推想，她是遇見了『歹人』，而『歹人』卻沒有滅口，只是把她帶到了村子外面。一來是這個『歹人』心存善念；二來，她並沒有看見『歹人』的臉。」

夏乾一怔。

「啞兒？」

「不錯，思來想去也只有這個答案。曲澤見古屋有人，便受了驚嚇；她夜晚眼力不佳，倉皇之中丟了燈籠，這才沒看清什麼。於是啞兒出了門，摀住她的口鼻。」

夏乾一愣。「可是我們看到腳印通向棺材邊上。」

「啞兒那時多半是在古屋找吃食，或是取水來喝，或是煮肉湯。我問你，若你是啞兒，半夜在古屋被人發現之後，你要怎麼對付那人？」

「丟出村子去。」夏乾思索了一下。

「太過麻煩。」

「我哪裡知道？」

易廂泉笑著搖了搖頭。「還有種更好的方法，將曲澤放入棺材之中，與屍體放在一起，再將棺材蓋上。次日曲澤醒來，一個大活人進了棺材，大家只會以為她是遇上鬼怪，整個事件更加撲朔迷離。」

夏乾一驚，這倒真是個好方法。

易廂泉點頭。「啞兒……她很聰明，想到這個方法，可是當她使勁抱著曲澤走到棺材前，卻沒有這麼做。」

「為何沒做？」

易廂泉笑了笑，帶著幾分得意。

他的這種表情更招致了夏乾的怨恨，夏乾嘟囔道：「快說。」

「因為你不是女子，頭腦簡單，所以你不懂。」

夏乾氣惱。「我不是，難道你是？」

易厢泉看了看榻上的啞兒。她相貌姣好，雖然枯瘦無力，卻並不可怕，眉目間帶著善意。

看了片刻，易厢泉輕聲道：「因為，她怕曲澤害怕。」

夏乾瞪大了眼睛。「這是什麼理由？」

「猜的。」易厢泉慢吞吞道。

夏乾無奈。「可是，曲澤怎麼出的村？我們是不是也能……」

「我推測她是從密室出去的。」易厢泉嘆了口氣，搖頭道：「就是那個『狼人』出逃的洞口。」

夏乾一愣，那個洞口塌了！

想到此，夏乾抓抓腦袋，喪氣道：「一來我們出不去，二來狼人四處亂跑，這可如何是好？傷了人怎麼辦？」

「那湖邊的煙還在燃著，只等沈大人派人來了。怪物跑進山裡，若是傷人定然麻煩。不過，我們也只能眼巴巴地看著，無能為力。」說罷，易廂泉看了夏乾一眼，又道：「要不你去山崖邊烤肉，憑香味把那怪物吸引過來，再放箭射傷他。」

夏乾一聽，喜上眉梢。「好主意！」

易廂泉恨鐵不成鋼地道：「好主意？你的箭呢？就算你有了弓箭，那怪物肯乖乖現身的可能微乎其微。山頭甚大，冬天獵物雖少，但他去抓個兔子倒也有可能。他是否聞得見？是否會靠近？都是問題。」

夏乾一聽，問道：「那就在這兒坐以待斃？既然如此，我們為什麼還不出去好好休息？我也許久沒吃飯了。」

易廂泉突然笑了一下。

夏乾見他笑得陰森，令他渾身發冷，這才覺得有點不對勁。

弓箭沒了，抓不到怪物。可是……柘木弓去哪兒了？

這種想法突然冒上夏乾心頭。他腹中一直有疑問，又不知疑問在哪兒，問不出口。這些疑問如今連同柘木弓之事，一起如雲霧般翻滾，在夏乾心中一下散開。

「廂泉，啞兒和怪物……不吃不喝地在密室裡待了幾天，他們是怎麼活下來的？

靠古屋殘餘的糧食？可糧食和水沒剩多少呀，他們……他們……」

易廂泉嚴肅道：「肉湯裡燉的是鮮肉還是乾肉？」

「有鮮肉，但我們平時吃的都是風乾的肉乾。」夏乾回答完，卻突然冷汗直冒。鮮肉是從哪裡來的？這村子與外界隔絕了。

易廂泉緩緩閉起眼睛，一番思索。

「啞兒畢竟柔弱，我們要殺她的哥哥，她能不記恨我們？未曾可知。夏乾，你可知道我為什麼還不出門？因為我不知道怎麼去解釋。」

「等等！」夏乾叫道：「依你之意……」

「你不覺得奇怪？在剛才『照顧者』的推斷中，有解釋不通之處，比如獲得鮮肉的途徑。肉湯是狼人的食物，每燉一次，耗量巨大，村人為何不覺得奇怪，儲糧之地的肉為何少得這麼快？」

夏乾搖頭。「也許是啞兒私藏的。那鮮肉到底是哪裡來的？」

易廂泉道：「村子與世隔絕，獲得的鮮肉又不是魚類，那是什麼？是飛禽。」

夏乾心中一驚，答案越發明顯。「有人給她送東西吃？」

易廂泉點頭。「對，我們一直忽視了一個角色，一個能射下天空中的飛禽，與啞兒姐妹、狼人都密切相關，知道事件前因後果，並且比啞兒更加難對付的角色。」

「但是，她才……」

易廂泉搖頭嘆息道：「我最後悔的事，就是剛進村時隨便處置了你的柘木弓。你以為你的柘木弓，真的是無緣無故找不到的？」

夏乾一下子站起，震驚得連連搖頭。「水雲她……她才十幾歲。」

易廂泉挑眉。

「那又怎樣？十幾歲，啞兒姐妹已經開始交替照顧她們的哥哥了，夏大公子你十幾歲就可以進賭場、逛青樓；怎麼，你覺得水雲不像是能隱瞞祕密之人？」

「但是……」夏乾張口，卻無法辯駁。

「她一定知道前因後果，這個女孩子年紀雖小，卻比她兩個姐姐勇敢得多。她那日在啞兒棺材前跪拜流淚，估計已經知道，啞兒是被親哥哥所殺。這等手足相殘之事……她一清二楚，並且隱瞞了這麼久。」講到此，易廂泉苦笑一下嘆道：「人生在世，絕對不能小瞧女子。」

距離他們進入古屋，不過幾個時辰。而易廂泉口中的真相，不僅帶來震撼，還顛覆了夏乾心中的各種觀念。這些古怪、離奇之事就像是他聽過的戲——妖怪、密室、出不去的村子……如今卻實實在在地發生了，發生在眼前，發生在他所站的地點。

易廂泉呼出一口氣，沒再言語。

良久，夏乾緩過神來，慢慢道：「水雲雖未做什麼過激之事，但是，單憑你說她是知情人這一點，我就不相信。」

易廂泉問道：「你以為，我下藥迷暈他們真的只是為了保護他們，防止外出遇到怪物？」

夏乾一愣。「你是怕水雲出來阻止我們？」

「對。」易廂泉扶住額頭。「她每日出去練習射箭，其實就是射落飛鳥，這是肉的來源。肉湯用於溶解藥物，而生肉也是必備的，有時候野獸更喜歡生肉帶來的血腥味，而肉乾則不然。冬日飛鳥幾乎絕跡，所以一旦看到落單的小鳥雀，也是要射落的。為了確保肉源足夠，水雲必須經常練習箭術。」

夏乾嘆息一聲。「你想好怎麼交代了嗎？」

「勸。」易厢泉吐出一字，雙手托腮，也沒有動身出門的意思。

夏乾知曉他的性子素來謹慎，不知水雲對此事的反應，也就不敢貿然出門。這也是易厢泉難得坐在此地長篇大論的原因。

夏乾趕緊問道：「有空想怎麼跟小姑娘解釋，不妨告訴我如何出村。」

易厢泉嘆了一聲，看都不看夏乾一眼。「出村的辦法是有的，但風險較大。」

他話音未落，夏乾一下子跳起。「真能出村？快說！」

易厢泉慢悠悠道：「但若要用我這個方法，全村都可能毀掉。我們還是等人來救吧！你且消停會兒，啞兒還睡著。」

「你什麼都不告訴我！我下去一趟，冒這麼大的險，差點喪命。快說，我要去汴京城！」

易厢泉面無表情，顯然是累了，竟然閉起眼睛。

「不想待，就自己爬山走。」

夏乾知道他還在琢磨水雲一事，於是只說了一句「好你個易厢泉」，就一下子踹開門，跑了出去。

易廂泉怎麼也沒料到夏乾會踹開門出去，見勢不妙，也趕緊跟了出去。

外面天色昏暗，夕陽已落，大雪早停，殘存最後一點光已被黑暗吞噬。

夏乾跑在路上，踩得雪咯吱咯吱響，突然覺得有些哀涼。

要是按照往日，廚房定然已經有炊煙升起，飯堂裡也會有燈光閃現，啞兒端著盤子進來，幾個小輩在飯堂鬧騰……然而這一切都沒有了。

他快速跑了兩步，欲跑向飯堂，但易廂泉跟在他身後，叫住了他。

夏乾聞言，立即停下腳步。他停步並非因為聽到易廂泉的叫喊，而是因為舊屋前面掛著一盞燈籠。

「廂泉，你看見屋下掛的燈籠了嗎？」夏乾的聲音有些沙啞，刻意壓低了聲音。

「噤聲。」易廂泉吐出兩字，悄然地走到舊屋燈籠之下。

燈籠微亮，裡面的火焰安靜地燃著。這裡距離飯堂不遠，燈籠是一直掛著的，免得晚上有人去茅廁看不清路。

夏乾痴痴地看著燈籠，低語道：「廂泉，這燈晚上才點。可是……他們所有人都在飯堂，被關起來了。這燈……誰點的？」

「不知，也許他們都醒了。可是即使醒了也不能出門，我明明囑咐過的。」易廂泉有些不安，他單手撫上腰間的金屬扇，輕手輕腳地繞過舊屋。

屋後是一片雪地，夜與雪是墨色與白色的混合，變成了一種古怪的冷色。

夏乾凍得瑟瑟發抖，易廂泉也冷得縮起脖子，他們小心翼翼地踩在厚實的雪地上，一步一步，就像踩在一大片雲上。

大雪將蒼山、松柏和村落統統掩埋，老天像是決意要將這所有的故事都用大雪覆蓋掉，好的、壞的、離奇的、平庸的，都被埋在地下長眠不醒。

除去舊屋的燈，屋後平整而厚實的雪地上也有一點亮光。那是一盞小提燈，燈後是三口棺材。

白色的那口棺材最為突出，白棺與白雪融為一體，像個古怪的小山包，水雲跪在燈前，面對白棺。她背對著夏乾與易廂泉，宛若一尊雪中冰雕。

夏乾看不見她的表情，但他能看見柘木弓被水雲背在身上，地上則是箭筒。箭筒上覆蓋著一層薄薄的雪，就像是蓋上一條輕暖的錦衾。

水雲穿得單薄，好像被凍在地上一樣，與吳村的大地死死相連。

「廂泉，怎麼回事？」夏乾壓低了聲音，有些驚慌。「看箭筒上蓋的薄雪，水雲她……到底跪了多久？」

易廂泉沒有回答，只是一步一步地走上前去，走得很穩。

水雲聞聲轉頭，柘木弓劃過她瘦削的肩膀，顯得有些沉重。微弱的光照亮了水雲的臉，蒼白無血色，如同被人抽掉了靈魂。她原本澄澈的雙目布滿血絲，似是剛剛哭過，然而這雙眼睛依舊帶著幾分勇敢和倔強，還帶著幾分似冬雪般的冷漠。

夏乾一頭霧水，看了看四周的腳印。水雲的腳印通向遠處的高地，那是村子的極高處，視野很好，能夠看到整個村落。

柘木弓泛著寒光，這一剎那，夏乾好像明白了什麼。

易廂泉慢慢走上前去，彎下了腰。

「進屋再說吧。」易廂泉溫和一笑，衝水雲伸出了手。

第十章　幕後真相終大白

水雲沒有點頭，也沒有搖頭，更沒有理會易廂泉伸出來的那隻手。她只是慢慢撿起地上的箭筒，走到夏乾跟前，將柘木弓與箭筒統統遞去。

「對不起。」

這句話來得沒頭沒腦。夏乾接過，詫異地看著她。

水雲沒再說什麼，顯然是凍僵了，她緩慢地轉過身子走回飯堂。

易廂泉走到已經嚇傻的夏乾身邊，將箭筒拿在手裡，之後慢慢跟著水雲進了屋。

屋內燃著燈，炭火劈啪作響，卻還是有些冷，也許是炭火不足的緣故。

吳白與黑黑都似木頭一樣地杵在飯堂，見幾人都進了屋子來，便趕緊倒了熱水來給眾人喝下。

水雲一下癱坐在椅子上，接過水大口大口地喝起來，臉上這才有了點血色。

「到底怎麼回事?」夏乾憋不住了。他聲音不大,問向吳白,而吳白卻看向黑黑,黑黑看了易廂泉。

幾人面面相覷,都沒作聲。

易廂泉低頭看著箭筒,又看向水雲。「妳姐姐一切安好,現下正睡著,我把她叫來,等下妳再慢慢說。」語畢,他出門去了。

水雲像個活死人一樣,聽了易廂泉這句話,點了點頭。

夏乾則一臉震驚地看著水雲,疑惑地問:「妳……妳究竟怎麼了?」

「水雲沒喝粥。」黑黑細聲說,那聲音透著一絲埋怨,似乎在埋怨只有她一人喝粥暈倒了一樣。

夏乾一愣。「沒喝?那她……」

「把粥倒了。」吳白指了指不遠處的花盆。

夏乾這才發現,若是細看,能看到花盆裡面還殘留著不少白粥。

「當時易公子把吳白叫出去說話,夏公子你就跟了出去……水雲要我出去看一眼,順便關上門。」黑黑有點生氣地看著水雲,又看看夏乾。「估計那時候她把粥倒了。然後，我喝了粥就不記得什麼了，等我醒來，他們都坐在飯堂，我才知道……」

夏乾反問：「知道什麼？」

「知道這件事的前因後果。」水雲突然開口。

她突然發聲，把夏乾嚇了一跳。

還未等他回過神來，水雲又面無表情地講了一句令他詫異不已的話。

「我把整件事情都與他們說了。還有，」水雲看了夏乾一眼。「那怪物死了。」

夏乾一愣，不知如何作答。

怪物？那是妳的哥哥！

「妳說什麼？什麼怪物？」夏乾不知如何接話，便胡亂糊弄過去。

水雲喝了幾大杯熱水，沒再說話。

眾人沉默，屋內安靜得可以聽見針尖落地之聲。

夏乾看著水雲，腦袋裡飛速地旋轉，到底發生了什麼事？

夏乾小心翼翼，生怕自己用錯了詞。「妳說……那怪物死了，是什麼意思？」

他盯著水雲，不想漏過她的一絲表情。這個女孩子知道這麼多事，認識數日，自己居然什麼都沒看出來。

水雲沒言語。

「好哇！我們今天就把話講開。」夏乾拍了拍桌子。「說吧，妳哥哥怎麼了？」

吳白扯了一下夏乾的衣袖。「夏公子，你別激動……」

夏乾瞪了他一眼。「你倒是給我說清楚，讓你看著人，怎麼放跑了？還有，我與廂泉去地下密室，眼睜睜看著怪物跑了出去，怎麼就死了？」

沒人接夏乾的話。在這沉默的瞬間，夏乾突然想起來方才腳印密集的村中高地，想起了柘木弓在夜色中的寒光。他瞥了一眼自己的柘木弓，再看了水雲紅腫的眼睛，心頭似是升起一輪剛剛鑽出烏雲的明月，瞬間明瞭——

水雲拿柘木弓，不是為了阻止他與易廂泉。

門「吱呀」一聲打開，易廂泉與啞兒魚貫而入。

啞兒顯然在門外聽見了剛才的對話，她面色如紙般蒼白，使勁盯著水雲看。黑黑匆忙上前將她扶住欲去內室，她卻顫抖著推開了黑黑。她緩慢地走到水雲面前，漆黑的雙眸盯著水雲，似是等待她說出什麼。

水雲不肯抬頭與她對視，聲音很低。「我也知道……易公子放紙鳶那夜我就有察覺，你們要除掉那怪物。那粥，我倒了。之後我把事情都對吳白說了，他沒有阻止我。我去拿事先藏好的柘木弓，我想去幫忙……夏公子，我擅自用了你的弓，對不起。」

夏乾一愣，沒有吭聲。

水雲把頭埋得很低，似乎是要哭了。

一旁的啞兒只是用手撐著桌子，雙眼閉上，淚珠也順著面頰無聲流下。

夏乾也不知道說什麼好。

水雲抬起頭，輕聲道：「若我進入密室，你們一定顧慮我的安危，弄不好會添亂，也一定不會要我幫忙。易公子行事一向周密，但是……」

水雲抬起紅腫的眼睛看了啞兒一眼。「我姐姐她也在密室裡，她一定不會同意你們去殺死……那個怪物。我跟吳白說了實情，隨後拿著弓站在村子中央。」

她一直用「怪物」而非「哥哥」來稱呼。

夏乾瞄了一眼啞兒，她還算平靜，只是一味地哭泣。

水雲慢慢道：「箭的射程遠，我怕那怪物從密室裡逃出來，我就……我就……」

一直安靜站在一側的易廂泉突然開口問道：「妳是不是知道密室的另一個出口通向哪兒？」

水雲點點頭。「過了山崖就是，亂葬崗旁邊的山神廟，密道口就在神像底下。」

夏乾一驚，這才回想起曲澤出現的地點，又明白自己當日為何在山神廟中被啞兒發現……一切都對上了。

水雲低語：「我站在村子中央，整個村子盡收眼底。古屋入口也罷、寺廟樹下也罷，這樣一來，不論怪物從哪邊跑出來，我都能一眼看到。過沒多久，我便聽見寺廟那邊有動靜，所以，我抬起弓箭……」

水雲哽咽著，眾人都不說話。

夏乾背對著易廂泉，看不見易廂泉此時的表情。

他猶豫了一下，還是打破了沉默。「有些話我覺得不應該問，不過，水雲……那個怪物，真的是妳哥哥？」

啞兒顫抖了一下，呼吸有些急促。

水雲聽聞此話，居然冷笑起來。她本身是含著淚的，這一笑分外嚇人，這樣的神情本不該出現在一個十幾歲的女孩子身上。她攥緊了拳頭，看了啞兒一眼，眼中閃過憐憫和同情，還有一絲憤怒和怨恨，令人不寒而慄。

「我有兩個姐姐，因為他，一死一傷。我跪在姐姐棺材前的那一刻就明白了，他不是我的哥哥，他就是個禽獸。」水雲的聲音很輕，卻冰冷刺骨。

聞言，夏乾驀然想起了易廂泉之前的話。易廂泉說，古人的智慧不可比擬，童謠、農諺傳誦百年，都是一種前人經驗，編成山歌意在警示後人，這才代代相傳至今。

然而，夏乾聽了水雲的話，竟覺得背後有一絲涼意。

那山歌裡唱的五個兄弟的故事，最終結局就是手足相殘，居然與吳村的怪事相吻合。以山歌開頭，寓意竟也與今事相同。其實並非預言，而是因果而已。

夏乾思緒越飄越遠，眾人也一直沉默著。

水雲抬頭看了啞兒一眼，又看了看眾人。「我一直都知道那怪物的事。那怪物一直被我兩個姐姐照顧著，我則是去射些飛禽供肉，姐姐們從司徒爺爺過世後就開始照顧怪物。現在想想，人養動物還會產生感情，何況是照顧一個活人，又是有血緣關係的活人……兩個姐姐日夜照顧他，自然感情深厚些。」

啞兒緘默不語。

水雲看了看她姐姐，語氣中帶著一絲悲涼。她冷笑一下，又開了口。

「父親過世時，我們跪在他床前，發誓要照顧所謂的『哥哥』。」水雲的聲音有些冷，小小的身子也在顫抖。

「哪怕我姐姐終身不嫁人，哪怕她們兩個交替出現在人們面前，哪怕賠上一輩子也要照顧他。可是，憑什麼？憑什麼？」

那句「憑什麼」就像是一盆澆在炭火上的冷水，嘩啦一下澆滅了火焰，氣氛也似窗外的冰雪一般逐漸凝固了。

易楠泉安靜地站著，也安靜地聽著。他看著水雲與啞兒，問道：「啞兒是怎麼變啞的？」

水雲搖頭。「其中一位啞兒姐在年幼時高燒不退，司徒爺爺號脈熬藥給她，誰知……不小心將藥配錯，卻沒發現，給了啞兒姐服用。當時啞兒姐高燒不退……大病痊癒後，她就啞了。」

她說罷，深深吸了一口氣，聲音有些發抖。「我的姐姐們名為絹雲和彤雲，彤雲姐是死去的那個，她不是啞巴。但是兩人要交替出現在大家面前，一人啞，一人不啞，難免惹人疑心，所以彤雲姐平日裡也不能說話。而且，她在被那個怪物攻擊時，也一直隻字未言，我們沒聽到任何呼救。」

語畢，水雲冷笑，雙目中充滿了怨恨。「她如果呼救了，也許就不會死！」

夏乾心裡顫了一下，易廂泉也垂下頭去。

全村寂靜無聲，唯獨此屋燈火通明，屋內幾個人影卻都似僵住一般，時不時還全數沉默。

「對於這件事，我從沒有理解過，也從來沒有贊同過。血緣關係真的這麼重要？值得人賠上一輩子？還是說，在我們父親眼裡……」水雲的眼神黯淡了下去。「瘋魔的兒子比三個親生女兒還重要？」

「水雲，」黑黑趕緊拉住她。「也許妳們的父親只是愧疚自己丟了孩子，這才囑託妳們……」

水雲一把甩開她，瞪眼道：「『哪怕不嫁人，也要照顧妳們的哥哥』這句話是他說的！我姐姐是他的親生女兒，不像鳳九娘，是用一根金釵買來使喚的！」

夏乾和易廂泉聽了這話都是一愣。

夏乾驚訝道：「金釵？」

水雲木然道：「鳳九娘的爹是個賭徒，以一根金釵的價錢把她賣到了村裡的一戶人家。」

吳白低聲道：「這件事我們都知道，從來沒提過。鳳九娘以前很溫柔，後來才逐漸變得囂張跋扈。她覺得是金釵誤了她一輩子，就拚命攢錢，想把頭上的木鑲金釵換成真金的，然後出村去。」

水雲的眼神很冷。「我姐姐若繼續這樣，以後會不會變得和鳳九娘一樣？」

啞兒從始至終沒有什麼反應。她靜靜地坐在小凳上，面上帶淚，垂目看著火光。

黑黑拉過易廂泉。「易公子，你也勸勸她。」

易廂泉一愣，不知道怎麼開口。

夏乾半天才憋出來一句。「其他村人若發現妳哥哥是這個樣子，會怎麼辦？」

水雲有些焦躁不安。

「那怪物只有人形，心卻分明是個野獸。藥粉需要混在肉湯裡，讓肉味遮住濃重的藥味，他才肯吃下去。平日裡，他都會吃一些生肉。呵，哥哥……他哪裡像是哥哥？」水雲的聲音突然高了起來。「姐姐們心軟，自幼聽話，又聽了長輩臨終遺言。若是我，這種怪物……」

「他縱使有些獸性，仍然是個人。」吳白看著水雲，似乎也有些糾結。

水雲抬頭看了吳白一眼，這一眼格外冰涼。

「你是說，我親手殺了自己的哥哥？你在怪我？自從他攻擊了彤雲姐，我就再也沒把他當人看，殺了他，不過是殺了個禽獸。」

眾人一驚，水雲這話真是有幾分狠絕。

啞兒終於抬了頭，瞪了她一眼，臉色蒼白、目光凌厲。

吳白急了。「〈秋水〉有云：『以道觀之，物無貴賤。』何況是同根所生，妳憑什麼殺他？妳……」

水雲停頓一下，濃眉擰起。「千言萬語，你終究是說我殺了『人』。換作是你，這個『人』害了你姐姐，你應該怎麼做？」

「總之不能殺。」吳白搖頭。

水雲聽罷，又氣呼呼地問夏乾：「夏公子，你說呢？」

眾人都看著夏乾，等待他的答案。

他趕緊道：「其實值得爭論之處，是那個『人』還算不算是人，對吧？」

他說到此，竟然啞口無言，這的確是個惱人的問題。

夏乾再想，若認為那是個「人」，自己剛剛豈不是殺人未遂？他心裡一團亂。

夏乾趕緊開口道：「我什麼也不知道，你們問問易大公子。這種倫理問題，他最清楚。」

夏乾伸手一指，眾人立即齊刷刷地看著易廂泉。

「易公子，你也主張除掉那怪物，對吧？」水雲看著他，等著他的回答。

夏乾屏息，想學習一下如何圓場。

然而易廂泉只是盯著柘木弓和箭筒，誰也沒看。他的目光素來飄忽不定，如今視線卻像是被冰牢牢凍住。

良久，他幽幽道：「夏乾，你箭筒裡有多少箭？」

「二十五枝。」夏乾一怔，心想這人居然轉移話題。

易廂泉抬頭看著水雲。「妳射了幾箭？」

「兩箭，我首次嘗試射箭時弄丟一箭。當時，我不慎使箭飛了出去，再無蹤跡。後來天色昏暗，我正欲找箭，就看見鳳九娘的屍體泡在河裡，然後就沒有再尋。夏公子，對不起，我……」

「沒事，兩枝箭而已。」夏乾大度地一擺手，水雲鬆了口氣。

易廂泉皺眉，看著水雲。「所以，妳只射了怪物一箭？」

水雲先是一愣，疑惑地點頭。「對呀，射一箭他就倒地了。我想補射一箭，但是他倒在草叢裡，無法瞄準。當時天色昏暗，我有點看不清楚。」

水雲好像一如既往地堅定，而黑黑聽此，也問道：「易公子覺得不對？方才我也覺得，水雲站在村子中央高地，山崖很寬，到亂葬崗那邊的距離極遠。」

水雲一聽，挑眉道：「我沒騙你們，我真的射中了！」

易廂泉認真問道：「除了飛禽，妳以前可射過大型野獸？」

水雲搖頭，易廂泉的臉色一下子變得嚴肅起來。

「夏乾，你可射過大型野獸？在這種距離，在天氣昏暗之時。」

夏乾思索一下。「不容易射中，這取決於人的臂力和準頭。換言之，要看是否射中要害。若是穿透手臂，人會無恙；射中心口，則會斃命。換作是我，也許可以正中要害，但換作水雲……」

「什麼意思？」水雲一愣。

夏乾耐心道：「廂泉懷疑怪物沒死。」

眾人吸了一口涼氣。

易廂泉點頭。「狩獵時，一箭斃命本不多見。況且天色昏暗，妳未必射中要害。距離遙遠，妳的臂力不及夏乾，弓也用不順手，應該沒有將其殺害。」

水雲雙目瞪得很大。

夏乾看著她，本以為這個小姑娘臉上會閃過一絲擔憂，可是他看到的不是擔憂之情，而是一種如釋重負的表情。

「他真的沒死？」水雲看著易廂泉，聲音中竟然帶著一絲期許。

易廂泉看著她，輕輕拍了拍她瘦弱的肩膀，似是安慰。「應當是活著的。」

水雲愣愣地看著他，易廂泉面目溫和、語氣誠懇，也絲毫沒有責備的意味，好像只是在陳述一個普通的事實。

水雲一直看著他，看著、看著，眼淚就流下來了。剛才的恨意與冷漠從她眼中慢慢消散，取而代之的是解脫。

她一下子撲到啞兒的肩頭，不停地啜泣著。

「姐，他沒死！他沒死啊……」

水雲稀裡糊塗地說著，不停地重複，然後由啜泣變成大哭，好像把這幾年積壓的情緒全部都釋放了出來。

啞兒沒有吭聲，只是默默將她帶回裡屋。

夏乾看著二人的背影，再看看柘木弓，嘆息道：「女孩子真是善變。」

易廂泉搖頭道：「你不理解她，換作你也是一樣的。弓箭是殺人利器，有良知之人在摸不清目標動向時射箭，一旦箭離弦，心中的那種恐懼感是無法言明的。」

吳白嘆息。「水雲自從射完那箭，情緒就不對。」

夏乾有些不屑。「有什麼可恐懼的？我當初傷了青衣奇盜，不是也……」

「傷與殺是兩種完全不同的感受。」易廂泉的聲音很輕，看著內室浮動的簾布。

「恨與殺也不是同種感覺。世間有無數殺人惡徒，也有無數人畏罪自殺，你可知為何？因為他們良知尚存，受不了罪孽加身之感。」

夏乾嘖了一聲。「世上哪有那麼多好人？」

易廂泉笑道：「好人不多，但不是所有的人都泯滅良心。『殺』從來不是一個天經地義的行為，而是一個罪惡的字眼。水雲只是個孩子，她進屋之後，不斷地重複『禽獸』、『禽獸』。她若真的只是一味地恨那怪物，早在啞兒遇害時，就會將怪物之事和盤托出。」

黑黑蹙眉。「所以易公子說怪物沒死，只是安慰水雲？」

易廂泉嘆氣。「應當是沒死，但失血過多，冬日裡怕是撐不了幾日。他飢餓數日，又受驚、受傷，運河不通，往來商客也是不少，若要攻擊人，也有可能。」

夏乾思索一番，道：「怪物攻擊力不強，應該……」

易廂泉搖頭。「惡犬似狼、餓狼似鬼。更何況他外表是人，往來行人更容易放鬆警惕。」

黑黑有些著急。「那我們怎麼辦？殺也不是，不殺也不是，也無法捉他回來。」

「眼下只能等沈大人來，或者等曲澤報官來。」

夏乾哪壺不開提哪壺，問道：「沈大人看星星就能看出吳村出事？那要是沈大人來不了呢？」

黑黑皺著眉頭。「而且……我們的食物不多，炭、柴也已經不夠用了。」

吳白聞言，很是吃驚。「怎麼會？所剩的應該夠用。」

黑黑委屈道：「前幾日夏公子生病，就多加了些炭。河邊的狼煙也是用柴火燃起，而且，柴房堆的柴與炭，被……弄濕了。」

易廂泉一驚。「怎麼會這樣？」

「我幾日前就發現了，怕你們聽了著急，所以一直沒說。」黑黑嘆氣。「柴房的門沒關上，下雪滲了進去。本來是鳳九娘在管理，可是她逃跑時沒關門，等到那日晚上，我才發現柴火已經濕了。」

易廂泉轉頭，冷靜地問黑黑道：「柴、炭與食物加起來，我們還能撐多久？」

「三天。」黑黑小聲地說著。

入夜，吳村一片黑暗。

夏乾躺在床上翻來覆去，近幾日吳村中發生一連串怪事，自己一天也沒睡安穩過。屋子裡炭火少了，夏乾只得裹緊被子；三個女子、三個男子同屋，以便取暖。易廂泉不知去哪兒了，此時還沒回來。夏乾一個骨碌爬起來，推門走了出去。

地上的積雪已經化了，遠處的廚房亮著燈，易廂泉的影子映在窗戶上，不停地晃動著。

夏乾輕手輕腳地走過去，推開門，只見易廂泉正趴在地上，提著燈細細查看。

「你在做什麼？」

「噓！」易廂泉做了噤聲的手勢，他提燈站起，擦擦額頭上的汗。

「不要吵醒他們。」

「只剩三日了。」夏乾一屁股坐在灶臺上。「我們必須找到出村的辦法。你說，山崖兩端架起繩子之類的辦法行得通嗎？」

易廂泉直起身來，搖頭道：「彼端無人，怎麼可能架起繩索？若你引弓射箭，箭插入對面的樹林，箭後拴繩供人拖拽攀爬，那箭也必須穿透樹幹，而你並沒有這麼大的臂力。製作龍鬚鉤也可以，只是這岩石之壁甚是陡峭，不易勾住。」

夏乾嘆氣。「啞兒身體不好，需要郎中，如今天氣又冷，最好能及時出村。你是不是有主意了？」

他往易厢泉那邊看去，而他卻沒有回答，低頭在找什麼。

「你在找什麼？」

「凶器。」易厢泉直起腰身，皺起眉頭。「殺死孟婆婆的凶器，這是案子最後的關鍵。」

夏乾吃了一驚。「孟婆婆不是意外墜崖？那日看到的致命傷……」

「應該是鈍器，我猜是鍋或者盆，但這裡的器具中都沒有找到。走，我們去鳳九娘的房間。」易厢泉說完，提燈出了門，夏乾趕緊跟上。

二人在鳳九娘的房間裡翻了一陣，仍然一無所獲。

「我那日找藥的時候就覺得奇怪，鳳九娘應該從路人那裡拿了不少錢財，可房間裡沒有，她屍身上也沒有，難道被河水沖走了？」夏乾坐在床上，滿臉疑惑。

易厢泉掀開床簾。床簾是新的，枕套、被褥也是新的，床上、地板上沒有一點灰塵與汙垢。他轉身將所有的燈點亮，細看半晌，終於在床下一個很不起眼的角落裡，發現了一滴血跡。

「就是這裡了。根據血液飛濺方向，應該是鈍器擊打所致。」易廂泉提著燈站起身，朝夏乾看去。

「你……還是站起來吧，不要坐在那裡了。」

夏乾臉色一僵，猛地從床上彈起。

易廂泉直起腰身，打量四周。「盆沒有了。」

夏乾撓撓頭。「有可能本來就沒有。」

易廂泉搖頭，看向夏乾。「古屋的廚房裡有一個。」

夏乾一怔，在他模糊的記憶裡，啞兒死去的時候，廚房裡是沒有盆的。

二人連忙吹熄燈火，提著燈籠折返古屋的廚房。

易廂泉走進屋，拿起那只木盆細細查看，終於在木盆底部發現刷過之後殘留的血跡。他放下木盆，輕輕嘆了口氣。

「弄清楚了嗎？」夏乾也提燈去看那木盆。「是誰殺了孟婆婆？」

「應當是鳳九娘沒錯。」

「她竟然真的動手殺人？」夏乾有些難以置信。「難怪她直接將我扔入井中。可是既然如此，她為何不直接殺了我？另外……孟婆婆的鬼魂又是怎麼回事？」

易廂泉推開門，從屋外拾取了三片樹葉回來，其中有兩片是類似的。他把一片放在碗裡，另一片放在邊上。

「這是你們開啞兒棺材那日的場面，也是你在吳村第一次撞鬼的場面。」

夏乾點頭，卻又搖頭。「其實我在得知啞兒一事的時候就想問，啞兒有姐妹，但孟婆婆不可能有雙生姐妹。」

易廂泉拿起第三片樹葉道：「吳村的事件錯綜複雜，如今已然完全明瞭。最大的盲點有兩個：第一個在於錯誤聯想，即把兩起凶殺、一起失蹤、一起意外與山歌相連。當我們把『山歌』看作案件提示，而非作為案件聯繫，四起案件就會分開，這就得到了答案。第二個在於把啞兒的鬼魂與孟婆婆的鬼魂一事錯誤相連，你見了兩次鬼，但是兩次鬼是不一樣的。」

他拿起第三片樹葉道：「與啞兒事件不同，你開了啞兒的棺材，很快就看到了啞兒的鬼魂，這兩件事是相隔不久的。說明棺材中的屍體和你所見到的『鬼魂』不是同一人。但是孟婆婆一事不同，你先見到屍首，又見到鬼魂，次日再次見到屍首。」

他將第三片樹葉揉皺，放在桌子上，又撿起來撫平，在夏乾眼前晃了晃，最後撕碎，扔回到了桌面上。

夏乾突然明白了，怔怔地看著易厢泉。

「可是，這是為什麼？難道孟婆婆死了兩次？」

易厢泉點頭。「第一夜，孟婆婆應當是用繩索將自己拴在不遠處的樹上，然後自己拉著繩索下去。你來到吳村第一夜，淩晨時隱約看見窗外有一條線，把窗戶斜分開來，這就是孟婆婆在嘗試。之後發生孟婆婆墜崖事件，其實是她躺在山崖下，裝作墜崖死去。因為距離遠，你們無法到山崖底部驗屍，自然無法分辨她的生死。她趴在那兒，等到半夜再從井中爬上來行凶，而所謂的井，就是你跌進去的那口。也正因為井與山崖本就連通，你爬行一段之後，就出現在了山崖。你被救之後，我發現你身上出現了幾根白髮，應該是孟婆婆在井中爬行時掉落的。」

「等一下！你說孟婆婆行凶？」

易廂泉點頭。「若我猜得不錯，孟婆婆應當是打算去殺鳳九娘的。二人隔閡已久，她想做個了斷，與其在行凶之後被人懷疑，不如在行凶之前裝死以洗清嫌疑。」

夏乾驚道：「她本來是要行凶的，最後反被鳳九娘殺了？」

易廂泉點頭。「我點燃紙鳶的時候，發現點火的材料很是充足，統統都在孟婆婆屋裡放著，這些東西應當是焚燒之用的。孟婆婆原本打算殺掉鳳九娘，再將鳳九娘的屍體燒焦，來替換自己山崖下的屍體，自己則以已死之人的身分逃脫。即便日後村人回來將屍體拉上去下葬也很難發現，因為焦屍是最難查驗的，況且此地又沒有仵作。但是如此行事，必有個大前提——她需要一個幫手。

「這個幫手很重要，不僅要在事後聲稱孟婆婆生前有火化的意願，才在山崖上拋下稻草和火把將屍體燒掉，還要在孟婆婆動手行凶當夜做幫凶，否則以一個老人之力，很難鬥得過鳳九娘。」

夏乾聽得一陣膽寒，易廂泉輕輕嘆了一口氣。「可是，這個幫凶當日並沒有出現，這也直接導致了孟婆婆最終偷雞不著蝕把米。孟婆婆之前應當是承諾過那位幫凶什麼，比如事後分掉鳳九娘的銀子之類；如今鳳九娘已亡，身上的錢財卻怎麼都找不到，也不排除被河水沖走的可能。」

夏乾問道：「會不會是那位幫凶目睹了鳳九娘殺掉孟婆婆的過程，之後要脅鳳九娘，拿走了錢？」

「也許，若想知道細節，我們需要親自問他。至此，吳村的所有疑問應當都清楚了。至於這個幫凶是誰？」易廂泉看了看窗外。「應當是飯堂中睡覺的四人之一。」

二人沉默了。

就在此時，門外傳出一聲響動，像是金屬碰撞的聲音。這聲音很輕微，就像是冬日的風吹倒了一個小小的瓦罐。

夏乾打了個哈欠。

易廂泉低頭沉思，突然，他衝到門口將門打開了。迎面而來的是冬日的冷風，不遠處門口的燈籠搖搖晃晃，燈籠下面放著一個小小的包袱。

「廂泉，」夏乾疑惑地從桌子上滑了下來。「咱們進門之前有這包袱嗎？」

易廂泉沒有說話，走到包袱前面，伸手打開了它，裡面是一些銀票和散碎銀子，在昏黃的燈下發著光。

夏乾驚道：「這是不是鳳九娘的銀子？可這是誰放的？」

他們繞過了屋子，看向飯堂。

夏乾出門的時候，門是留了一條縫的，如今卻關上了。

易廂泉從地上拿起包袱，快步地走到門前，輕輕推開了門。他提燈照過去，門內啞兒、吳白、黑黑、水雲，四個人都齊刷刷地躺在地上，似乎都睡得很香。

夏乾心中開始打鼓，一定是這四人中的一個，偷偷溜出去聽見了自己和易廂泉的談話，良心不安之下，又把鳳九娘的東西還回來了。

究竟是誰？門外寒冷，若是剛剛出過門，手腳一定是冷的。這是最簡單、最粗暴的判斷方法，若是找藉口碰觸他們的手，應該能夠辨別出來。

夏乾看向了易廂泉，心裡緊張不已，等著他發話。

易廂泉在門上敲打幾下，把幾人叫醒了。

他們都是剛剛被喚醒的樣子，睡眼朦朧，迷惑不解地看向易廂泉。

「明日我們就走了。」易廂泉掃視了大家一眼。「走了便再也回不了村子了。你們快去準備一下自己的行李，回房睡覺吧。」

「我們安全了？不用睡在一起了？」吳白揉揉眼睛，問道。

「回房收拾好東西再睡吧！明日我叫你們起。」易廂泉笑了一下，看著他們，眨眨眼睛。「不管過去發生了什麼，出村以後一定要做個好人，不貪財、不忘義。」

大家面面相覷，不知道他這些話是對誰講的，但還是聽從了易廂泉的建議，抱起自己的被子回房去了。他們打著哈欠走到寒風中，手腳全部被凍得發涼。

等大家都走了，易廂泉什麼話也沒講，喝了杯水就開始洗漱了。

夏乾很震驚。「你準備睡了？你把他們都放跑了，這……」

「是呀。」易廂泉鋪好被子，把鳳九娘的包袱往旁邊一丟，嘟囔幾聲。「事情解決了，當然要好好睡。」

「但那個幫凶是誰呀？」

「不知道，也不用知道了。」易廂泉坐起身來，看著那幾個小輩回屋的背影，又看了看遠處鳳九娘的屋子。

夏乾也站在門口往窗外看。鳳九娘的小屋離他有些遠，卻可以看清牆上有一扇敞開的小窗，透過小窗隱約可以看到被翻亂的床鋪，床鋪上散落著一大堆藥瓶。

夏乾突然明白那位「幫凶」為什麼放棄了。

那位「幫凶」走到鳳九娘的窗邊，看到了這樣的一幕——平日囂張跋扈的鳳九娘捲起袖子，偷偷往胳膊上塗著治外傷的藥。

她的丈夫過世了，但身上的傷痕不是一天、兩天就能好起來的。

「鳳九娘真的不是一個好人，但是……」易廂泉看了看屋子，沒有說完後面的話，就合眼睡去了。

吹雪喵喵地叫了幾聲，也臥在火爐邊上睡著了。

尾聲

待到夏乾回房躺下，將髮冠、髮帶悉數扯掉，在榻上滾了幾下，終於能睡得安穩。然而他翻來覆去難以入眠，也不知道躺了多久，待到天亮時聽見外面叮叮咣咣的響動，似乎是推車的轆轆聲、木板唠嚓聲、吵鬧聲、敲擊聲。

夏乾實在忍受不了，穿了衣服嘟囔幾句，頭髮隨便一繫，便跑到外面去了。

朝陽燃燒遍地的積雪，純白之中閃著金光。耐寒的松柏透著濃重的綠色，而冬青樹濕潤的禿枝和暗綠色的葉子也被陽光烘暖。

雪地上留下幾排大大小小的腳印，穿過破舊的籬笆牆，向遠處延伸而去了。

暴風雪過後是晴天，融雪天最冷，空氣卻清新乾爽。

夏乾呼吸著空氣，覺得心頭的陰霾一掃而空。吳村在太陽的照射下竟然美得讓人留戀。他慢慢地走在雪地裡，看看低矮的屋子和種菜的園子，突然有些不捨。

走了片刻，便看到山崖旁邊站了水雲與吳白，再旁邊則放了破木小車，小車上放著很多東西——衣物、行李包袱，甚至還有鍋碗瓢盆。

小車旁邊有個巨大的木板。

夏乾詫異上前。「你們這是要幹什麼？」

「出村。」水雲輕鬆地笑笑。

夏乾也笑道：「出了這麼多事，妳還能笑得出來？」

他話音剛落，這才覺得不對。

出村？

夏乾驚呆了。「出村？現在？」

吳白與水雲不同，水雲一臉欣喜，他則滿面擔憂。

「對！用易公子所說之法，啞兒姐身體不好，昨夜突然高燒，若是耽誤病情，只怕性命難保。炭火不足、供暖不足，山裡冷，而且我們又沒有藥材，還是及早下山找郎中為妙。」

見夏乾眉頭緊皺，吳白又道：「易公子的方法雖然冒險，但是可行。現下沒什麼別的辦法，而且啞兒姐的病也拖不得。即使造成村子地勢塌陷也沒關係，我們已經決定遷村了。」

「地勢塌陷？」夏乾聽得一愣一愣。「易厢泉究竟要幹什麼？到底怎麼出村子？飛出去？挖地道？炸開山？」

水雲不緊不慢道：「易公子要把河水引過來填滿山崖，我們坐木板出去。」

眾人面面相覷，等著夏乾答話。

太陽將屋頂的積雪化成水滴，滴答滴答，落到夏乾的腦袋頂上。

他愣了一會兒，搖搖頭。「這河水說引來就能引來？」

吳白解釋道：「夏公子，出村方法……聽起來不可行，但其實是有可能的。你眼前的山崖以前就是河道。」

夏乾指著山崖說道：「這村子地勢古怪，山、河、山崖似盤龍圍珠，將村子整個包圍。河道中是溫水，走向奇特，看起來的確像是曾經改道過。但我自幼生在水鄉，見過不少河道，此地地勢平坦，河流從山上流下會越流越緩，這山崖卻又寬又深，怎麼看也不像河道啊！」

水雲聽夏乾講話，不由得頭痛起來。

「其實我們並不清楚。易公子說，這山崖原是河道，後來河流改道，此河道就乾涸了，而這山崖……是人們在河道的基礎上繼續挖出來的。」

夏乾放眼望去，山崖很深，若要跌下去定然會摔斷骨頭。而兩側的岩石、泥土與底部筆直相交，若說是天然形成的山谷，他信；要說是人為挖掘而成，他絕不相信，因為實在沒這個必要。

吳白剛要開口，卻見黑黑與啞兒從屋內出來，帶著不少包袱。啞兒面色微紅，身體虛弱不堪，裹了好幾層厚衣，黑黑扶著她在大木板上坐穩。

夏乾見狀，心裡莫名緊張，轉身問水雲道：「庸泉究竟要如何把水引過來？我們要坐這木板渡過山崖？這……」

水雲嘆氣。「易公子說，河水容易引來。」

夏乾搖頭。「哪裡這麼容易？他又不能呼風喚雨……」

他話音未落，卻忽然聽見遠處傳來雷鳴一般的聲響，方才還乾巴巴的山崖中驟然湧出水來。水流翻滾，拍打著山崖兩壁的灰色岩石，捲著泥沙，瞬間就包圍了吳村。由於山崖狹窄，水流更是湍急，如同巨龍帶著驚雷之聲從天而降，隆隆作響，好似雷鳴。

此情此景令人驚駭不已。

夏乾頭髮鬆散，全身僵直，動也不敢動。

所有人都沒出聲。

「易公子是怎麼做到的？」良久之後，黑黑才震驚地問。

吳白也一臉的難以置信。「他早上還拿著鐽子之類的什物。」

夏乾瞪大眼睛。「你說他攜有火藥，埋頭苦幹三天三夜，再將其引燃，通個新河道將河水引來，我尚且相信。但是，你說他用鐽子……」

吳白看著奔流的河水道：「我也覺得不可能……但是，那可是易公子啊！」

從夏乾出屋到現在不過片刻光景，而水勢迅速上漲，奔流不息如同猛獸，似乎要將吳村整個吞沒。

夏乾吞了吞口水，看向四周，這才感覺到一絲恐懼。

水雲也有些害怕，催促道：「易公子已經說過，我們看河水差不多注滿，就踏上木板，防止塌陷。」

「這河水漲勢迅猛，只怕馬上便會漫上堤岸，淹沒村子。若不坐上木板，我們只怕有危險，你們先上。」夏乾臉色有些難看，望向水雲。「妳剛才說什麼塌陷？」

黑黑扶住啞兒在木板上坐穩，接話道：「應該會迅速淹沒村落，好在村子大部分的財物皆不在此，淹沒了……也就算了。」

眾人紛紛踏上板子，還帶著大大小小數件行李。

夏乾覺得腦袋裡一團亂，也上去了。

待河水沒過山崖的三分之二處，夏乾左顧右盼，急急地問道：「易廂泉在哪兒？再不走就……」

遠處一團白影飄來，正是步履匆匆的易廂泉，吹雪連忙從樹上跳下，跳到了主人的肩膀上。

夏乾突然腦中靈光一現，一拍大腿。「廂泉是不是……挖了一條水道，通向那個洞裡？」

吳白愣住。「什麼？」

「洞。」夏乾似是懂了幾分。「鳳九娘將我扔入那洞去，而洞正好位於河水與山崖交接之處，離兩地距離很近。你想，我是從那洞裡爬出去的，當時迷迷糊糊，渾身疼痛，本以為命喪黃泉。可是爬了不久，結果居然爬到山崖那裡去了，這才得救。」

吳白恍然大悟。「你是說……」

「洞和山崖相通，所以廂泉只要挖一條水道，讓河水進洞，再流向山崖。」

「可是易公子找你的時候，明明看見那洞塌了！」水雲覺得不太對勁。

夏乾吃了一驚。「塌了？那怎麼回事？」

只見易廂泉快步走近了，語氣急促。「休要多言，統統坐穩，河水漲上來之後，我們迅速划到對岸去。可有東西做船槳用？」

黑黑點頭，揚了揚另一根長木板。

夏乾則扭頭問道：「那河水會不會把村子淹沒？」

「多半會淹。」易廂泉只是輕描淡寫說一句，又認真地看著四周。「這河水攜捲大量泥沙石塊，小心為上，防止落水。」

夏乾還想說些什麼，剛吐了半個字，卻覺得渾身一晃——

易廂泉迅速朝木板踹了一腳，木板刺溜一下滑進了滔滔河水裡。

「易廂泉！」

夏乾嘶吼一聲，而餘下幾人尖叫，抱成一團，易廂泉一躍，跳上了木板。

木板劇烈晃了一下，易廂泉則拿起「槳」，快而穩地划著。

六人擠在一塊大木板上，好似乘著一隻破舊小舟，被湍急的水流推來推去。

夏乾坐在木板上，有些頭暈，又覺得像是做了一場大夢。他沒顧上要散下的頭髮，只是看了看自己被河水打濕的衣角，慌亂地抬起頭。

吳村離他們越來越遠，積雪覆蓋於村前，原本蕭索的村莊在陽光的照射之下閃著微光。吳村一改往日寧靜之態，山川瑰麗，卻又帶著一絲蒼涼。

黑黑、啞兒與水雲沉默不語，只是凝視著山村。

吳白吐了「再見」二字，覺得有些愚蠢，就別過頭去，沒有再看。

夏乾一怔，整個人就像是剛剛從一幅畫卷中走出來。在濛濛水氣之中，他這才夢醒，發覺這一連串奇特的事件，竟然以同樣離奇的方式落下帷幕。

木板在水中顛簸數次之後，眾人終於到了對岸。

夏乾從木板上翻下來，揉揉肩膀，雙腳踏上了堅實的土地，餘下幾人互相攙扶著穿過曲折的山洞，慢吞吞地往林子深處走去。

陽光透過松柏茂密的枝葉灑了下來，溫暖靜謐。

被困了這麼久，夏乾幻想過無數出村的方式，最後竟真的離開了吳村，而且是這麼短的時間，用這麼不可思議的方式。

易廂泉抱著吹雪走在最前面，像一個在雪地間散步的人，片刻便到了岔路口。斑駁樹影投射在他的白衣之上，使得他的衣裳不再素淨，彷彿用絲線精細地繡上淺淡紋路。

他似是想了好久，轉身對眾人說道：「村子恐怕真的不復存在了。」

黑黑扶著啞兒，微微一笑。「我們早有遷村決定，易公子不用感到抱歉，這是我們自己的選擇。」

夏乾聽聞此話，拍了易廂泉一下。「你究竟怎麼引的河水？」

「我連夜挖了一條短淺的水道，通到鳳九娘把你扔進去的豎洞。」

夏乾嘖了一聲，得意地看了水雲一眼。

水雲驚奇道：「你不是說那洞坍塌了嗎？」

易甭泉點頭。「坍塌過後，地面沒有嚴重下陷，洞沒有完全被封死。土石落下，暫時堵住側洞通道，但是土性極度鬆軟，水則是無孔不入的。村子所處之地就像一個不規則木板，板子的一角被鑽了豎孔，再將鋸碎的木板末撒在上面。而我挖水道，就像在『木板』上鋸一道深印。水流一過，就是無形的力量狠狠地壓了那道鋸印。」

夏乾接話道：「這樣在水流從洞中溢出之前，由於力量過大……力量過大，會導致那木板一角掉下來。」

易甭泉點頭。「以那個洞為界線，毗鄰水流與山崖的一側完全塌陷，混著河水成了泥漿。這就是我們剛剛渡河時，河水中摻雜泥土、石塊的原因。」

「塌了？」黑黑驚訝道。「那個地方已經塌了？」

易甭泉點頭。「塌了，我估計你們的村子也會完全塌陷。」

黑黑低下頭去，看得出她還是很傷心的。

啞兒只是憂傷地看著林子深處，沒有言語。

「那……彤雲姐的屍體、鳳九娘的屍體、孟婆婆的屍體……」水雲小聲唸一句。

大家都沒有說話。

夏乾還在愣神，易廂泉拍了他一下，對眾人行個禮。「此路往東是下山之路，鎮上有好郎中，你們先行一步，帶啞兒去問診。」

「你們先走，我們還要去找……水雲的哥哥。」夏乾說到這裡，偷偷瞄了水雲與啞兒一眼。「水雲，妳哥哥……在哪兒消失的？」

水雲淡淡道：「順著這個上坡走，在村子邊緣處，毗鄰亂葬崗和寺廟。」

幾人面色都不好，吳白瞅著易廂泉，低聲問道：「找到之後做何打算？」

易廂泉點頭。「先將其送往沈大人府上，再做定奪。你們放心，殺生之事我絕不會做。」他話及此，說些道別詞。

夏乾看著吳白、黑黑、水雲、啞兒，回想起在吳村這奇特經歷，卻一句話也說不出來。他認真誠懇地行了禮，微微一笑。「來日方長，後會有期。」

水雲將自己身上的盒子遞給夏乾，狡黠一笑。「你忘了你的弓。」

夏乾大驚失色。的確，自己從吳村出來，什麼也沒拿！

他慌忙謝了水雲，又總覺得自己還忘了什麼。

告別之時，吳白吐了一肚子酸言。啞兒帶著病容，衝易廂泉、夏乾點頭一笑。

夏乾知道她這一笑可是不簡單，易廂泉與夏乾此番可是要去抓捕她哥哥，而她報以微笑，想必經過深思，也是放下了。

她曾經所做的事，到底是愚蠢的堅持？還是一種對於至親應盡的義務？也不得知曉了。但如今塵埃落定，一切都結束了。

易廂泉再度行禮，轉身離去，而夏乾卻回頭看了餘下四人一眼，看見黑黑也在望著他。

黑黑一句道別的話也沒說，只是用她烏黑透亮的雙眸看著夏乾。

夏乾被她看得不好意思，便道：「妳我以歌相會，不妨以歌送別。」

黑黑沒有笑。「夏公子想聽什麼？」

「當日妳在河畔所唱之歌即可。」

黑黑緩緩開口輕聲唱起：

吳村吳村

一座孤墳

揮別過客
莫忘此歌

她唱完，沒有再看夏乾，只是揮了揮手。

易廂泉和夏乾各自行禮，與眾人在此分道揚鑣。

黑夜此時已經退去，陽光從樹葉的縫隙中灑下，順著這片密林細細看去，不遠處就是塌陷的小土包。

當日夏乾路過此地，就是在這裡下的車。如今夏乾駐足而望，長嘆一聲，竟覺得恍如隔世。

二人走了一陣，易廂泉突然停下腳步，轉身看向夏乾，不冷不熱道：「方才在眾人面前沒好意思提起，夏乾，你頭髮太亂了。」

夏乾不屑道：「那又如何？」

他突然停住了。「我……我的頭冠呢！」

易廂泉唉了一聲嘆道：「也許被水泡了，我方才上岸才想起此事。夏乾，你要知道，錢財乃身外之物……」

「兩千兩銀票！我的頭冠裡塞著兩千兩銀票啊！」

「小點聲，速速跟上。我們去尋找狼人腳印，眼下你還不將弓箭掏出來？」易廂泉做了「噤聲」的手勢。

夏乾灰頭土臉，定了定神。他看到前方就是亂葬崗，白色雪地覆蓋灰色的石碑與土地，顯得越發荒涼。

而皚皚白雪之上，似是有一黑色物體伏於地面，並未被白雪蓋嚴實。

夏乾瞇眼打量，看了片刻，突然拉起易廂泉，聲音微顫。「廂泉，那邊黑乎乎的……好像是個人！」

易廂泉愣住，起身觀望，隨即縱身一躍，向前跑去。

「備弓。」易廂泉低聲說了一句。

他在前，夏乾在後，二人繞過些許灰色石碑，在黑色物體之前停住了。細看，這不是什麼黑色物體，真的是一個人。他高大威猛，頭髮散亂且體毛濃密，衣不蔽體。

易廂泉使勁將那人翻過身來，只見其身上中了一箭，地上有一小灘深色血跡，並未完全乾涸。

夏乾認識那枝箭，那是他箭筒裡的，故而喃喃道：「莫非他……是那狼人？死了？水雲這小姑娘真是不容小覷，你說，這狼人是不是受傷後，凍死在這裡？」

說到這裡，只見易廂泉臉色一下子變了。他細細地看著那人身上的傷口，又瞧了瞧周遭凌亂的腳印，語氣有些沉重。「箭傷並非致命傷。」

夏乾驚訝道：「不是箭傷是什麼？」

「刀傷。」易廂泉將那人的頭髮扒開，頸部有一道清晰的血痕。

夏乾無言，他愣愣地站在雪地上，並未貿然上前破壞腳印。見易廂泉面色凝重，方知此事怪異，且非同小可。

「好快的刀。」易廂泉眉頭緊蹙，仔細地看著傷口。「頸部已斷，全身上下僅一處傷痕，可見一刀斃命。頭顱幾乎被完全割掉，用刀之人功力不淺。」

夏乾臉色蒼白。「這怪物這麼強壯，有人一刀就將他殺了？估計是哪位路過的大俠，昨夜突然想斬妖除魔……不過那人也真是厲害，一刀斃命，這是有多大力氣？」

易廂泉一臉嚴肅。

「若是你有那樣的武藝，夜裡看到路邊有人，你會不會趕盡殺絕？」

夏乾一愣。「依你之意？」

「武藝高強，出手乾淨俐落。這狼人雖然受傷，卻如同驚弓之鳥，很容易攻擊旁人。」易廂泉聲音很輕，上前走了幾步，在一處空地蹲下了。

地上有兩種清晰的腳印，第一種腳印很大，似是在此地徘徊許久；另一行腳印則來自遠處的叢林，來人步伐有些亂，行至亂葬崗不遠處駐足。

易廂泉低頭端詳許久，低聲道：「這位『大俠』似是醉酒前行。」

他低頭細看，眼前的腳印前後深淺不一，重心在後。

「大俠」似乎是做了守勢，之後便退後幾步，倚靠在墓碑上。墓碑已經沾血，顯然「大俠」是被狼人攻擊而受了傷，卻並未動手，應該是在與狼人交涉，腳印旁邊有個小小的圓點。

「這兒為什麼有圓點？」夏乾低頭看著，被易廂泉擋住了。

「是武器，可能是木棍、戟，但根據狼人身上的傷口判斷，應該是一把長刀。」

說罷，易廂泉倚靠在墓碑上，比畫一下。「這個『大俠』比我矮，看血跡在墓碑上留的印子，應當是肩部受傷，估計是狼人撕抓所致。地上還殘存著衣物碎片，右邊雪地上可見有弧形劃痕，前深後淺，這是刀劃的。估計當時怪物撲來，抓傷『大俠』右肩，而『大俠』右臂順勢向後揮刀發力，一刀下去，狼人倒地。」

易廂泉描述得很是生動，夏乾不禁有些驚訝。

根據易廂泉描述，那位「大俠」是在右肩受傷之後才揮刀的，受傷後還能將狼人一刀斃命？

兩個人都有些不寒而慄。

易廂泉看了看遠處飛濺的血跡，又看了看屍體，補充道：「這一刀是從狼人左側脖子砍的。」

「右手揮刀，卻砍了對方的左側脖子？」

易廂泉點頭。「他能左右開弓，應該是在短時間內換了一隻手。看步伐，他應該是喝醉了。」

夏乾愣了片刻，嘆息一聲道：「竟有這種神人……那他這算不算是殺人？」

易廂泉聞言，猶豫片刻，搖頭道：「不好定論，畢竟是『大俠』先受了攻擊。」

二人又說了幾句，終是草草將那狼人埋於此地。夏乾嘆息一聲，總覺得心裡有點愧疚。易廂泉本來沒動，見夏乾行禮道別，自己也跟著行了禮。

二人站起身，看著這片凌亂的荒墳，心中都有些難過。

夏乾覺得心中有惑，也不知這亂葬崗埋的都是一些什麼人，屍骨暴露在外，終年受風吹日曬卻無人祭拜。

易廂泉好像讀到了他的心思，淡淡道：「他們皆因吳村的財寶而亡。」

「吳村真的有財寶？」

「我說過，吳村事件的起因與山歌如出一轍。即『生病的姑娘』和『暴富的富翁』。『生病的姑娘』對應狼人一事，而財寶則對應〈黃金言〉一詩。當年的確有財寶，如今沒了。你失蹤那日，我住在你的房間，黑黑放了穀物在床上，結果半夜引來老鼠偷食，之後老鼠逃跑入洞，吹雪去追，哪知巨大無比的鼠洞竟卡住了吹雪的頭。」

夏乾聞言搖頭。「世間沒有那麼大的鼠洞。」

「不錯。當時我就懷疑那並非鼠洞，而是人挖出的通道。你墜入豎井之後醒來告訴我，你曾在爬行時聽聞女人嘆息聲。若我猜得不錯，那嘆息聲來自密室中的啞兒。鼠洞、豎井、密室、通往山崖的洞……夏乾，吳村地下全都是通道，有些甚至是相連的，這才使得你可以從洞中爬出生還。」

夏乾一怔，停住腳步。樹林顯得越發安靜，似能聽見枝頭積雪融化之聲。

易廂泉撥開眼前的樹枝，正午的陽光一下灑在他臉上。他瞇起眼，緩緩道：「留給吳白的紙鳶上有凌亂的花紋，它並不是胡亂畫的。鳳九娘以為它是藏寶路線，故而拿著紙鳶，想要進山。但紙鳶所繪的根本不是藏寶路線，而是吳村的地下地形圖，但吳村的地下也不是密道。」

「不是密道？那是什麼？」

夏乾傻傻問著，易廂泉拉住他，登上山頭。

地處高勢，夏乾放眼望去，不遠處是一片土灰色石碑，還有一片連起來的土包，如今已經被積雪覆蓋掩埋。在這一片荒地之外，是一片鬱鬱蔥蔥的叢林，古槐與松柏像灰綠色的牆。再往遠處看，是吳村的山神廟，陽光輕柔地照在廟宇破舊的灰色屋瓦之上，將雪融成晶瑩的冰柱，一根根地垂下，閃著亮光。

「這裡能看到整個亂葬崗。」易廂泉指了指這一片土包。「你要知道，挖掘地道是個巨大的工程，而這片亂葬崗年頭已久，不少屍骨暴露在外，人數之多，令人咋舌。這些大部分是雇工，什麼工程能耗費這麼多人力？修建陵墓，以及──」

「開礦？」夏乾瞪大眼睛，看著眼前的亂葬崗。

易廂泉頷首。「應該是金礦。」

夏乾一拍大腿，一副恍然大悟之相。「這就說得通了！那首詩名叫〈黃金言〉，指的是吳村的金礦！富翁入山，在動亂年代，錢幣反而不如金銀值錢。所以他入山而不出山，因為財富就在山中。他雇工挖地道，目的是為了開採金礦！你說吳村先祖改了河道，是不是覺得金礦在河裡？」

易廂泉道：「對。那時金礦開採技術並不成熟，金子很容易在河流上游沉積。興許他們認為金子在河道中，這才將河水改道，順著河道深挖下去，形成了山崖。他們亂挖一氣，成效不會太高，直到後來金礦差不多挖盡了，村子下部也幾乎被挖空。我為了出村，僅挖一條水道通往地下，吳村就被衝垮了。」

夏乾點點頭。「我懂了，富翁的女兒得了病就藏在地下，那地下密室是礦道改造而成。金礦！真是諷刺！貪財的鳳九娘居然把我扔到礦井裡！廂泉，這裡的屍體……全都是雇工？」

易痏泉的聲音有些冰冷。「估計還有趕來為那姑娘治病而遇害的郎中，和巴望入贅的年輕男子。那地下密室的出口通向此地，也是為了方便棄屍。富翁挖到金子，恰逢亂世，若是傳出去，必然被亂軍搶了去，若是有人走漏風聲，就……」

看著眼前連綿的一片墓碑，夏乾覺得脊背透著寒意。「他居然殺了這麼多人！」

易痏泉輕言輕語：「第一次殺人是最困難的，然而惡行一旦開了頭，再往下就會順暢很多，鳳九娘就是一個例子。那富翁既已殺了這麼多雇工，自然也就不在乎其他幾條人命。」

夏乾問道：「那些金子，他都花掉了嗎？」

「到了老五那一代，應當不會再做殺害雇工之類的事，興許用於分發工錢，重建村落……這些我都不得而知。但是，多年過去，還能剩下多少？」

夏乾嘆了口氣，愣了半晌，緩緩蹲下將雪掃盡，一屁股坐在粗木根上。「累死我了，容我緩緩。」

地上全都是積雪，夏乾本以為易痏泉會繃著臉，說些「早點下山」之類的話，催促他快速行動。

然而易庮泉卻沒說什麼，反倒同夏乾一樣將積雪掃盡，慢吞吞坐了下來。

天空早已褪去了灰濛的顏色，霧氣似幕布一樣緩緩拉開，陽光穿透雲層照射下來。夏乾與易庮泉二人坐在樹木的陰影下發呆，周遭無風聲，無鳥鳴，無人語，只聽見吹雪叫喚一聲，從易庮泉的懷中探出頭來，瞧了瞧四周，又縮回頭去。

易庮泉隔著衣服拍了拍吹雪的腦袋，帶著一絲淺笑，看著眼前連綿的山。

白雪皚皚，群山似畫，松柏與古廟似是用上好的墨繪製而成，伸出手去，好像要觸到流淌下來的濃墨。

眼前的景象美得不真實，夏乾痴愣愣地伸出手去，未曾碰到墨，金色陽光卻從指尖流淌下來了。

「景色這麼好，那些人還要財寶做什麼？財寶就是這座山。」

易庮泉聞言一笑。「這是最終的答案，也是最好的答案。如今人去山空，看吳村當年的事，再看如今的這些事……從山歌到孟婆婆所留〈黃金言〉字謎，留給後人的根本不是財寶，只是這一段有些離奇的故事。」

他慢慢起身，朝著遠方的道路望了望。

叢林中的樹木多半是松柏，冬季常青、葉不凋零，此時更是遮天蔽日，使得道路有些幽暗。他們往前看去，那大俠的腳印通向官道，那是去往汴京的路。換言之，再行幾日便到大宋引以為傲的國都了。那裡沒有狼人、沒有村人，可是那裡有最精明的商人、最美麗的歌姬、最奢華的宮殿、最繁華的街道……好像還會有更多的故事。

也許青衣奇盜在那裡，俠客也在那裡。

夏乾看著這條路，不遠處的岔路口就是山神廟，再走一段就是通往吳村的山路。他想了想，問道：「若我當初沒有走錯路呢？」

「走路這種事，哪有對錯之分？」易廂泉笑了。「雖然大家都願意走一條看得見的、終點明確的路，但有時候拐上小徑，卻有一段不同尋常的經歷，會遇到改變自己一生的人。」

他慢慢站起身來，拿好包袱往前走去了。吹雪從他懷中探出頭，叫了一聲，催促夏乾跟上。

夏乾趕緊站起來，身上的孔雀毛隨著風飄飄蕩蕩。他來不及和蒼山、松柏告別，跟著易廂泉往前走去了。

兩個人晃晃悠悠，逐漸消失在道路深處。

——第二集完

國家圖書館出版品預行編目資料

天涯雙探2：暴雪荒村／七名 著 – 初版. -- 臺北市：
三采文化，2021.4 面： 公分.（iREAD 138）

ISBN 978-957-658-493-0（平裝）
1. 華文創作 2. 青少年文學 3. 推理懸疑
857.7 110000987

三采文化集團

iRead 138

天涯雙探 2

暴雪荒村

作者｜七名
責任編輯｜戴傳欣 文字編輯｜歐俞萱
美術主編｜藍秀婷 封面設計｜李蕙雲 美術編輯｜李蕙雲
內頁排版｜陳曉員 校對｜黃薇霓 版權負責｜孔奕涵

發行人｜張輝明 總編輯｜曾雅青 發行所｜三采文化股份有限公司
地址｜11492 台北市內湖區瑞光路 513 巷 33 號 8 樓
傳訊｜TEL:8797-1234 FAX:8797-1688 網址｜www.suncolor.com.tw
郵政劃撥｜帳號：14319060 戶名：三采文化股份有限公司
本版發行｜2021 年 4 月 1 日 定價｜NT$380

suncolor